NU COUCHÉ

Lev Korovine est russe. Et peintre. A l'orée du siècle, comme Chagall, Soutine, Picasso et Modigliani, il est venu à Paris pour y découvrir une liberté inconnue.

Lorsque éclate la Grande Guerre, il s'engage dans les sections de camouflage inventées par les cubistes. Laissé pour mort sur le champ de bataille, il entend, pendant onze heures, un camarade agonisant lui scander à l'oreille le nom d'une femme inconnue.

Revenu à Paris, Lev Korovine découvre une terrible vérité : il ne peut plus peindre. La guerre a tué en lui ce souffle nécessaire. Il cherche son salut ici et là avant de comprendre que seule cette femme mystérieuse dont le nom lui fut murmuré comme une incantation lui permettra, peut-être, de retrouver une identité sans laquelle il n'est plus rien : l'art.

Commence alors une recherche désespérée à laquelle se joignent les peintres et les poètes qui firent la légende de Montparnasse : Apollinaire, Cendrars, Max Jacob, Modigliani, Soutine, Pascin... Tous, chacun à sa manière, vont tenter de rendre Lev Korovine à lui-même. Fouillant leur mémoire, esquissant sur la toile un regard, un geste, un sourire, ils traquent les indices susceptibles de donner vie au prénom mystérieux. Artistes généreux, hommes solidaires, ils entraînent dans le sillage de leur quête les personnages qui traversent la vie de Lev : modèles, prostituées, agents de la préfecture, souteneurs.

A travers les paradis de l'art et ses propres démons, Lev Korovine trace le portrait d'un autre mythe : celui du Montparnasse de la grande époque, avec ses richesses, ses légendes, la misère de ses ateliers d'artistes et la splendeur de ses bordels.

Dan Franck a publié plusieurs romans dont Le Cimetière des fous, Les Calendes grecques, Les Adieux *ainsi que* Les Aventures de Boro, reporter-photographe, *en collaboration avec son ami Jean Vautrin. Il a reçu le prix Renaudot 1991 pour* La Séparation, *roman qui a été traduit en quinze langues et porté à l'écran par Christian Vincent.*

Dan Franck

NU COUCHÉ

ROMAN

Éditions du Seuil

TEXTE INTÉGRAL

ISBN 2-02-037427-7
(ISBN 2-02-023720-2, 1re publication)

Pour Jean Vautrin
Pour Enki Bilal

et nos mémoires communes

Ordonner un chaos, voilà la création.

Guillaume Apollinaire

Porte close, il découvrait la jeune femme au quatrième étage du Sphinx, le plus grand bordel de la rive gauche, lorsque l'œilleton s'ouvrit dans le velours d'une tenture. Il ne perçut pas le déclic mais la voix de la maîtresse d'étage, une voix qui se voulait éthérée comme un froissement de jupe et qui le fit brusquement tressaillir.

Elle le priait de descendre au rez-de-chaussée. Madame l'attendait.

Il y eut un chuchotis, puis le silence recouvrit le décor en stuc de la Chambre égyptienne.

La jeune femme demeurait dans la position qu'elle-même avait choisie. Son œil n'avait pas cillé.

Elle s'éclaircit la gorge et dit :

« Ces interruptions gâchent l'inspiration. »

Il approuva d'un vague hochement de tête.

« Voulez-vous que nous changions ? Je pourrais m'asseoir sur le fauteuil, ou bien sur les tapis… Remonter la jambe, le bras, faire autre chose…

– Non », dit-il sèchement.

Il la contempla dans le miroir surplombant le lavabo, se demandant pourquoi, s'il avait été un client comme les autres, il l'eût choisie elle plutôt qu'une de ses compagnes.

Il pensa : la cambrure de la taille et la blancheur particulière de la peau, qui lui était apparue presque mouillée, comme la neige. Et aussi parce qu'elle avait un œil très clair, vert céladon, et l'autre plus sombre, glissant vers les bleus, les mauves, une finesse inexprimable qu'il eût souhaité apprivoiser.

Elle s'assit sur le bord du matelas puis s'appuya à l'un des quatre Anubis en plâtre soutenant le baldaquin. Elle rabattit sur elle le voile de tulle crème que les filles de la maison portaient ce soir-là en hommage à Isis, Osiris et Cupidon. Splendeurs égyptiennes et frasques romaines.

Lev Korovine, lui, était russe.

Il s'empara d'un crêpe de soie dont la couleur rappelait le parchemin, et les dessins, les hiéroglyphes reproduits sur les abat-jour, sur l'imprimé des draps et sur les tissus habillant les murs.

La Chambre égyptienne constituait l'orgueil du Sphinx. On ne la donnait pas, on la confiait. Ici, les ministres invités poussaient des clameurs de pharaon. Les rois voyageurs, les reines d'Espagne, quelques journalistes, un préfet de police, des voyous radieux, une douzaine de flics à l'oreille basse, trois ou quatre ambassadeurs, un ancien président du Conseil… toutes ces grandes personnes avaient abandonné le poids de leur charge sur les coussins brodés, les tables en marqueterie ou les fauteuils crapaud à glands dorés.

La jeune femme se leva et alla s'appuyer contre l'armoire pyramidale figurant Chéops. Elle considéra un instant ce client qui la regardait, impénétrable et glacé. Il était d'une élégance peu commune. Il portait une veste en lin noire ouverte sur un gilet gris pâle et une chemise à col rond. Une pochette crème bâillait au revers du veston. Il n'avait même pas ôté sa cravate.

Il était grand et mince. Il avait le teint mat, les cheveux noir et argent, sans gomina. Le regard paraissait à l'affût sous la frange, un œil bleu marine qui surprenait tant il exprimait de certitude et de désarroi mêlés. Mais toute manifestation de faiblesse était aussitôt contrariée par un sourire un peu forcé qui creusait les pommettes et faisait briller la pupille ; après quoi, l'homme se fermait dans une attitude incompréhensible puisque, à l'évidence, il n'était pas monté pour *cela*.

La jeune femme ramassa sa chevelure en un chignon serré qui dégageait le front et accentuait l'écartement des sourcils.

« Cela vous irait-il ? »

Il répondit que cette coiffure lui convenait autant qu'une autre. Elle voulut demander d'où lui venait ce très léger accent qu'elle percevait parfois lorsqu'il pesait sur ses mots. Il ne lui en laissa pas le temps : il la pria de revenir vers le lit.

« Pourquoi le lit ? Ne préférez-vous pas un fauteuil ? »

Son regard fit le tour de la pièce avant de s'arrêter sur un pouf en cuir fauve orné de motifs métalliques.

« Ou là ? »

Il ne répondit pas. Elle revint sur ses pas et se laissa choir sur le matelas. Une moue contrariée apparut au coin de ses lèvres. D'un geste de la main, elle embrassa le baldaquin, les tissus, les motifs peints au plafond :

« Je n'aime pas ce décor.

– Moi, je n'aime pas la position que vous souhaitez.

– J'en connais d'autres. »

Elle le toisa.

« Vous voulez voir ? »

D'un mouvement rapide, elle glissa sa combinaison par-dessus la tête.

« Sans presque rien, c'est toujours mieux. »

Elle garda ses dessous et lui montra l'étendue de ses compétences. De dos, de face et de profil.

Il la regardait. Il ne la voyait pas.

« Non ?

– Non. »

Elle soupira.

« Mais quoi, alors ?

– Ce n'est pas cela qui m'intéresse.

– Dites-moi ! »

Elle fit gonfler ses cheveux, appuya ses mains sur les tempes et inclina le visage.

« Je ne vous plais pas du tout ? »

Elle se voulait désirable, elle mettait à nu son désarroi.

« Je préfère que vous restiez habillée », dit-il gentiment.

Il lui souriait, et ce sourire traduisait un grand respect. Le trouble rosit les joues de la jeune femme.

« Vous croyez que je serais humiliée d'être nue devant vous ?

– Peut-être pas.

– Certainement pas, rectifia-t-elle avec force.

– Mais moi, je le serais. »

Elle ébaucha une grimace d'étonnement.

Il la voulait assise, face au lit, les bras croisés. Il le lui dit. Il lui fit prendre la pose. Elle fixa le navire qui tenait lieu de couchage, les quatre éléphants miniatures de la poupe et de la proue dont les trompes retenaient les cordages et les haubans de la voile supérieure. Celle-ci chutait, pure et intrépide, de part et d'autre d'un baldaquin de style maure que l'on pouvait abaisser et remonter au gré de ses fantaisies et du bon fonctionnement des quatre queues des pachydermes qui servaient de manivelles.

La jeune femme réclama une glace, ce qu'il refusa. Elle s'écria que tout de même, elle pouvait choisir un peu, à quoi il ne répondit pas. Et comme sa figure s'allongeait vers des bouderies vertigineuses, il lui tendit le voile :

« Nouez-le comme une mantille. »

La stupeur se peignit sur son visage.

« Faites ! » ordonna-t-il froidement.

Il l'aida. Puis il recula de quelques pas, observa son profil et dit que c'était presque cela. Il s'approcha.

« Montrez vos mains. »

Elle les tendit, paumes offertes. Il les retourna. Elle avait les doigts longs, fins, les ongles nacrés, pas de bagues.

« Les doigts de la main droite sur la joue. »

Il rectifia la position selon ce qu'il souhaitait.

« Ne bougez plus. »

Il s'approcha d'un guéridon, ôta le velours bigarré qui le recouvrait, découvrit un plateau de marbre blanc cerclé d'un pourtour en cuivre. Il s'en empara et le posa à côté d'elle.

« Appuyez-vous à cette table. »

Elle obtempéra. Ce n'était pas ce qu'il voulait.

« Posez le coude sur le plateau. Comme si vous étiez en voiture, le bras sur le rebord de la vitre. »

Il l'aida.

« Fixez un point devant vous. »

Son regard sembla se perdre, s'embrumer légèrement. Il dit :

« Parfait. »

Il prit du champ, observa, lui demanda de serrer les

genoux, les pieds vers l'arrière, sur la pointe, la main gauche effleurant la cuisse, l'autre contre la joue, les doigts légèrement écartés.

Elle remarqua :

« J'ai l'impression d'être au théâtre. »

Comme il ne répondait pas, elle ajouta :

« Vous devriez me donner des jumelles. »

Il dit que non. Elle demanda pourquoi. Il répondit :

« Parce que ce n'était pas ainsi. »

Il tira un pouf en arrière. L'essentiel, c'était ce qu'il attendait. Une puissance en lui. Le sentiment de se grandir. Une raison d'être là. Une raison d'être. Comme chaque fois.

Il reprit son bloc.

« Est-ce dans cette position que vous voulez me dessiner ?

– Oui. A la mine de plomb. »

Il fit un trait, puis un autre. Il brouilla les lignes avec le gras du pouce. Il scrutait attentivement la nuque, qui apparaissait, légère sous le voile. Il redoutait l'instant où l'illusion se dissiperait, comme un nuage disparu.

« Faire ça dans un bordel, gémit-elle. C'est gâcher la marchandise ! Allez donc dans une académie de peinture ! »

Il ne l'écoutait pas. Il gribouillait sur sa feuille. Il avait l'impression de strapasser la silhouette, dessinant hâtivement l'empreinte d'une chevelure, la ligne du bras, la hanche.

Cela dura ce que cela durait toujours : quelques secondes. Puis la petite inspiration qu'il avait ressentie s'éloigna. La courbure de l'épaule ne provoquait plus rien en lui. Il poussa un soupir las et posa le bloc sur le pouf.

Elle se retourna.

« Martoune vous a demandé… »

Il acquiesça.

« Au moins, je peux voir votre dessin ? »

Il ne répondit pas. Elle se leva, et son pied nu s'enfonça dans le tapis de velours grenat. Elle vint derrière lui. Elle sentait la lavande. Elle posa ses deux mains sur ses épaules et demeura là, interloquée.

Korovine se dressa d'un mouvement vif.

Elle fit un effort sur elle-même pour demander si elle devait l'attendre.

« Non, dit-il.

– Vous gardez la chambre ?

– J'ai payé pour une seule fois. »

Il effleura le bras de la jeune femme en passant devant elle.

Il repoussa doucement la porte de la pyramide. Tandis qu'il s'aventurait dans le couloir, la pensionnaire du bordel examinait le dessin qu'il avait fait. Elle se demanda si les peintres étaient tous pareils. Elle avait posé deux fois pour eux. Le premier, c'était Utrillo. A la fin de la séance, elle avait regardé la toile. Utrillo n'avait pas dessiné son modèle. Il avait peint la place du Tertre.

Korovine n'avait pas fait son portrait. Il n'avait fait le portrait de personne. Au centre de la feuille, comme tracé par un enfant maladroit, un caméléon la regardait.

Des appliques délicates aux abat-jour roses étaient postées tous les deux mètres. Elles indiquaient la route à suivre.

Lev Korovine suivit.

Les portes de gauche, derrière lesquelles officiaient les pensionnaires et leurs clients, étaient toutes fermées. Au-dessus des chambranles, les lampes étaient au rouge, preuve que la maison donnait son maximum. Les places vides étaient habituellement signalées par des ampoules blanches ; ce soir-là, elles semblaient avoir pris un congé collectif. Ces dames étaient en main. La recette serait fructueuse.

Korovine emprunta un petit escalier. La maîtresse d'étage avait dit que Martoune l'attendait en bas. Généralement, la patronne traitait ses affaires au quatrième. Avec force et tempérament. Trois mois après l'inauguration du premier et du seul bordel de luxe de Montparnasse, elle avait hissé le Sphinx au rang des meilleurs établissements parisiens. Aussi huppé que le One two two de la rue de Provence et les établissements du genre, bien assis autour de l'Opéra et de la Madeleine. Chambres climatisées, bar américain, trompettes et orchestre, quinze filles les soirs de disette, soixante les nuits d'opulence – toutes choisies parmi le fleuron des Folies-Bergère et du Casino de Paris.

Un luxe.

Un mirage.

Dans l'escalier conduisant aux pièces de réception, Korovine dut s'effacer pour laisser passer une escouade de gueules cassées en civil. Les rescapés des gaz moutarde montaient au front des chambres, encadrés par trois fines fleurs de la maison qui leur ouvraient le passage, buste nu, robes légères sans rien dessous. La patronne s'était toujours montrée généreuse à l'égard des pioupious. Elle était leur mère patrie : chaque semaine, elle recevait gracieusement une douzaine d'anciens combattants qu'elle nourrissait au lait péripatéticien.

Elle faisait montre d'une semblable magnanimité avec les jeunes personnes travaillant pour elle. Aucune n'était obligée de monter. Il suffisait aux filles d'entraîner les clients à la consommation et d'offrir à la maison un aimable pourcentage pour que chacun fût content. Une fois par an, Martoune envoyait ses protégées se reposer pendant trois semaines aux Issambres, dans une maison spécialement construite pour elles. La tenancière était généreuse, patriote et sociale.

Les accents de la fête gagnaient les étages : une rumeur enflammée, quelques exclamations, des rires... Korovine se hâta vers le rez-de-chaussée. Il dut jouer des chevilles et des mollets pour se frayer un passage parmi les dos et les épaules brouillant le bas des marches.

Il obliqua dans un petit vestibule orné de quatre huiles peintes par Kisling et d'une œuvre de Modigliani qu'il ne connaissait que trop bien. Cent fois il l'avait observée. Martoune avait toujours refusé de la lui céder. Il s'agissait d'une toile de trente centimètres sur vingt-cinq représentant Mareva telle qu'Amedeo l'avait imaginée deux ans avant de mourir.

Korovine s'en approcha. Il regarda la silhouette longiligne, ce cou très long, ces couleurs ocre qui lui étaient si familières. Une tristesse l'envahit. Il se détourna et franchit un cordage tendu sur des montants de cuivre. Il déboucha dans la salle de réception, près du bar.

A la première table, il reconnut trois journalistes, un maire d'arrondissement et Chiappe, le préfet de police de Paris. Ces personnes importantes parlaient à voix basse. Elles se désintéressaient absolument du ballet des filles qui allaient du petit salon à la piste de danse où des couples légitimes, illégitimes, payant pour ou ne payant pas, vibraient sous la dictée d'un charleston. De temps à autre, l'accent aigu d'une trompette jouant un trille dans les *si* bémol donnait le signal de l'encanaillement. L'orchestre devenait muet tandis que les danseurs, libérant leurs genoux et ramenant leurs jambes, jouaient à chat rapproché avec leur cavalière – ou avec d'autres. Lorsque quelques-uns de ces félins avaient pris le chemin de l'escalier pour se percher dans les chambres, les cuivres retrouvaient leur élan et la gamme devenait plus sage.

Entre deux mouvements d'orchestre, Korovine entendit un rire crever le brouhaha général. Il tourna le dos à la piste de danse et se dirigea vers l'endroit où Kiki jouait avec sa cour. Il la découvrit au milieu d'un parterre d'admirateurs qui acclamaient sa dernière facétie : la jeune femme avait disposé six bouteilles de champagne sur le sol et les tirait, comme des quilles, avec une boule de rampe d'escalier.

Elle en dégomma trois.

Des hurlements accueillirent l'explosion des bouteilles. Kiki se redressa, ravie. Elle avait coupé ses cheveux et les portait de nouveau à la garçonne, courts, la frange noire au ras des sourcils. Son visage était légèrement empâté, maquillé comme toujours les soirs de fête : les paupières couvertes d'un fard multicolore, des paillettes dans les cheveux, deux ronds cuivrés dessinés aux pommettes qui rappelaient les globes scintillants virevoltant à ses oreilles. Elle avait noué un ample tissu brodé autour de son corps, à la manière d'un pagne. Elle était riche de cette beauté particulière à laquelle tous les peintres de Paris avaient rendu hommage : un corps plein et généreux, le regard luisant d'une flamme qui n'était qu'insolence, gouaille, tendresse, liberté.

Lorsqu'elle aperçut Korovine, ses lèvres peintes marquèrent un « O » tout rond, puis s'ouvrirent comme une parenthèse allongée. Il lui sourit à son tour. Elle entonna le premier couplet d'une chanson qui avait couru sur la gamme des années, depuis l'époque où Frédé et sa femme la chantaient au Lapin Agile :

Il mit la main sur mes deux yeux.
Cré nom de Dieu, qu'ils sont vicieux !
Ah ! le maladroit… Ah ! le maladroit !
Il ne mettra jamais la main, jamais la main
Au bon endroit.

Korovine saisit la boule qui avait roulé à ses pieds et la lança à la jeune femme.

Il s'écria :

« Joue, Kiki ! »

Il traversa la grande salle de biais et suivit un tapis orné de marguerites qui conduisait au sphinx en stuc sous lequel Martoune rendait ses ordonnances.

Quatre barbeaux montés sur tweed et martingale occupaient sa place. Ils surveillaient les mouvements des filles et appréciaient, en spécialistes. La rumeur prétendait qu'ils s'étaient joints au tour de table grâce auquel Martoune avait monté sa maison. Il y avait aussi Albert Sarraut, un sénateur anciennement ministre de l'Intérieur, Mistinguett, Colette, et le fondateur et directeur du Crédit municipal de Bayonne, un homme qui avait ses entrées ici et ailleurs ; ici, sous l'appellation non contrôlée de « Monsieur Alexandre », ailleurs, sous l'identité très officielle de Serge Alexandre Stavisky.

Martoune avait délaissé ses invités. Elle se tenait un peu à l'écart de sa table, en compagnie de deux hommes que Korovine ne connaissait pas. L'un était grand, l'œil clair, le crâne dégarni, les traits réguliers. L'autre portait une barbichette impeccablement taillée. Sa main droite jouait avec la canne d'un parapluie. Un sourire enchanté éclairait son visage. Comme Korovine approchait, il l'entendit s'écrier :

« *That's O.K. !* Le contrat me convient !

– Pas à moi ! » rétorqua le plus grand des deux hommes.

Il se tourna, aperçut Korovine, lui cramponna le bras et le prit à témoin.

« Le jeune homme va nous dire… »

Il parlait avec un fort accent américain. Korovine voulut se dégager, mais, d'un geste, Martoune l'encouragea à rester :

« Ecoutez, Lev, et donnez-nous votre avis.

– Le fait est simple », repartit le grand Américain.

Il fixa Korovine d'un œil perçant et immobile.

« Je suis écrivain. J'ai rédigé moi-même les prospectus publicitaires de cet endroit... En échange, j'ai eu droit à une bouteille de champagne et une heure avec la fille de mon choix. Mal payé, mais acceptable... Après, Madame et moi avons conclu un marché : chaque fois que j'amène un nouveau client dans son lupanar...

– ... C'est un établissement de style, corrigea Martoune.

– Mais le résultat est le même.

– Plaignez-vous !

– Chaque fois, reprit l'Américain, il est entendu que je suis payé de la même façon : une bouteille et une passe gratuites. Aujourd'hui, je viens avec un ami... »

Il se tourna vers l'inconnu au parapluie et lui décocha une bourrade à l'épaule.

« Il est américain, comme moi, et journaliste...

– Ce que vous n'êtes pas, répliqua Martoune. J'offre parfois des tours aux personnes de la presse. C'est une sorte de publicité.

– Et un manque à gagner pour moi ! » rugit l'écrivain.

Martoune riait. Korovine ne savait comment apaiser le grand échalas qui, sous l'emprise de la fureur, bourrait son épaule de coups de poing assenés de plus en plus fort.

Il s'écarta.

La patronne dévisagea le bonhomme avec un sourire qui étirait ses fossettes. L'espace d'un souvenir, elle apparut à Korovine comme il l'avait vue la première fois, quelques mois avant la fin de la guerre, dans un escalier qui conduisait chez elle. Au loin, la trompette s'était tue.

« Montez, dit-elle avec une soudaine mansuétude. Trouvez une fille et débrouillez-vous… »

Les deux Américains poussèrent une exclamation de joie et s'envolèrent comme deux moineaux. Martoune se tourna vers Korovine.

« Que voulez-vous ! Je suis une amie des belles-lettres ! »

Elle perdit soudain la retenue que lui avaient enseignée les cours du soir et de la nuit suivis au Sphinx, frappa ses mains l'une contre l'autre et s'esclaffa bruyamment. Pendant cinq secondes et trois dixièmes, Marguerite Marthe Césarine, femme Le Mestre, redevint la patronne du bobinard de la rue Pasquier dont elle avait été expulsée en 29. Puis elle chassa brusquement sa longue chevelure noire et, en un clin d'œil, retraversa la Seine.

« Lev… » commença-t-elle.

Elle voulut l'entraîner plus loin, mais elle en fut empêchée par un gaillard qui poussait deux filles en jupon devant lui.

Elle revint sur ses pas. A la table qu'elle avait abandonnée, sous le sphinx en stuc, Mistinguett la suivait du regard.

« Mouna vous cherche, dit-elle. Vous avez reçu un câblogramme de Pologne. »

Comme elle s'interrompait, ne poussant pas plus avant l'aiguillon qu'elle venait de lui planter dans les reins, il demanda, avec la légèreté d'un fusain glissant sur un feuillet vierge :

« Est-ce Sanda qui a écrit ? Sanda Mielzynski ? »

En même temps, il fixait le gibus en taffetas rose de Mistinguett. Il se moquait éperdument de ces chichis-là, des mains et des épaules vibrionnant autour de lui, des politesses que Martoune rendait à ses clients et chers amis, du bellâtre costumé en barbillon qui s'était approché et entreprenait la patronne sur les us et coutumes d'un milieu à découvrir.

Il repoussa le gigolo d'une main légère. Son regard bleu marine joint à une expression plus lasse que menaçante fit refluer le jeune homme vers des univers éloignés.

Martoune le dévisagea enfin.

« Je ne connais pas cette Sanda quelque chose... Je crois qu'il s'agit de Mareva. Je ne sais d'ailleurs pas si c'est son vrai nom... »

Elle s'éloigna d'un pas pour mieux voir, afficha un œil de gorgone perfide qui se mua aussitôt en un regard affectueux, et compléta, mouillant ses lèvres :

« ... Ou seulement son nom de fille. »

Il baissa la tête. Puis ne bougea plus d'un pouce. Une fois encore, la maquerelle venait de le cueillir d'un coup droit appliqué à la pointe de l'âme.

« Elle ne doit plus être toute jeune.

– Quarante-trois ans, répliqua Lev.

– Si vous ne la voulez pas chez vous, envoyez-la-moi. La variété fait les grands établissements. »

Elle se tut un court instant et ajouta, comme si l'information qu'elle délivrait ne comptait pas plus qu'une pichenette lancée à un moustique :

« D'après ce que dit Mouna, elle sera là demain. »

Elle mesurait, non sans une fierté quelque peu déplacée, l'effet que ses paroles produisaient sur Lev.

Il ne trouvait rien à dire. Il était la proie d'une sorte de suffocation qui l'empêchait de parler, de se mouvoir, de respirer, lui semblait-il.

« Donc, décréta-t-elle, vous gardez la Chambre égyptienne ?

Il se reprit.

– Non. Je la recevrai chez moi. Au Caméléon.

– Vous ne devriez pas. »

Elle embrassa la grande salle du Sphinx d'une envolée lyrique de la main.

« Bordel pour bordel, choisissez au moins celui qui l'impressionnera le plus !

– Je n'ai pas besoin de l'impressionner. »

Elle souriait. Il la dévisagea avec froideur et questionna :

« Où est Mouna ?

– Elle vous cherche. Allez au bar. Je vous l'envoie. »

Comme il s'apprêtait à tourner les talons, elle demanda :

« Vous vous êtes arrêté devant le Modigliani ?

– Oui.

– Vous le voulez ? »

Il la considéra avec stupeur.

« Je l'ai acheté trois cent mille francs il y a dix ans. Je vous le vends au cours d'aujourd'hui.

– C'est trop tard », répondit Lev.

Un sentiment de dégoût l'envahissait. Il n'aimait pas cette femme.

Martoune lui décocha un sourire calculateur.

« Je vous propose un marché.

– Non, fit Lev.

– Je vous l'offre. »

Elle avait croisé ses bras et l'observait avec ravissement. Il hésita à répondre, discernant une manœuvre dont l'objet lui échappait.

« Si vous recevez la dame au Sphinx, le tableau est à vous.

– Pour quelle raison ? »

Elle se rapprocha, lui caressa gentiment la joue de

deux doigts rouges parfaitement manucurés et murmura, ses lèvres effleurant le coquillage de l'oreille :

« J'aimerais tant être la mère maquerelle de votre talent ! »

Son regard brillait d'une cruauté mal dissimulée. Lev fit un pas en arrière. Martoune avait choisi le même parfum que Kiki de Montparnasse : Heure bleue, de chez Guerlain.

Il ouvrit un passage en bordure de la piste de danse. Derrière lui, une femme le héla. Il ne l'entendit pas. Elle portait un bibi sans voilette et un fourreau à damier qui ne comptait qu'une manche. Les clients du Sphinx s'effaçaient devant elle puis la suivaient du regard, ponctuant leur curiosité de commentaires malvenus : Mouna avait un bras coupé.

Elle rejoignit Lev et dit, le souffle un peu court :

« Je vous cherche partout. Vous avez reçu un câblogramme et un appel téléphonique.

– Elle est là ?

– Elle arrive cette nuit. Gare du Nord. »

Il baissa imperceptiblement le menton. Mouna le regardait avec un mélange de curiosité, de soulagement et de crainte. Elle lui glissa un papier plié en quatre dans la main.

« Faites venir la Pierce-Arrow, dit Korovine.

– Nous irons ensemble ? »

Il secoua la tête.

« Je vous déposerai au Caméléon avant. »

Il la perdit dans la foule.

Kiki jouait toujours aux quilles-champagne. L'apercevant, elle poussa le deuxième couplet de la chanson du père Frédé :

Il mit la main sur mes tétons
Il mit la main sur mes tétons
Cré nom de nom qu'ils sont donc ronds !
Ah ! le maladroit…

Lev se dirigea vers le bar. Il était ailleurs. Très loin. Dans les limbes d'un matin brumeux, au fond d'un trou. Empêtré dans le tissu rêche devenu poisseux d'un uniforme immonde. Une sorte de linceul. Il entendait le bruit assourdi d'une canonnade. Le souffle de l'explosion était passé sur eux, comme la mer, comme le vent. Un soldat blessé par-dessus un soldat mort. La guerre partout, la guerre dans la tête.

Peindre, c'est la guerre, se dit-il.

Il déplia le câblogramme. Il était daté de la veille : 22 juin 1931. Il venait de Varsovie. Il était signé Sanda Mielzynski.

Mareva vient à Paris.

Lev Korovine s'appuya au zinc. Il commanda un chambéry-fraisette.

Mon corps est un acier fondu par la torpille
Jambes et bras liés j'ai payé mon écot
Chacun meurt en martyr, chacun meurt en rebelle

Max Jacob

Il avait perdu la guerre avant beaucoup d'autres. C'était un matin de 1915, à Sainte-Marie-aux-Mines, en automne. Les fossoyeurs l'avaient découvert dans un trou. Il était retourné, le dos au soleil. Il ne bougeait pas. Ils avaient compris qu'il vivait encore au seul mouvement de ses lèvres puis au murmure qu'il prononçait tout bas.

Il était accroché à un homme mort sous lui. Il portait une vareuse ensanglantée collée au cadavre de l'autre. Les fossoyeurs n'étaient pas parvenus à l'en défaire. Ils avaient découpé le tissu à la cisaille. Puis ils avaient couché Korovine sur une civière et l'avaient évacué. Cet instant-là s'était effacé de sa mémoire.

Il resta deux mois dans un hôpital de campagne. Allongé sur le ventre, les mains crochetées au matelas, comme s'il serrait toujours entre ses bras le corps défait de l'homme mort sous lui. Les bruits de la bataille s'étaient effacés au profit d'un silence très noir au sein duquel n'émergeait qu'un mot, celui qu'avait prononcé le tirailleur avant de mourir, celui que Korovine murmurait lorsque les fossoyeurs l'avaient découvert.

D'après ce qu'il sut plus tard, calculant le temps écoulé entre le début de l'assaut et le moment où il fut retrouvé, il était resté onze heures enlacé à cet homme qui allait mourir. Onze heures durant lesquelles il l'avait entendu appeler, un souffle à son oreille, tandis que son sang le quittait peu à peu. Puis deux mois dans un hôpital de campagne, couché pareillement sur le ventre, le visage enfoncé dans un drap qui était comme la vareuse de l'autre, à entendre et entendre encore l'ultime appel du moribond, le timbre rauque, affaibli, défait, d'un malheur à trois syllabes.

Il quitta l'hôpital un matin d'hiver. Il portait les vêtements d'un inconnu. On lui avait aussi donné un sac, parce qu'il l'avait exigé.

Dehors, il acheta un journal. Il ne l'ouvrit pas. Il voulait seulement se protéger du froid. Il le glissa sous les épaisseurs du tissu, entre le coton et la peau zébrée par les éclats d'obus. De la nuque jusqu'au milieu du dos, courait la marque pâle et profonde des coutures faites en lui, pièces ouvertes puis rapprochées, stoppées, bâties, ravaudées, piquées, cousues main. De la guerre, il avait rapporté une longue écharpe blanche qu'il portait nouée autour du cou, reflet poli et supportable de la cicatrice qui lui avait valu la réforme. Et aussi, la nationalité française qui lui serait accordée plus tard par une autorité quelconque, pour prix de ses services.

Il revint à Paris. Gare du Nord. Il retrouva les marques qu'il avait découvertes dix ans plus tôt, lorsqu'il était arrivé de Russie. A l'hôpital, il s'était promis de ne pas toucher ses crayons avant d'être là. Il voulait que ce fût une renaissance. Comme la première fois.

La première fois, il avait débarqué un matin au seuil d'une ville étrangère qui, dans ses rêves, était comme une toile vierge sur laquelle tous les pinceaux du monde pouvaient se poser. Il était descendu d'une locomotive dont les ultimes bouillonnements lui étaient apparus comme les traces finissantes d'un vieux monde : le sien. Il ne possédait rien sinon un long manteau noir, des crayons et du papier. Il s'était assis à l'extrémité du quai. Il avait tracé le dessin auquel il avait songé durant tout le voyage qui l'avait emmené loin de son pays natal. Ce dessin que lui interdisaient les lois de là-bas : un visage.

Il fit de même. Il s'assit à l'extrémité du quai. Il sortit un bloc et un crayon de sa poche. Sa main tremblait sur la feuille. Il n'avait pas dessiné depuis la blessure. Il prit pour modèle un mécanicien qui vérifiait les écrous d'une locomotive. Il traça l'ovale de la tête, les contours de la silhouette. Pendant quelques instants, il retrouva cet étourdissement du passé. Puis sa main s'égara sur le papier. Elle pesait d'un poids trop lourd. Il brisa la mine de son crayon.

Il se leva, il repartit. Il avait peur. Plus encore que lorsque la terre tremblait sous les coups du canon.

Il marcha dans Paris, allant vers Montparnasse. Les façades étaient closes, les omnibus ne roulaient pas. Les restaurants étaient cadenassés derrière leurs grilles. Il passa devant une boulangerie dont la vitrine exposait une seule sorte de pain. Une vieille femme observait la devanture, les deux mains posées sur les poignées d'une brouette. Elle se remit en route à l'instant où il arrivait à sa hauteur. Il entendit distinctement l'insulte qu'elle lui lança. Il comprit que s'ils n'exhibaient pas les marques d'une blessure très apparente, les jeunes gens étaient considérés ici comme des planqués, des lâches ou des déserteurs.

La vieille femme poussa sa brouette jusqu'à une

queue qui battait la semelle devant un centre de ravitaillement où l'on distribuait du charbon.

Korovine traversa la Seine. Il aurait pu se rendre rue Joseph-Bara, où se trouvait l'atelier qu'il avait repris à Jules Pascin quelques mois avant le début de la guerre. Mais la peur, *cette peur-là*, le conduisit plus loin. Il voulait d'abord voir les autres. Il avait besoin de leurs sourires, de leurs encouragements. C'était aussi une manière de repousser les choses.

Il longea le Luxembourg jusqu'à la rue Vavin, puis il prit à droite, remontant vers le carrefour. Il hésita un court instant avant d'entrer à la Rotonde.

La dernière fois qu'il était venu là, il portait un képi d'artilleur, une capote de sapeur, un pantalon de la coloniale. Il venait de s'engager au 2e régiment étranger de Paris. Le père Libion payait pour tout le monde. Il offrait le vin, dans les verres ou dans les bidons des soldats. De part et d'autre du café, sur les boulevards, les troupes remontaient vers le Lion de Belfort. Les fantassins marchaient d'un pas conquérant, hurlant *A bas Guillaume* et *A Berlin*. Ils comptaient estourbir le Kaiser et prendre sa capitale en une charge légère. Les femmes lançaient des fleurs aux soldats. Derrière, allaient les chevaux des entreprises de transports parisiens, réquisitionnés pour la cause nationale.

Un an plus tard, personne ne défilait triomphalement sur Unter den Linden. Les rues étaient vides. La plupart des absents pataugeaient dans les terres rouges et glauques de la Marne.

Korovine poussa la porte du café et se retrouva dans le silence. Le brouhaha des langues étrangères s'était tari. Les frontières s'étaient refermées. Il entrait là comme un réfugié, comme le revenant d'un monde abandonné.

Il alla vers le bar. Les machines à sous s'y trouvaient toujours. Derrière le comptoir, il reconnut les œuvres qui étaient accrochées là le matin de son départ : un dessin de Pascin, le portrait d'une jeune fille inconnue peint par Modigliani, une esquisse de Max Jacob complétée et signée par Picasso.

Libion, le cafetier, promenait son plateau dans la salle du fond. Sa moustache grise était bien taillée. Il portait son éternelle jaquette.

Il vint vers Korovine, lui sourit avec affection et dit qu'il avait appris pour la blessure. Lev répondit qu'il était réformé. Il demanda où se trouvaient les autres. Modigliani avait été refusé. Picasso ne s'était pas proposé. Braque, Kisling et Cendrars avaient été blessés. Soutine tournait des obus chez Renault. Vlaminck était ouvrier dans une usine d'armement. Pascin était à Londres, Picabia, en Amérique. Derain, Carco et Mac Orlan bouffaient du Boche dans les boyaux du Nord.

Le regard de Libion passait rapidement au-dessus de la salle. Il ne s'attardait pas. Il avait perdu cette acuité que Lev lui connaissait, quand il surveillait les débordements alcooliques de la clientèle, traquait ceux qui refermaient à la hâte un bouteillon d'éther, vérifiait que les femmes n'avaient pas ôté leur chapeau. Il était triste. Il n'avait plus la flamme.

« Tu te souviens de la mobilisation ?

– Oui, répondit Lev.

– On était stupides… On y croyait un peu… Ce jour-là, j'ai arrosé tout Paris. Ça m'a coûté mon fond.

– Les premiers jours de la guerre, on offre toujours à boire. C'est après qu'on trinque. »

Korovine s'installa à une table, près du zinc. Le boulevard se découpait non loin, semblable à un puzzle dont les pièces apparaissaient entre les bandes collées sur la glace, une protection contre les déflagrations, les bombes, les obus, les shrapnels, la cavalerie de la guerre.

Libion s'approcha et déposa un verre et un sandwich sur le plateau de la table. Lev avait oublié le goût du jambon. L'alcool lui rappela Apollinaire, qui le lui avait fait découvrir. C'était un chambéry-fraisette.

Il lui fallait un endroit. Il retourna dans l'atelier de la rue Joseph-Bara. La concierge, Mme Salomon, lui donna les clés. Elle s'étonna qu'il revînt avec seulement un sac en papier. Elle était heureuse de le revoir. Elle dit :

« Mieux vaut comme ça que pas du tout. »

En 14, le jour de son départ, elle s'était plantée devant Kisling et lui, avait longuement reluqué leurs uniformes, et avait lâché, le cœur gros :

« N'apprenez pas trop vite. »

Elle l'observait avec autant d'attention que le père Libion, et comme le scruteraient les autres pendant les semaines qui suivraient son retour : évaluant les blessures, c'est-à-dire les séquelles.

Il emprunta l'escalier. Mme Salomon monta derrière lui, escaladant à distance et sans bruit afin de vérifier qu'il n'avait rien perdu : ni les membres (ce qu'elle savait déjà) ni leur usage.

Il pesa sur la porte avec difficulté. Lorsqu'elle s'ouvrit sur sa vie antérieure, les parfums de la peinture dénouèrent les muscles de son dos et ceux du ventre. La térébenthine a meilleure odeur que la poudre.

Pendant un instant, il pensa que rien n'était arrivé. Dans l'ombre, il apercevait les chevalets, les toiles, les gobelets contenant les pinceaux. Il tira les rideaux, appelant la lumière. Elle tomba, pâle et mesurée, sur ses œuvres de jadis. L'atelier était comme une tombe. Les tubes avaient séché, la poussière recouvrait le sol, le lavabo, la table, les cadres, les bidons, les palettes.

Il resta longtemps immobile, n'osant pas toucher ces choses qui étaient comme sa peau. Puis, très lentement, il s'aventura dans ses propres ruelles. Une à une, il observa les œuvres qui se trouvaient là. D'abord les toiles appuyées le long des murs, puis celles qu'il avait regroupées au pied des chevalets, les dessins glissés dans les cartons, les fusains, les eaux-fortes, les gouaches, les aquarelles. Il y lut sa vie. Il retrouva d'anciens portraits, les croquis esquissés à l'académie de la Grande-Chaumière, les nus, les tentations fauves, la première toile qu'il avait exposée aux Indépendants en 1909, l'œuvre à laquelle il travaillait avant la mobilisation : Cendrars et Canudo, au Dôme, appelant les artistes étrangers à s'engager pour la France.

Il ne regarda pas les quatre portraits de Félix. Il les regroupa avec le sac en papier dans un coin de l'atelier. Il y ajouta une huile ancienne, *Anna*, une jeune fille de son pays, ainsi que quelques œuvres auxquelles il était resté attaché.

A la tombée de la nuit, il chercha vainement du pétrole pour allumer les lampes. Il ne pouvait pas sortir à cause du couvre-feu. Il resta dans l'atelier, sous la lune, claquant des dents. Il ne voulait pas dormir. Il enfila le long manteau noir qu'il conservait de son pays, et il déambula au sein de ses paysages, caressant la soie rêche des pinceaux, le grain des toiles, les reliefs desséchés des palettes.

Le matin vint avec le soleil. Un rayon minuscule

dessinait un sourire sur le mur. L'eau était coupée. Lev brisa un cadre. Il le débita dans le lavabo, y mit le feu et se réchauffa ainsi, les mains au-dessus du petit âtre. Après quoi, il fouilla dans son matériel. La peinture et les brosses étaient inutilisables. Mais il découvrit une feuille de papier gris et deux craies, l'une noire, l'autre blanche. Il épingla la feuille sur la toile inachevée de Cendrars et de Canudo. Il fouilla dans ses cartons pour retrouver l'un des premiers fusains qu'il avait faits en arrivant à Paris, à l'automne 1905 : la reproduction, exécutée de mémoire, du dessin qui lui avait valu d'être chassé de Kichinev par l'assemblée des familles réunie pour la circonstance : Anna, allongée sur l'herbe, nue, souriant à la vie, offerte à l'art et à lui-même.

Il disposa le fusain à côté de la feuille. Il s'agissait seulement de recopier. Il traça les contours du corps, puis il ombra les fonds, jouant avec le gris du papier. A la craie blanche, il ébaucha les traits du visage, les joues rondes, le galbe du front. Puis le nez, les arcades sourcilières, la ligne du cou, un bras recouvrant un sein nu, l'autre soutenant la tête.

Il prit du recul. Il n'y avait rien. Des taches pointillistes, des lambeaux plus sombres, quelques traînées vagues.

Il revint vers le chevalet. Il déchira le papier gris et l'enflamma dans le lavabo. Il posa ses mains pardessus, les chauffant, les brûlant jusqu'à faire cloquer la peau. Puis il s'allongea sur le matelas, la face comme dans la terre rougie, et il hurla les trois syllabes jusqu'à en mourir.

Korovine quitta la rue Joseph-Bara. Il décida de n'y plus revenir. Il voulait bien sentir la térébenthine des autres, pas la sienne : elle lui était comme une transpiration sèche. Il chargea Mme Salomon de faire venir son marchand d'avant la guerre ; il devait débarrasser l'atelier, à l'exception des œuvres regroupées près de la fenêtre.

Pendant quelques jours, il se promena de port en port, sans rien dire. Il se lavait dans les toilettes de la Rotonde. Il dormait au fond des immeubles ou sous des porches abrités. Il s'emmitouflait dans son manteau noir. Assis, toujours, le dos calé contre les murs, les mains bien à plat sur les sols gelés. S'il tombait, s'il basculait sur le ventre, c'était comme avant, lorsque les fossoyeurs montés en ligne l'avaient retrouvé avec cet homme accroché sous lui, et cette scansion à trois syllabes qui lui martelait la tête. Il se redressait brusquement, s'efforçait d'éloigner l'ombre de cet ami blessé qui s'en était allé et qu'il n'avait su ni retenir ni soulager.

Il attendait le lever du jour, grelottant sous la cape de la mémoire.

Il n'y avait pas de travail. Une usine de matériel militaire s'était ouverte rue Delambre, mais on n'embauchait pas. Korovine transporta quelques cageots sur les marchés, puis il en fut expulsé. Il fit le tour des gares afin de débarrasser les trains de marchandises, mais les paquets étaient trop lourds, ils lui vrillaient le dos. Il nettoya la salle de Libion, le soir, avant le couvre-feu. Il attendait une pension. Elle ne venait pas.

Il se fit battre un jour par une escouade de permissionnaires en tenue qui, entrés à la Rotonde, les regardèrent, Soutine et lui, alors qu'ils grelottaient au fond du café. Ils lancèrent :

« Les métèques, à la guerre ! »

Korovine se leva. Il répondit que les métèques s'étaient portés volontaires pour crever là-haut. Ils lui demandèrent des preuves. Il cita des noms qu'ils ne connaissaient pas. Il refusa de mentionner sa blessure. Ils le jetèrent au sol.

Il se redressa et gagna une table au fond du café. Il se sentait moins humilié que meurtri. Blessé dans le dos, atteint à la tête.

Une jeune fille l'observait. Elle était assise de biais, près de la fenêtre. Elle portait un long manteau bleu et un bonnet de même couleur. Quelques mèches s'en échappaient, légères. Lev la fixa d'abord sans la voir. Puis les silhouettes des soldats disparurent de ses paysages, et il s'intéressa à l'inconnue. Une énergie issue des profondeurs montait en lui. Un dérapage. Il la voyait comme un peintre. Comme avant.

Elle avait la peau très blanche, une tache sombre, étoilée, sous le lobe de l'oreille. Brune, la ligne des sourcils parfaitement dessinée. Le front haut. Le regard clair, imprécis, survolant, ne se posant pas. Timide. Timide ou renfermée. D'une extrême jeunesse. Le visage très pur, comme une feuille délicate, mais les dents serrées, une boule légère à l'angle du maxillaire, une tristesse dans l'œil. La lèvre inférieure un peu molle et l'autre plus fine, plus dure, incurvée exactement comme l'arcade sourcilière. La joue reposant sur une main longue, fine et blanche. Elle ressemblait un peu à Anna, la jeune fille de son pays.

Une émotion emportait Lev. Il la laissait croître. Il plongea les mains dans les poches de son manteau, cherchant entre trous et déchirures un bloc et des crayons qu'il posa sur la table. Des bruits lui vinrent, un vacarme, un bouleversement, comme si le temps se froissait ; comme s'il avait rejoint le champ de bataille, entre le moment où le souffle avait levé la terre alentour et l'instant où il s'était retrouvé cloué, la face immergée dans une boue chaude, poisseuse et rouge. Le sang. Il avait presque oublié l'inconnue. Il était seulement soucieux d'accompagner cette vague qui montait en lui jusqu'à la page blanche où il s'abandonnerait au gré de multitudes libérées. Ses doigts jouaient avec le bois des fusains. Son poing replié lissait le vélin.

Il assura le crayon dans sa main. Il observait la jeune fille sans la voir vraiment. Elle lui apparaissait mêlée à d'autres images, brûlée par les incandescences, enveloppée dans un voile délétère qui pourrissait son souffle, déchirée, s'abîmant loin au-dessus de lui puis retombant, morcelée, dans un cratère fumant où elle n'avait plus sa place, et lui à peine la sienne.

Il la dessina. Il ne s'attardait pas sur ce qu'elle donnait à voir d'elle-même, tant lui paraissait extraordinaire la représentation qu'il était capable de tracer, de tracer vite, avec, lui semblait-il, la virtuosité de naguère. Comme s'il avait retrouvé le geste et l'amplitude.

Il la dessina, informe sinon le visage, couchée au fond d'un trou. Puis il froissa le dessin pour en faire un autre, semblable non pas à ses imaginations mais à ce qu'il percevait comme une réalité. La chaise, la table, le corps légèrement penché, une main sur la cuisse, le bonnet bleu, les joues et les pommettes, l'ombre de la paupière, la tache étoilée sous l'oreille. Il crayonna, lissa du doigt, obscurcit la chevelure et l'arête du nez, gomma légèrement le cou et le méplat de la tempe.

Lorsqu'il abandonna sa feuille, la jeune fille avait quitté sa place. Il posa ses crayons. Les traînées, les rigoles prises dans le bois de la table lui parurent semblables à des larmes sèches, à des lignes de vie, des lignes de chance.

Il ferma le bloc. Il attendit longtemps avant de l'ouvrir de nouveau. Quand il regarda son travail, les formes dessinées l'écrasèrent, le couchèrent en lui-même, désespéré.

Il contempla ces espaces salis qu'il n'occupait plus.

Il n'avait pas dessiné la jeune fille. Il avait tracé un caméléon.

Il ne savait plus peindre. La guerre l'avait amputé de cette respiration nécessaire.

Dehors, il ferma les boutons de son manteau noir. Il l'avait conservé au long des années, mille fois recousu, ravaudé par d'habiles couturières. Chaque fois qu'il glissait les mains dans des poches dont il connaissait exactement la forme et la profondeur, c'était comme s'il se coulait dans les couvertures de son enfance, comme si l'exil devenait une patrie. A défaut d'être ailleurs, il se retrouvait lui-même. Une chaleur le gagnait, qui ressemblait aux terres de sa jeunesse.

Il marcha en direction de Plaisance, puis revint vers la gare Montparnasse. Il s'assit sur un banc, à l'écart des voies de chemin de fer. Un bruit de ferraille grinça sur la paroi blanche de son cafard. Il remarqua un petit hangar métallique coincé entre des bâtisses éventrées. La porte venait de s'ouvrir. Une enfant sortit dans le brouillard sale. Il s'attacha à elle parce qu'elle portait un manteau un peu semblable au sien, usé, trop grand pour elle. Ses pieds nageaient dans des souliers d'homme. Elle considéra l'espace terne qui s'étendait devant elle, fit quelques pas et revint en arrière pour fermer la porte du hangar. A cet instant, un très jeune homme surgit d'une ruelle éloignée. Il vit la fillette et se dirigea vers elle. Elle lui tendit la main et ôta son manteau. Il le prit et l'enfila. Les deux enfants échangèrent quelques mots, puis le garçon s'éloigna et disparut bientôt au-delà des horizons bouchés de la gare. Lev réalisa alors que celle qu'il avait prise pour une petite fille avait l'âge de l'adolescence. Elle était brune, le cheveu court, la peau d'une blancheur exceptionnelle. Il éprouva comme une compassion pour elle, qui paraissait désorientée maintenant que son manteau lui avait été retiré. Elle enroulait les mains autour des épaules, cherchant une chaleur nouvelle. Son regard s'attarda sur les baraques à demi démolies qui ceignaient l'endroit, puis elle vint sur le banc où Lev était assis. Il lui adressa un sourire. Elle fronça bizarrement les sourcils. Elle avait un regard très vivant, comme une flammèche d'enthousiasme qui détonait sur la misère de ses vieilles nippes. Lev lui proposa son manteau. Elle demanda si c'était un prêt ou un cadeau. Il répondit qu'il ne pouvait s'en débarrasser.

« Tu l'aimes ? »

Il dit que oui, en quelque sorte. Elle observa le tissu élimé, la poche décousue.

« Ça vient d'où ?

– De Russie. »

Elle posa sur lui un regard tout à la fois ironique et intéressé.

« Je préfère le mien.

– Mais vous ne l'avez plus !

– Chaque matin, le petit monsieur de tout à l'heure le reprend. Le soir, il me le prête. Je dors dedans, dans la cabane que tu vois là-bas. Elle est à son oncle. J'ai le droit d'y avoir mes rêves. »

Sa voix était claire. Elle parlait fort. Elle ponctuait ses mots de mouvements de mains vifs. Elle n'avait certainement pas plus de quinze ans, mais l'aisance dont elle témoignait la grandissait de plusieurs années. Elle faisait à Lev l'impression d'une enfant montée sur talons bobines.

« Avant, j'habitais la campagne. Quand je voyais des photographies de Paris, avec ses rues et ses boulevards tout brillants, je croyais qu'on les astiquait chaque matin à la cire… Je me disais que ça devait être un travail sacrément fatigant… »

Elle rit de sa propre naïveté, et Lev aussi. Un vieil homme avait pris place sur le banc, à la gauche de la demoiselle. Il se tenait bien droit, un paquet enrubanné sur ses genoux. Un cache-col rouge lui mangeait la moitié inférieure du visage. La jeune personne lorgna le paquet, adressa un clin d'œil égrillard à Korovine et se pencha vers son voisin.

« C'est des gâteaux ?

– Non, mademoiselle. C'est une petite horloge.

– Ça sert à quelque chose, une petite horloge ?

– Le matin, pour voir le jour.

– Et le soir ?

– Le soir, pour la compagnie.

– Vous me donneriez une pièce ou deux ? »

Le vieil homme observa la quémandeuse, puis, sans se démonter, proposa :

« Je vous offre deux francs si vous me permettez de toucher vos seins.

– Ah ça non ! » s'écria la demoiselle.

Elle réfléchit un instant et rectifia :

« C'est trois francs, et seulement pour voir.

– Marché conclu, fit le bonhomme en plongeant son regard dans le corsage de la jeune délurée.

– La monnaie d'abord. »

Le vieil homme tendit trois pièces. La fillette abaissa

le tissu délavé qui dissimulait une poitrine dure et opulente.

« Mes seins, c'est ma tirelire », fit-elle, s'adressant à Lev.

Il se leva.

« Attendez ! »

Elle l'attrapa par la manche de son manteau.

« Quand je me souviendrai de vous, quel nom dois-je vous donner ?

– Lev.

– Moi, c'est Alice. Ma voisine d'avant m'appelait aussi Kiki. Kiki, en grec, ça veut dire mignonne Alice. Ou quelque chose comme ça… C'est un diminutif. Vous pouvez choisir.

– Kiki, dit Lev.

– Alors au revoir, monsieur Lev. »

Elle lui tendit la main. Il la prit et la serra vigoureusement.

« A bientôt, mademoiselle Kiki. »

Il s'éloigna.

Sur le boulevard, le vent hachait les visages. Lev manqua soudain d'une chaleur familière. Il ne connaissait personne qui possédât un samovar. Mais Zadkine avait une théière et préparait le thé à la russe. Korovine songea qu'il pourrait aussi dessiner devant lui, recevoir ses conseils. Le sculpteur l'aiderait peut-être.

Il se dirigea vers la rue de Seine, prit à droite dans la rue Rousselet et s'enfonça sous une voûte qui débouchait sur une cour. Des bruits assourdis lui parvinrent : Ossip était au travail.

Il portait une de ces chemises russes à col montant que Lev affectionnait mais dont il s'était défait, ne pouvant plus les enfiler depuis la blessure. Son œil était rigolard sous la frange. Il releva les lunettes dont il se servait pour sculpter et fit entrer son visiteur. Il lui demanda s'il avait faim. Avant même que Lev eût répondu, il lui avait glissé un quignon de pain entre les mains. Il dit :

« Mange tout. La boulangère me l'a vendu à crédit hier. »

Lev posa le pain rassis sur une table. Zadkine brandit sa pipe, un paquet de gris, et proposa du tabac. Au fond de l'atelier, il y avait une pierre posée sur un socle. Un nuage blanchâtre, crayeux, se perdait au plafond. Korovine demanda au sculpteur s'il travaillait depuis longtemps. Ossip répondit que lorsqu'il faisait trop froid pour dormir, il se levait et se dépensait.

Il parlait très vite, roulant les syllabes comme s'il voulait les avaler. Une buée légère ponctuait ses phrases. L'écoutant, Lev se demandait si tous deux conserveraient longtemps encore cet accent russe qui les distinguait des Polonais, des Allemands, des Finlandais et des Japonais de la Rotonde et du Dôme. Il aimait entendre ses propres inflexions dans la bouche des autres.

Zadkine montra une théière posée à même le sol, devant une tasse en faïence, et suggéra à son ami de se servir. Tous les Russes de la colonie buvaient du thé. Peu avaient une théière, et aucun ne possédait deux tasses. Moins encore de sucre.

Lev but une âcre gorgée. Un vent froid pénétrait par tous les interstices de la pièce, se faufilait dans les fentes du mastic qui avait cédé aux coutures des larges vitres donnant sur le ciel. La nouvelle œuvre de Zadkine se détachait en blanc sur des nuages bas et gris qui semblaient envelopper les quelques caisses, le sommier et les tissus épars jonchant l'atelier. Lev eût aimé sortir le bloc de sa poche, tracer une figure, la montrer. Mais il n'osait pas.

Le sculpteur meulait soigneusement un ciseau. Lev ne parvenait pas à détacher son regard de ses mains. Il tenait sa tasse à hauteur de la bouche, sans boire, paralysé par le spectacle des phalanges glissant sur le métal de l'outil.

Zadkine le graissa, l'empaqueta dans une feuille de papier journal puis il l'enfouit dans une trousse de laine.

« L'humidité les bouffe. Il faut les langer comme des enfants. »

Il n'avait pas remarqué le brusque intérêt de Lev pour ses mains.

Il s'enveloppa dans une couverture. Les deux hommes parcoururent l'atelier à bons pas tout en s'assenant de grandes claques sur les épaules. La température n'excédait pas les dix degrés centigrades.

Zadkine alluma sa pipe. Une odeur de feuille morte se répandit dans la pièce. Il dit que lorsqu'il reviendrait, il déménagerait. Il lui fallait un rez-de-chaussée. Il frappa le sol du talon.

« Pour travailler, j'ai besoin de sentir la terre. »

Lev lui suggéra de travailler dans les cours et les jardins de la Ruche ou de la cité Falguière. Le sculpteur secoua la tête. Un reflet passa dans sa chevelure lisse et brillante.

« Les ateliers des engagés ont été récupérés par les gens du Nord… Ceux qui habitaient les terres occupées par les Huns. »

Il ajouta :

« Peut-être que nous, les métèques, on crèvera tous pour ce pays de merde ! »

Il ramassa un document sur une table et le montra à Korovine : c'était une feuille de route.

« Je me suis porté volontaire. Toi, tu arrives, moi, je pars. Je prends le relais. »

Zadkine était muté comme ambulancier à Epernay.

Lev laissa son bloc au fond de la poche de son manteau noir. Il songeait qu'à son tour Zadkine allait découvrir la plainte des obus, les shrapnels claquant, les traits blanchâtres des fusées, les canons de 120, les canons-revolvers, le Lebel, les rats cavalant dans les tranchées, les ordres gueulés, les blessés geignant, les dragons et les mitrailleurs, les zouaves et les chasseurs, le génie, la poudre et le soufre, la guerre, la guerre pour ce pays de merde que les métèques remerciaient ainsi, à la vie à la mort, tant ils l'aimaient de leur avoir si bien ouvert les bras.

« J'ai de l'absinthe, proposa gentiment Zadkine. Une goutte seulement. »

Lev refusa. Il avait envie de filer.

« Au front, prends garde à tes mains.

– Tant que je suis avec elles, elles ne risquent rien.

– Détrompe-toi », dit Lev en approchant de la porte.

Il éluda. Zadkine apprendrait. Peut-être aurait-il un ami, comme Korovine en avait eu un, soldat au 247e régiment d'infanterie, blessé à la main gauche par un éclat d'obus en octobre 14. François Laurent. Envoyé à l'hôpital de Châlons-sur-Marne où se traitaient les plaies aux mains. Il ne fallait pas que la lésion fût cernée d'une trace de poudre noire, laissant suspecter une mutilation volontaire. Sinon, c'était le conseil de guerre et le peloton d'exécution. Le chef de François Laurent avait oublié de délivrer un mot certifiant que la blessure du soldat résultait d'un fait d'armes. François Laurent avait été fusillé.

Pendant toute la durée de sa guerre, Korovine avait protégé ses mains plus que toute autre partie du corps.

Il prit celles de Zadkine dans les siennes et les serra avec gravité.

« Garde-toi », dit-il.

Il descendit quelques marches et se retourna :

« Sais-tu où est Dedo ?

– Chez Rosalie ou chez Béatrice Hastings.

– Qui est Béatrice Hastings ?

– Une poétesse anglaise qui boit du whisky. C'est ainsi que Max Jacob la décrit. Elle parle haut et fort, elle porte des chapeaux comme tu n'en as jamais vu, elle est riche, belle, et elle joue du piano. »

Korovine n'imaginait pas Modigliani avec une poétesse anglaise. Une poétesse anglaise riche. Et qui jouait du piano.

« Ce n'est pas possible, dit-il en secouant la tête.

– Pourquoi pas ? Pourquoi Modigliani ne serait-il pas avec une Béatrice Hastings ? »

Lev chercha une raison acceptable et finit par lâcher :

« Parce qu'il ne parle pas anglais. »

Il ignorait si Modigliani parlait anglais ou non, et cette lacune le préoccupait tandis qu'il retournait à Vavin, coupant par Notre-Dame-des-Champs. Dedo et lui avaient partagé tant d'interrogations, tant d'exubérances, tant de misères, qu'il lui paraissait incroyable d'ignorer ce détail.

Lev se rappelait sa première rencontre avec Modigliani, en 1910. Il habitait cité Falguière, que ses occupants appelaient la Villa Rose, en souvenir de la couleur de ses murs. Il avait Soutine, Lipchitz et Foujita comme voisins.

Ce n'était pas le peintre qu'il avait remarqué tout d'abord, mais la charrette à bras qui s'était arrêtée dans la cour. Elle n'était pas encombrée de meubles, de matelas, de châssis ou de toiles. Il y avait seulement des pierres oblongues, dont certaines étaient grossièrement taillées. L'homme qui poussait la carriole n'était pas très grand. Il avait le teint d'une extrême pâleur, le regard noir et brûlant. Il portait un costume et un gilet en velours, un chapeau à larges bords et une écharpe rouge. Sa chemise avait été découpée dans une toile à matelas. Les pantalons étaient effrangés, les godillots bâillaient de tous leurs caoutchoucs, et le gilet prenait l'air.

Lev aida l'inconnu à disposer les sculptures dans la cour de la cité Falguière, puis ils s'en furent rapporter la charrette. La soif venant, ils rangèrent l'engin le long du trottoir et entrèrent aux Cinq Coins. Sans s'être concertés, ils sortirent tous deux un bloc de leur poche et firent comme on faisait toujours à Montparnasse lorsqu'il s'agissait de boire. Korovine s'assit à la terrasse côté nord, et Modigliani côté sud. Ils repérèrent chacun un visage et le dessinèrent. Lev, à sa manière, qui était plutôt lente et réfléchie ; Dedo, d'un seul trait, sans retouche, faisant voler ses mains fines au-dessus du papier tout en observant, concentré, son modèle, puis arrachant la feuille, la tendant avec autant de désinvolture qu'un prince distribuant ses richesses, et clamant alors :

« Je suis Modigliani, juif, cent sous. »

Ils récoltèrent quatre vins blancs à l'eau de Seltz. Burent d'un trait et repartirent. Stoppèrent la charrette au Petit Napolitain, plus haut sur le boulevard : deux vins blancs à l'eau de Seltz. Parcoururent, harassés, la distance qui les séparait de la Cigogne, optèrent pour une petite pause bien méritée, s'offrirent quatre quinquinas sur rondelle. Ils reprirent la route en chantant. Le chant leur dessécha la gorge. Par chance, ils croisèrent le boulevard Raspail et la crèmerie Leduc. Ils achetèrent un peu de ravitaillement. Qu'ils arrosèrent chez les sœurs Vigourelles de deux mominettes bien envoyées, plus deux autres pour la route.

Ensuite, il fallut pousser la carriole. Elle devenait bien lourde. La chair était abreuvée, mais elle manquait de vitamines. Lev proposa le plan champagne-petits fours avec étape chez Baty, à cause des nappes. Modigliani jugea l'idée remarquable. Ils garèrent la charrette place de Rennes, entrèrent dans le restaurant, s'assirent devant deux petits vins blancs à l'eau de Seltz, plièrent la nappe en quatre et décampèrent après avoir laissé dix sous.

Ils achetèrent un bouteillon d'encre de Chine et entreprirent de peindre deux cravates bien ajustées sur la nappe. Ils déchirèrent le tissu en deux parties à peu près égales et les ceignirent chacun autour du cou. Puis, très élégamment mis, ils poussèrent la charrette tout au long de la rue de Rennes. L'équipage ne manquait certes pas de classe, mais il n'y avait pas de cocktails & réceptions pour les recevoir. Alors ils revinrent vers le boulevard Raspail. Là, ils dénichèrent ce qu'ils cherchaient : une cérémonie mondaine se tenait à l'hôtel Lutétia.

Ils assirent la carriole sur le trottoir, entre deux fiacres rutilants gardés par des cochers en livrée, puis ils pénétrèrent dans le grand salon. On célébrait un baptême. Ils firent main basse sur les petits fours, chargèrent leurs poches de munitions sucrées, et ressortirent après avoir vidé quelques coupes à l'avenir du nourrisson.

Il faisait nuit. Modigliani avait perdu l'adresse du propriétaire de leur limousine. Elle stationna dehors, non loin des grilles du parc Montsouris. Avant de s'endormir, en pente et à l'arrière, Dedo grommela :

« *Sono uno scorpione*. Je me tuerai moi-même. La pensée me détruit à travers l'alcool. »

Il leva un dernier verre aux étoiles.

Il voulait être sculpteur. Sa pendule, c'était le soleil. Dans la cour de la Villa Rose, il jouait avec la lumière. Il tournait autour de ses têtes en pierre, s'épuisant au travail. Il manquait de forces pour frapper longtemps. La typhoïde le rongeait. Ses poumons étaient déchirés. La cité résonnait alternativement de ses coups de ciseau et de sa toux rauque et profonde. Un jour, Lev l'avait retrouvé inanimé au bas d'un bloc de calcaire. Mais Dedo s'entêtait : il était d'abord sculpteur, ensuite seulement, peintre.

Le soir venu, il emplissait d'eau un arrosoir à pomme et douchait ses sculptures. La pierre étant chère, il n'avait pas souvent les moyens d'en acheter. Il ne pouvait évidemment pas s'offrir d'aide. Lev lui donnait parfois un coup de main. La nuit, ils se rendaient sur les chantiers déserts et volaient la marchandise qu'ils trimballaient ensuite tant bien que mal jusqu'à la cité. Le lendemain, ils la cassaient, la concassaient, puis Amedeo la travaillait, parfois sous l'œil admiratif de Brancusi qui l'observait sans broncher, la main droite caressant sa longue barbe noire.

D'autres fois, Dedo se rendait chez Rosalie, rue Campagne-Première. C'était une gargote très simple où, pour deux francs, on mangeait des spaghettis du pays. Des maçons italiens y déjeunaient. Modigliani les interpellait, leur offrait un dessin s'il le fallait ; ils acceptaient presque toujours de débarrasser leurs chantiers des quelques blocs qui manquaient à l'artiste.

Quand il n'y avait plus rien, ou que la poussière de pierre avait fait sa niche partout à l'intérieur, Lev et Dedo cherchaient du bois. Le meilleur se trouvait dans les stations du métropolitain encore en construction. Ils volaient des traverses. Modigliani sculptait ses têtes à leur exacte dimension. Quand il avait achevé son travail, il était heureux. Le lendemain, il cherchait du rhum : il disait que l'alcool l'empêchait de tousser. Et s'il toussait quand même, il prenait du haschich : il disait que la drogue le rendait plus inventif. Et s'il ne parvenait pas à obtenir la quintessence artistique qu'il cherchait, il reprenait un verre de cognac et le mélangeait à une larme de cocaïne : ça le faisait pleurer pour toujours.

Il poussait très loin les paradoxes. Il était tantôt d'un calme extrême, parlant bas, charmeur, jouant de ses séductions avec l'habileté d'un magicien ; tantôt d'une grande violence, lyrique, déclamant du Dante ou du Mallarmé au milieu des rues, brisant ses rimes sur d'effroyables quintes de toux qui le pliaient sur lui-même, contractaient son visage, l'achevaient au bord des trottoirs. Riant comme un enfant, grimaçant de mille blessures intérieures. Fier. Fier et insupportable. On lui donnait de l'argent pour acheter de la cocaïne, il revenait, ravi, gonflé d'énergie, ayant tout dépensé et tout consommé.

Il remboursait avec ses dessins. Il en buvait, aussi. Il s'asseyait à la table d'un bistrot, observait celui qu'il avait décidé de portraiturer, sortait un bloc de sa poche, chantait tout en crayonnant, échangeait le dessin contre un verre de rhum ou un petit marc avec sucre. Il donnait tout ce qu'il avait et que les autres désiraient. Il ne gardait pas ses œuvres. Il ne se gardait pas lui-même. Il brûlait sa force devant la pierre qui lui rendait autant de coups qu'elle en recevait de lui, il l'offrait à la maladie qui le rongeait et contre laquelle il ne se battait pas, aux femmes amoureuses qu'il ne peignait jamais nues lorsqu'il les avait conduites sur son matelas avant de leur rendre hommage grâce à la finesse de ses pinceaux.

Béatrice Hastings.

Où Modigliani avait-il bien pu rencontrer une femme de lettres anglaise qui buvait du whisky ?

Dedo était chez Rosalie, la bougnate de la rue Campagne-Première. Il se tenait debout derrière le bar minuscule. Il portait son éternelle veste en velours, avec trois chandails dessous. Quelques crayons sortaient de sa poche gauche. Dans l'autre, Lev aperçut le volume froissé, corné et annoté de la *Divine Comédie*, qu'il trimballait toujours avec lui.

Alentour, installés près des tables ou appuyés aux murs, deux douzaines de clients suivaient, amusés, les manœuvres du peintre visant à dérober une bouteille sous le comptoir. Il l'échangea finalement contre deux baisers et un dessin. Se tournant vers la porte, il aperçut Korovine.

« Lev ! »

Il contourna le bar, donna l'accolade à son ami, lança un *Ciao !* retentissant, ouvrit la porte et poussa Korovine devant lui. Brusquement, le tumulte disparut dans le petit matin glacé.

Ils remontèrent la rue Campagne-Première. Deux hirondelles à vélo passèrent dans un murmure élastique.

« Il faut que je te montre quelque chose, dit Amedeo. Il faut absolument que tu viennes avec moi. »

Ils marchèrent vers le boulevard Edgar-Quinet.

« Je cherche un peintre riche. Tu connais un peintre plus riche que nous ?

– Picasso. »

L'Italien secoua la tête.

« Picasso n'acceptera jamais.

– Pourquoi te faut-il un peintre riche ?

– Parce que je veux faire son portrait.

– Fais le portrait d'un peintre pauvre. C'est beaucoup plus répandu.

– Je veux un peintre riche ! s'entêta Dedo. Je veux qu'il m'invite chez lui, dans un atelier chauffé et confortable, avec tout le matériel dont je rêve à ma disposition ! Je le ferai poser très longtemps, et quand j'aurai bien bu, bien mangé et bien travaillé, je lui offrirai son portrait. C'est un marché honnête, non ? »

Lev approuva.

Modigliani tourna à droite dans la rue Huyghens et poussa la porte d'un immeuble. Au fond d'une cour nauséabonde, il y avait un petit bâtiment en ruine. Un robinet laissait échapper un filet d'eau qui ruisselait jusqu'à une flaque gelée où un jouet d'enfant était pris.

« *Vieni.* »

Ils empruntèrent un escalier qui débouchait sur une plate-forme crevassée. Le plafond était ouvert. Lev se demanda si l'endroit avait été détruit intentionnellement ou si l'anéantissement était l'œuvre des zeppelins.

Un muret se dressait à l'une des extrémités de la plate-forme. Derrière, au centre d'une pièce éventrée, trois piliers montaient vers le ciel gris. Amedeo s'arrêta devant l'un d'eux. Il prit la bouteille dérobée chez Rosalie, fit sauter la capsule de cire et porta le goulot à sa bouche. Il but à longs traits tandis que Lev approchait du pilier. La sculpture qu'il découvrit le fit frissonner. Une cariatide creusée dans la pierre. Une tête tout en longueur, des yeux en amande, la pointe du menton se confondant encore avec la masse. Au sol, un maillet, un burin, un ciseau.

Dedo tendit la bouteille à Lev. Celui-ci but trois gorgées d'une infecte vinasse et recracha la quatrième.

« Je finirai cette nuit, dit l'Italien. Demain, tu m'aideras. On l'emportera dans l'atelier.

– Qui est-ce ? demanda Korovine.

– Une reine. *Una principessa.*

– Une Anglaise ?

– Peut-être. »

Amedeo ramassa ses outils et prit Lev par le bras. Ils revinrent vers la plate-forme.

« Tu sais où aller ?

– Non.

– Alors viens chez moi. »

En chemin, Modigliani dit qu'elle était comme un vertige. Ils se battaient le jour et la nuit. Elle lui répétait qu'il était beau, et rien d'autre. Il la giflait. Elle lui rendait ses coups. Ils criaient, ils riaient, c'était une forme de passion. Elle aimait le vin, le corps des hommes et Katherine Mansfield. Elle voulait qu'il vienne vivre chez elle, sur la Butte. Ils se frapperaient plus encore. Ils boiraient davantage. Il peindrait. Il sculpterait. Elle avait un visage flou, très blanc, des yeux clairs. Une fille sauvage, un peu chic, perverse, évidemment.

Modigliani parlait tantôt en français, tantôt en italien. L'excitation s'était emparée de lui. Il lançait les bras loin devant, mimait les gifles, les coups que sa maîtresse et lui se donnaient.

Boulevard Raspail, numéro 216, il franchit le portail qui conduisait à l'atelier qu'il occupait depuis que la propriétaire de la cité Falguière lui avait donné son congé pour défaut de paiement.

Lev le devança dans un hall élégant, poussa une porte vitrée qui ouvrait sur une cour bornée par quatre constructions lépreuses.

La demeure de Dedo était une sale mansarde supportant des branches d'arbre qui tombaient sur la verrière comme des larmes noires. Les hautes fenêtres étaient brisées par endroits. Le froid s'engouffrait dans la pièce. Le sol était encombré de feuilles sur lesquelles étaient tracées des têtes allongées. D'autres étaient épinglées aux murs. Il y avait aussi une toile posée sur un chevalet qui tournait le dos à l'entrée.

Dedo s'abattit sur un lit de campagne constitué de deux montants en bois soutenant une toile grossière. Il tira son manteau sur lui et dit :

« Maintenant je dors. Regarde-la. C'est une reine. »

Il ferma les yeux.

L'odeur de l'essence, des gouaches, la vision de cet univers de peinture, les dessins, les toiles, les esquisses, les cadres défaits, tout cela avait saisi Lev à la gorge et au ventre. C'était comme s'il se retrouvait brusquement plongé dans une terre où il n'avait plus sa place. Il découvrait tout à la fois une chaleur bienheureuse et les marques de sa stérilité. Un plein et un vide. Un tout et du rien.

Il contourna le chevalet. Sur une toile recouverte, apparut Béatrice Hastings. Le portrait était inachevé. Des cernes bruns indiquaient la courbure des épaules. Le fond avait été tracé à la brosse large, en un long trait ocre qui mourait sur l'esquisse d'un bras, creusé dans l'épaisseur avec le manche du pinceau. Le regard était dissymétrique – un œil ouvert et l'autre bouché. Les lèvres rouges. Le menton pointu. Les joues contrastées, surchargées, comme Picasso faisait parfois. Les cheveux étaient sombres, courts, enfermés dans un bonnet qui ressemblait à celui que portait la jeune fille de la Rotonde.

Korovine ne parvenait pas à se détacher de la toile. Une illusion le clouait face à l'œuvre. Il en était le créateur. Il l'avait commencée ainsi, et il achèverait la silhouette, bras et jambes, rehausserait les pommettes d'un vermillon profond, demanderait à Béatrice Hastings de poser encore pour parfaire la courbe du cou. Il la prierait aussi de se placer face au soleil, un peu de biais, il faudrait que la lumière allonge la lèvre en un reflet très léger, une ombre d'un noir mouillé qui se confondrait avec la chevelure, qui serait peut-être une mèche, le ruban d'une mèche, ou encore le scintillement de la boucle d'oreille, celle-ci rejoignant l'émeraude d'un collier si elle portait un collier et si le visage était légèrement penché.

Mais le collier n'était pas d'émeraude, et le cou, si long, si pur, était d'une absolue perfection.

Lev se détourna. Sur une table en osier, il aperçut deux encres représentant la même femme. Sur l'un des dessins, elle portait un chapeau identique à celui de la toile. Sur l'autre, elle était tête nue. Il y avait aussi un fusain admirable qui montrait la poétesse anglaise presque déshabillée, tenant entre les mains un tissu qui dissimulait le bas du ventre. Un envol. Le brouillon d'un songe.

Lev regarda longuement ce fusain. Puis les deux encres. Et la toile. Il ne ressentait rien. Un regret, une ouverture immense, comme un tuyau creux qui le perçait de part en part. Mais pas l'ombre d'une tentation.

Il s'agenouilla pourtant. Il trempa un pinceau fin dans un bidon de térébenthine. Il retrouvait les gestes.

Il appliqua la pointe du pinceau sur une petite toile appuyée à la base du chevalet. Il dessina la jeune fille de la Rotonde ainsi qu'il s'en souvenait : les genoux serrés, les pieds vers l'arrière, une main sur la cuisse, l'autre sur la table. Elle fixait un point éloigné, comme si elle regardait une étendue. Mais ce n'était pas elle. Elle n'était rien, elle n'était personne.

« Lev ! »

Il se retourna. Dedo l'observait, en appui sur un coude.

« Je ne t'ai jamais vu dessiner agenouillé. »

Korovine se redressa aussitôt. Le pinceau tomba à ses pieds.

« Pourquoi agenouillé ? »

Dedo le fixait d'un regard doux et profond. Son foulard rouge apparut à Lev comme un collier de sang. Il se baissa, ramassa le pinceau, le trempa dans un gobelet d'eau et dit :

« Je ne peux plus peindre. »

Modigliani demeura impassible.

« Mon rêve, ce n'était pas de peindre mais de sculpter. L'état de mes poumons m'en a empêché. Où sont tes poumons ? »

Korovine secoua la tête sans mot dire.

« Où sont tes poumons ? » s'écria Dedo.

La colère empourprait ses joues.

« Tu as le bras cassé ? Foulé ? Quelque chose à la main ?

– A la tête, répondit Lev.

– Un caillot ? On t'a trépané ? »

La voix de l'Italien roulait sous la verrière. Il s'était levé. Il parlait en agitant les bras. Lev savait quelle blessure et quelle générosité il avait touchées chez Dedo : la blessure, c'était la sculpture ; la générosité, c'était l'indignation de voir son ami aussi infirme qu'il l'avait été lui-même lorsqu'il avait renoncé à tailler la pierre.

« Ma tête est un champ de bataille », dit Lev.

Dedo s'allongea sur le lit. Les deux hommes restèrent longtemps sans parler, Dedo fixant la verrière, Lev face à ses déserts. Enfin, Modigliani dit :

« Parfois, quand je peins, j'ai l'impression de refaire de la sculpture. C'est une illusion, bien sûr. Mais elle m'aide. »

Il tendit un doigt dans la direction de Korovine. Il regardait toujours le ciel.

« Je t'apprendrai. Nous referons les gestes ensemble. »

Il ferma les yeux et roula sur le côté.

« Prends n'importe quelle toile, vierge ou pas, et fais-moi une pomme. Mon premier dessin, c'était une pomme. »

Il s'endormit.

D'un mouvement rageur effectué à l'aide d'une brosse trempée dans du blanc, Lev Korovine brouilla ses couleurs, effaçant un rêve de peinture.

Lev rencontra la poétesse anglaise dans l'atelier de Soutine, un matin, tôt. Il avait dormi là en compagnie de Modigliani et du Lituanien. Dedo avait fini par le persuader de ne plus coucher sous les porches ou dans les entrées des immeubles. Il avait eu l'idée des lanières. Korovine ayant passé une nuit boulevard Raspail, l'Italien avait assisté à l'agonie désespérée de son ami après que, dans son sommeil, celui-ci eut roulé sur le ventre. Au matin, il avait dit :

« J'ai fait la guerre avec toi cette nuit. »

Il avait détaché deux lanières d'un chevalet et les avait tendues à Lev.

« Quand tu dors, attache-toi. Sinon, tu finiras par rentrer sous terre. »

Depuis, chaque soir, où qu'il dormît, Korovine entravait ses chevilles aux montants des sommiers ou des radiateurs qu'il découvrait dans les pièces où on lui offrait l'hospitalité. Ainsi s'empêchait-il de basculer du côté où Félix l'avait tenu, serré, embrassé, sur le ventre, dans la position où l'avaient retrouvé les fossoyeurs montés en ligne.

Lorsque, ce matin-là, Béatrice Hastings entra dans l'atelier de Soutine, les trois hommes avaient passé la moitié de la nuit à boxer du pied les punaises et les cafards qui réclamaient leur part du gîte. Ils avaient finalement remporté la victoire, mais elle était humide : il avait fallu répandre des seaux d'eau sur le sol pour noyer la vermine. En sorte que quand la porte s'ouvrit sur le chapeau et les yeux clairs d'une femme inconnue, Dedo, Soutine et Korovine étaient allongés à terre, reposant sur des couvertures détrempées, les talons et les cheveux dans la flotte.

Ouvrant un œil, Lev découvrit une personne élégante qui les considérait avec un sourire délicieux. Elle avait la taille fine. Ses mains, soigneusement gantées, tenaient un sac à fermoirs de cuivre.

Soutine se dressa sur un coude. Dedo ne bougea point. La jeune femme s'approcha de lui, levant bien haut la pointe de ses souliers lacés pour qu'ils ne fussent point souillés par les blattes surnageant. On aperçut la dentelle d'un jupon. Béatrice Hastings se planta devant l'Italien, secoua longuement la tête, ravie, puis elle dit – ce furent les premiers mots que Lev entendit d'elle –, elle dit, allongeant la lèvre en un long baiser d'amour :

« Modigliani, vous êtes un ravissant misérable ! »

Et lui, gardant les yeux fermés :

« Crétin ! Petit crétin ! »

Il rit, de ce rire d'enfant qui soudain devenait amer, et d'un bond, il fut debout.

« Je veux revoir ma mère ! *Cara Italia !*

– Et moi, je rentre. M'accompagnez-vous ?

– *Domani.*

– J'ai donné pension à une guêpe malade. Elle m'attend pour que je la soigne. Il y a urgence. »

Béatrice Hastings balança joliment son sac, refit en sens inverse le chemin qu'elle avait parcouru au milieu des petits cadavres, puis elle disparut et on la revit à peine.

Modigliani la rejoignit presque aussitôt. Lev et Soutine restèrent immobiles sur leurs matelas. Il leur fallut un moment pour s'ébrouer et déglutir. Des femmes comme celle-ci, ils n'en avaient jamais vu d'aussi près. Et jamais dans leur pays. Elles étaient comme des rêves.

Soutine dit :

« C'est une fée. »

Il s'illusionna quelques secondes et redescendit sur terre :

« Ce qu'il nous faudrait, c'est des gueules de princes charmants. »

Lev fit remarquer :

« La beauté des riches n'est pas celle des pauvres. »

Il avait découvert cette réalité en arrivant à Paris. Les coiffures, les parfums des femmes l'avaient enivré. Même leur teint, qui n'était pourtant jamais aussi naturel que celui de sa mère ou des femmes de son village. Les couleurs des lèvres, des joues, des paupières, lui avaient paru irréelles mais magnifiques, et magnifiques aussi le scintillement des bijoux, la douceur des gants de peau, le crissement des bas de soie quand elles croisaient leurs jambes... Elles avaient des gestes, des manières, qu'il ne se lassait pas de découvrir. Leur monde était celui d'une harmonie habillée. Le sien, celui dont il était issu, avait des beautés différentes. Celles de sa mère étaient plus simples. Seul le soleil maquillait ses joues. La peau de ses mains était un peu rugueuse, striée par les marques de ses occupations. Ses sourires n'étaient pas adressés aux hommes, à qui elle n'eût pas même pensé plaire, mais aux enfants de sa classe, à qui elle apprenait à lire ; et aux siens, Lev, ses trois frères, ses deux sœurs. Elle n'avait pas pour son mari les attentions d'une

Béatrice Hastings pour Modigliani. Jamais elle ne lui eût demandé de l'accompagner ici, là, ou ailleurs. Ailleurs, c'était la cordonnerie du père, là, l'école où la mère enseignait, ici, la petite maison de pierre où vivait, à l'étroit, la famille Korovine. Les ravissants misérables ne s'y réfugiaient pas plus que les guêpes malades. C'était là des choses qu'on ne connaissait pas. Les fées et les princes charmants se retrouvaient dans les livres : elles étaient des images, et eux, leurs légendes. La vie, c'était autre chose.

Chaïm se leva.

« Lorsque je suis arrivé à Paris, dit Lev, j'ai fait un portrait imaginaire. C'était celui d'une fiancée de mon pays. Je l'ai habillée des vêtements qu'on trouve ici, je lui ai peint les lèvres et les joues, je lui ai acheté des milliers de bagues, de colliers, de bracelets, de boucles d'oreilles, je l'ai faite riche alors qu'elle ne l'est pas.

– Laquelle préfères-tu ? » questionna Soutine.

Il claquait des dents.

« La vraie », répondit Lev.

Il se dessangla. Un brouillard terne envahissait le passage Dantzig. La fenêtre de l'atelier ouvrait sur une nuée blanche qui ne laissait entrevoir que de rares vestiges de la cité d'artiste. Plus bas, les tilleuls et les marronniers, partiellement étêtés pour alimenter les poêles et les cheminées des peintres et des réfugiés, paraissaient aussi squelettiques que les bouleaux du Nord, charcutés par la mitraille et les obus. Là-haut, la verdure était en sang ; en bas, elle servait de bois de chauffage.

Soutine se baissa pour ramasser les tubes de peinture qui traînaient au sol. Il les regroupa dans un seau, près du chevalet. Celui-ci était entouré de draps et de nappes découpés, de toiles peintes et repeintes, enchevêtrées les unes par-dessus les autres. Il en observa plusieurs, puis, comme Lev s'approchait, il les creva d'un violent coup de pied. Le Lituanien n'aimait pas montrer son travail.

En russe, Lev lui demanda de retenir son pied. Chaïm se grattait l'oreille. Il s'était réfugié près d'un dessin, et il l'observait. Korovine resta à l'écart. Il le voyait de dos, voûté, trapu, la tête enfoncée dans les épaules, les mains dans les poches d'un manteau humide. Maussade, comme souvent.

Il se tourna vers Korovine. Il avait l'œil noir et brûlant, les lèvres closes et tordues. Il était comme sa peinture : violent, sauvage, paroxystique.

« Regarde », dit Soutine de cette voix basse et douce qui contrastait si étrangement avec la furieuse intensité qui se dégageait de lui.

Il brandissait une minuscule lampe à huile. Lev proposa de l'allumer. Chaïm l'éloigna. Il dit qu'il ne voulait pas la faire brûler mais la peindre. Depuis des semaines, il travaillait à cela. La lampe appartenait à un artiste qui habitait un atelier voisin ; chaque jour, il devait discuter pendant des heures pour que l'autre la lui prêtât. Ils étaient parvenus à un accord : Soutine disposait de la lampe au cours de la journée, son propriétaire la récupérait pour la nuit. La nuit d'avant, le peintre n'était pas venu. Avec de la chance, il avait oublié son bien.

Un sourire un peu cruel égaya le visage de Soutine. Il s'écarta et montra brièvement le dessin qu'il contemplait. Lev eut le temps d'apercevoir l'anse de la lampe à huile. Puis Chaïm retourna le papier.

« Sortons, dit-il. Allons près d'un poêle. »

La veille, il avait demandé à Lev de l'accompagner

chez un docteur. Il souffrait du ventre. Il souffrait d'une oreille. Il avait peur de se rendre seul chez une personne qu'il ne connaissait pas.

Il s'enveloppa dans une longue écharpe de laine, se coiffa soigneusement puis chaussa un chapeau à larges bords, au ras des sourcils. Après quoi, il se brossa les dents à l'aide d'un pinceau frotté au dos d'un savon. Il avait une dentition exceptionnelle. Quand il fut prêt, il se campa face à Lev et demanda, en russe :

« Tu crois que je peux me présenter devant un docteur dans cette tenue ?

– Oui.

– Et comme ça ? »

Il écarta les pans de son manteau. Dessous, il était nu comme un ver.

« Non, dit Lev, le plus gentiment possible. Il faudrait une chemise et un pantalon.

– Je n'ai ni chemise ni pantalon. »

Le plus simple eût été de demander au voisin de prêter l'indispensable. Mais alors, il eût sans doute réclamé l'essentiel : la lampe à huile. Soutine ne voulait pas courir le risque.

« Tu n'as pas besoin de pantalon, dit-il en lorgnant les culottes de son compatriote. Ni de chemise. Ce n'est pas toi qui vas voir le médecin. »

Korovine en convint.

« Et puis ton manteau cachera tout. »

Lev se délesta du bas et du haut.

Ils quittèrent l'atelier. Le palier circulaire donnait sur des portes surmontées de lettres. Avant guerre, Chagall avait habité au « A ». Soutine était au « D ».

Les couloirs tournaient autour de la cage d'escalier. La lumière émanant du dôme se faisait de plus en plus rare au fur et à mesure qu'on glissait vers les étages inférieurs, en sorte que Lev buta sur Soutine comme ils atteignaient le rez-de-chaussée. Le Lituanien se retint à la rampe ouvragée. Son genou cogna contre l'un des balustres. Il se rétablit sans se plaindre et poussa la porte principale.

Les cariatides grisâtres qui encadraient l'entrée accueillirent les deux hommes d'un sourire de pierre. Ils glissèrent sur les allées de gravillon et filèrent dans le passage désert, en direction du boulevard. Quelques passants frigorifiés allaient le long de palissades orphelines : la moitié des planches avaient été débitées pour servir de combustible. Il restait aussi quelques poubelles dont l'une, particulièrement remplie ce jour-là, attira l'attention de Chaïm Soutine.

Il s'arrêta et y plongea la main. Il fouilla, découvrit une paire de chaussures dont les semelles étaient percées, et les brandit victorieusement sous le nez de Korovine.

« On va manger ! s'écria-t-il avec cet accent rendu indéfinissable par le mélange des mots russes et des onomatopées françaises. Au Dantzig, une godasse vaut une soupe ! »

Il empoigna Korovine par le coude et, l'entraînant, revint sur ses pas, marchant vers un café qui étalait sa triste devanture quelques centaines de mètres plus loin.

Ils poussèrent la porte. Sitôt entré, Soutine fonça sur le poêle. Il s'y assit. Il s'y roula. Il devint grenat, vermillon, écarlate, cramoisi, incandescent. La chaleur sembla lui procurer un bonheur supérieur. Métaphysique. Tandis qu'il virait au rouge, Lev négociait la paire de chaussures.

Il en obtint une soupe et demie et un thé pour deux.

Soutine refusant obstinément de quitter ses braises, ils s'installèrent près du poêle. Un bol à renouveler pour une moitié à expiration du terme, une tasse à partager. Et, surtout, cette chaleur bienfaisante dont Chaïm se gorgeait, se repaissait, lui qui souffrait abominablement du froid.

« Après, on va au Louvre.

– D'abord chez le docteur, objecta Lev.

– Après, au Louvre, répéta l'autre. Comme récompense…

– Le Louvre sera fermé.

– Alors aux Halles. »

Soutine se leva pour faire remplir le bol de soupe. Il avait gardé son écharpe et son chapeau. Entre le poêle et le zinc, il porta trois fois la main à la poche de son manteau. Mais il n'y avait pas de cigarettes. Et les poches étaient certainement trouées. Et le pantalon de Lev lui arrivait aux chevilles. Et il marchait pieds nus dans des chaussures crevées. Et quand il se retourna, ayant obtenu à peine le tiers du bol, son visage exprimait tout à la fois la flamme, la douleur et la fatigue.

Il retrouva sa place près du poêle. Il échangea le bol contre la tasse, versa quelques gouttes de thé dans la soucoupe et y plaça un sucre. Puis, dans un bruit de succion, il but comme il buvait toujours : aspirant le liquide à travers le sucre.

Le médecin diagnostiqua une punaise. Tandis que, dans la salle d'attente, Lev enfilait son pantalon et remettait sa chemise, Soutine précisa :

« J'avais une punaise dans l'oreille ! Le petit animal ! Il avait froid dehors, alors il est venu au chaud dans l'oreille.

– Et le ventre ?

– Le ventre, il est déchiré. Pour toute la vie… J'ai des punaises partout. Dans l'oreille, dans le ventre… Sûrement dans la tête. Viens aux Halles… »

Ils s'y rendirent. Korovine, dont les maigres réserves étaient presque épuisées, dit qu'il viendrait y travailler le lendemain ou le surlendemain.

« Je t'accompagnerai », proposa Soutine.

Il n'était plus tourneur d'obus chez Renault depuis qu'il avait mesuré le danger du travail : à tout moment, il risquait de se faire couper un doigt.

« Hier, j'ai déchargé des wagons de marchandises à la gare Montparnasse. Je peux me casser le pied, mais avec un pied cassé, on peint quand même. Tandis que le doigt… »

Les Halles avaient meilleure mine. Il y avait un peu plus de fruits que d'habitude, et trois bouchers convoyaient des quartiers de viande sur leurs épaules.

Leurs vestes blanches étaient ensanglantées. Quelques badauds les considéraient avec intérêt : si la viande revenait, la guerre s'éloignait peut-être…

Lev et Chaïm regardaient les cageots de légumes, les salades, la volaille, les chauffeurs des camions buvant l'absinthe dans les cafés bordant le Ventre de Paris, les porteurs de caisses qui se frayaient un passage en cognant, criant, dégageant – sans cesser de rire. Soutine furetait ici et là, cherchant au ras du sol un débris de viande qu'il voulait peindre. Il stoppa net devant un étal.

« Regarde ! »

Se penchant, Lev découvrit la peau douce d'un poulet monté sur un reste de pectoraux. Soutine scrutait la carcasse comme un chasseur-renard. Il se baissa, la prit et pâlit de plaisir devant la mobilité des moignons et des cartilages, la finesse du vieux bec, la rondeur des orbites. Mieux qu'une lampe à huile. En tout cas, à peindre avant car ne se gardant pas.

« C'est pour la nuit prochaine ! » s'enthousiasma le peintre.

Il était affamé, mais pas une seconde il n'eût songé que son poulet, rapidement enveloppé dans quatre feuilles de papier journal et protégé du froid et du vol derrière la doublure du pardessus, eût pu constituer un festin pour artistes en manque. Il voulait le croquer, pas l'avaler.

« A l'huile ! s'écriait-il en caressant la volaille. Et pas sur un drap ! Sur une toile ! J'en recouvrirai une ! Sinon, Krémègne me prêtera ce qu'il faut ! Ou Dedo !… »

Quand Lev eut ramassé une demi-pomme et Chaïm quelque chose qui ressemblait à une ancienne courgette, ils se dirigèrent vers la Seine. Soutine devait rejoindre la Rotonde où l'attendait son professeur : une fois par semaine, il échangeait un café crème contre une leçon de français que lui donnait une habituée du café.

Les deux hommes traversèrent le Pont-Neuf et suivirent la rue Dauphine. Un attroupement s'était formé boulevard Saint-Germain. Les badauds observaient avec curiosité la lente progression d'un canon tracté dont le fût, étiré et longiligne, était peint dans une couleur beigeasse parcourue de filets noirs et kaki. Le visage de Lev se ferma. Soutine s'arrêta, considérant l'étrange équipage avec intérêt. Il demanda s'il s'agissait là de ces camouflages dont Picasso avait parlé un jour qu'il avait vu un canon semblable à celui-ci remonter le boulevard du Montparnasse. Lev répondit que oui.

« Il a dit aussi que les cubistes auraient pu faire ces camouflages, poursuivit Chaïm.

– Les cubistes l'ont fait », répliqua sèchement Korovine.

Il attendit que la batterie eût libéré la chaussée pour traverser à la hâte.

« Tu as peint des choses comme ça ? » s'enquit Chaïm, incrédule.

Lev marchait à grands pas vers le théâtre de l'Odéon.

« C'est même à quoi j'ai passé la plus grande partie de mon temps de guerre ! »

Il criait presque.

« J'ai fabriqué des fausses routes ! Des fausses tranchées ! Des fausses batteries ! J'ai peint des filets de raphia, des faux feuillages, des faux murs, des fausses maisons, des faux bois, des faux camions ! J'ai même fabriqué des meules de paille dans le carton et des bornes kilométriques dans le bois ! J'ai dissimulé des ponts sous des cimes trompeuses ! J'ai habillé des villages en ruines et des trains en troupeaux. J'ai abrité des postes de tir sous des cheminées factices ! »

Il se retourna vers Soutine qui marchait à quelques pas, sans plus se soucier de son poulet. Lev avait l'œil fiévreux. Une grande violence passait dans ses mots et dans ses phrases.

« J'ai même peint des faux cadavres ! Des cadavres d'hommes et des cadavres de chevaux ! Avec les faux trous de fausses balles pour y glisser les vrais canons de vrais Lebel ! »

Il s'arrêta, fit demi-tour et se campa face à son camarade.

« J'ai aussi peint des têtes d'hommes tenues à bout de bras par les poilus des tranchées pour attirer les tirs ennemis ! Et des panneaux grandeur nature figurant des centaines de soldats qu'on levait en hurlant face aux troupes ennemies pour les faire déguerpir !... »

Il empoigna Chaïm par le col et, tout en le secouant, laissa couler son désespoir :

« Tu te rends compte si je devais finir là ? ! Si ma dernière œuvre devait être un leurre, une tromperie ! Un buisson sur le fût d'un canon ! »

Il lâcha prise et partit vers la Rotonde. Soutine s'enferma dans sa maussaderie habituelle. Il se voûta insensiblement, glissa une main dans sa poche, l'autre retenant le poulet enfermé dans la basse-cour de ses doublures.

Lev serrait contre lui sa grande écharpe blanche. Il se disait qu'il détestait les arbres. Sa vraie spécialité, c'étaient les arbres. Ceux dans lesquels l'état-major plaçait ses guetteurs et ses mitrailleurs. On repérait une forêt, et dans cette forêt, à la lisière, on choisissait un arbre dont les branches avaient plié sous les bombardements. Lev Korovine le dessinait à l'aquarelle. Il reproduisait les nœuds, les teintes, l'écorce, toutes les cicatrices du tronc. Son dessin était envoyé à Châlons, dans un ancien cirque. A l'aide de plaques blindées, des spécialistes fabriquaient un faux tronc ; s'inspirant des dessins de Lev, les peintres façonnaient une fausse écorce. Quand le faux arbre était monté, on l'envoyait au front. Par exemple, à Sainte-Marie-aux-Mines. C'est une nuit de printemps, sans lune pour que les Allemands ne voient pas. L'artillerie crache ses salves pour qu'ils n'entendent pas. Le génie est au travail. Dans la soirée, les sapeurs ont scié l'arbre que l'état-major voulait voir transformé. Ils ont creusé un trou pour placer le nouveau. Ils l'arriment avec des cordages invisibles. A l'aube, d'autres poilus vérifient l'accès au poste de guet. Ils testent l'échelle. Au point le plus haut, ils observent l'ouverture. Lorsque tout cela est fini, ils appellent le peintre afin qu'il contrôle la qualité du mensonge. Que cet arbre ressemble à n'importe quel arbre.

Lev Korovine vient. Un chauffeur le dépose en retrait des lignes ennemies, à six cents mètres de la lisière. Félix.

« Je t'accompagne ! »

Ils rampent entre les arbres. Derrière, calfeutrée dans ses tranchées, l'armée en campagne attend les ordres. Toute la nuit, on a entendu les Allemands parler dans les boyaux d'en face. Il y a même eu quelques échanges entre les poilus et les casques à pointe. Ça arrive parfois. On se raconte des histoires. On prend des nouvelles. On regrette cette guerre. Mais lorsque l'état-major commande le feu, quelques secondes avant que les pièces d'artillerie crachent leurs salves, on jaillit de dessous terre, baïonnette au canon, pour se réduire en sang et en bouillie.

Ce matin-là, à Sainte-Marie-aux-Mines, agenouillés au pied de l'arbre blindé, Félix et Korovine entendent les Allemands rire non loin dans la forêt. Lev observe le poste de tir. Le tronc est un peu trop ocre et les nœuds du bois manquent de relief. Mais à distance, la supercherie n'apparaît pas.

Le peintre cubiste se penche vers le chauffeur qui l'accompagne et lui demande ses jumelles. L'autre les lui tend. Il affiche ce visage grave, fermé, que Lev lui a toujours connu, à la terrasse du Dôme comme ici, à quelques mètres des lignes allemandes, de ces rires de gorge qui leur parviennent dans le brouillard du petit matin.

Levant les jumelles vers la cime de l'arbre, Korovine vérifie que les peintres de l'arrière ont bien dessiné le sigle de l'unité à laquelle il appartient, qu'il fait toujours reproduire sur les leurres dont il a la charge et que nul, s'il n'est informé, ne peut distinguer des départs des branches et des rameaux. En sorte qu'après l'assaut, si la forêt tombe aux mains de ceux d'en face, l'artillerie française peut concentrer ses tirs sur cet arbre en toc, devenu poste de combat et d'observation ennemi, reconnaissable au faux dans le faux inscrit à son sommet.

Le chauffeur agenouillé auprès du peintre regarde lui aussi la cime factice. Il murmure que la guerre est un mensonge. Lev écoute les rires des casques à pointe, à cinquante pas de la lisière. Quelque chose cloche. Il pose les jumelles et tend l'oreille. Il reste ainsi, le genou en terre. Puis il dit :

« Les rires aussi sont faux. »

Il se redresse, attrape Félix par le bras, et ils décampent dans la forêt, cavalant, coudes au corps, entre les troncs.

En quelques secondes, les chuchotis des hommes deviennent des clameurs d'assaut. Bientôt recouvertes par le hurlement des obus arrivant. Le feuillage si vert, et les branches si tranquilles, la guerre en paix vire à l'enfer. C'est un embrouillamini de formes et de couleurs. Les poitrines hachées, les effondrements, la terre retournée, le vacarme et les hurlements composent un kaléidoscope rougi du sang des autres que regardent, au loin, les maréchaux d'Empire dans l'œilleton des jumelles.

Félix est happé le premier. Il courait. Il est porté en avant, bras étendus, soulevé de terre, tourné comme une toupie puis couché au sol, sur le dos. Lev a seulement le temps d'apercevoir son visage, tordu, grimaçant, comme fait Soutine, le ventre ouvert, de toutes les couleurs, fragments, comme fait Braque, avant d'être lui-même projeté puis rabattu sur son ami déjà touché, comme fait la mort. Retombant, il aperçoit encore la cime de l'arbre surmonté du sigle de son unité. Puis il ne voit plus rien, il entend seulement, dans les roulements de la guerre alentour, le soupir à trois temps d'une interminable agonie.

La Rotonde était bondée. Dames en chapeaux et voilettes, Montparnassiens en noir ou gris, quelques permissionnaires en tenue. Moïse Kisling était assis à une table, au fond du café. Il avait abandonné la baïonnette et l'uniforme des troupiers de la Légion pour le bleu des mécanos. Sa blessure lui avait blanchi le teint et rétréci la poitrine. Il fixait une blonde aux traits irréguliers qui le regardait aussi. A la manière des futuristes italiens qui arboraient des tenues voyantes autant qu'extravagantes, elle portait une chaussure verte et l'autre jaune.

Assise à une table à l'écart, qui était peut-être celle de la première fois, une jeune fille lisait un livre. Lev l'aperçut. Il ressentit un trouble comparable à celui qui l'avait déjà bouleversé. Mais s'il glissa les mains dans les poches de son long manteau noir, si ses doigts jouèrent avec le crayon qui s'y trouvait, il ne tenta rien, pas même un croquis, pas même une esquisse.

Tandis que Soutine s'éloignait, il s'assit et la regarda.

Elle lisait, étrangère aux rumeurs alentour, aux regards posés sur elle, à la vie du café. L'index sur la joue, le majeur au coin des lèvres. Elle portait le manteau bleu que Lev lui connaissait, un autre bonnet, des bas noirs, des bottines lacées haut. Elle avait perdu la tristesse légère dont elle avait paru engourdie. Peut-être était-ce le rouge aux pommettes, la manière dont elle se penchait un peu pour lire, l'intense concentration qui marquait son visage.

Lev tenta de l'imaginer dans une autre situation : arrivant au bras d'un homme dans une salle des ventes archicomble, ou encore, assise à l'avant d'un taxi, à la droite du conducteur. Ainsi l'inconnue l'emportait-il là où son image prenait naissance : au côté de Félix.

C'était à la Rotonde, ou plutôt en sortant de la Rotonde, que Lev avait rencontré Félix. En 1912. Année terrible pour Apollinaire, qui avait été emprisonné à la Santé. Lev se souvenait parfaitement des circonstances dans lesquelles il avait fait la connaissance de Félix. Tous les consommateurs du café avaient jailli à l'extérieur car on venait d'apprendre la libération de Guillaume. On avait arrêté les tramways, les voitures, les chevaux qui passaient le long du Luxembourg, et on s'était rendu à la Santé, boulevard Saint-Germain, à Montmartre, au Vésinet... partout où le poète avait pu trouver refuge.

Max Jacob et Korovine avaient sauté dans un taxi qui stationnait sur le boulevard. Il était piloté par un garçon tout noir, brun de peau, brun de cheveu, l'œil sombre. Il se frayait un passage dans les remous d'une circulation disparate en usant beaucoup de la corne extérieure dont le cri rauque recouvrait le teuf-teuf du refroidissement à air. On avait fait au moins du cinquante à l'heure. Grâce à quoi on avait retrouvé Apollinaire avant qu'il eût quitté le Bateau-Lavoir.

Félix s'était attaché à cette assemblée déraisonnable qui s'agitait ce jour-là comme une volée de merles parce que l'un d'eux avait passé quelques jours en prison. Il avait pris l'habitude de stationner son taxi carrefour Vavin. C'était dans ce taxi, la première fois, que Korovine avait aperçu la jeune fille à laquelle l'inconnue de la Rotonde le faisait songer. Pour des raisons indiscernables, des ressemblances qui prenaient corps sur des images fugaces, lointaines et impalpables. Comme une eau qui s'évapore.

Korovine détourna le regard. Au fond de la première salle, Soutine travaillait la langue. Il répétait consciencieusement les syllabes que mâchonnait pour lui une dame ventrue, lippue et probablement fessue. A ses pieds, enfermé dans son papier journal, le poulet parcourait les gros titres.

Lev revint à l'inconnue. Elle avait des expressions de petite fille jouant à se grandir. Des contentements, des stupeurs, des inquiétudes qu'elle dissimulait aussitôt après que ses yeux et sa bouche l'avaient trahie. Et qui réapparaissaient à la lecture d'autre chose, quelques instants plus tard.

Korovine l'observa longtemps. Lorsqu'il se détourna, troublé, ce fut pour croiser l'œil attentif de Chaïm Soutine. Le Lituanien ne se préoccupait plus de son cours de français. Lui aussi dévisageait la jeune fille.

Lev vida la dernière larme de son café crème. Comme il posait la tasse sur sa soucoupe, il aperçut le melon, le lorgnon et l'impeccable costume de Max Jacob. Le poète passait entre les tables, très droit, élégant comme toujours, promenant un regard un peu égaré sur l'assistance.

Il repéra Lev et vint vers lui sans répondre aux exclamations qui saluaient son passage. Il avait le teint exceptionnellement clair.

Il se pencha, ôta son galurin, découvrant un crâne chauve qu'il enferma presque aussitôt entre ses mains, sembla plonger dans un désespoir profond avant de lâcher, comme dans un soupir :

« Je t'offre un crème si tu me le paies.

– On s'arrangera avec Libion », fit Lev.

Max s'assit. D'une de ses poches, il sortit une plaque de cuivre gravée de dessins et de signes cabalistiques. Il l'offrit à Lev.

« C'est un porte-bonheur. »

Lev remercia.

« J'ai tiré les cartes pour toi. Les trèfles étaient des pinceaux, et les cœurs des palettes de couleurs. Tu te retrouveras donc.

– Quand ?

– Un jour, dans plusieurs jours. Tu redeviendras peintre et tu seras aussi connu que je l'aurais été si j'avais été cartomancien ou astrologue…

– Tu es poète.

– Parfois, je me le demande. »

Max Jacob vissa son monocle et grimaça.

« J'ai composé autant de vers que j'ai lu de lignes de la main, et les signes du zodiaque me sont aussi familiers que la syntaxe… Même Poiret, qui est couturier avant d'être collectionneur, compte plus sur moi pour lui dire quelle sorte de cravate il doit mettre ou quel genre de culotte lui sera favorable, plutôt que pour lui réciter des poèmes… »

Il émit un petit ricanement et exhiba une lettre au tampon de la maison de haute couture Doucet.

« Les robes et le taffetas nourrissent le poète ! Doucet veut m'acheter mes manuscrits ! »

Korovine ne l'écoutait plus. Il observait tour à tour Soutine et la jeune fille. Le peintre avait abordé l'inconnue. Il se tenait devant elle, penché sur la table, et il lui parlait. Il sembla à Lev qu'elle acquiesçait brièvement. L'instant d'après, elle se levait. Tous deux passèrent devant Korovine sans le voir. Soutine tenait son poulet par le cou.

Lev, interloqué, les suivait du regard.

« Cette femme t'attire ? » questionna Max.

A travers son monocle, il la regarda franchir le seuil de la Rotonde. Elle reparut sur le boulevard, marchant au côté de Soutine.

« Te souviens-tu de Félix ? » questionna Korovine.

Max promena sa main sur son crâne chauve.

« Un chauffeur de taxi, précisa Lev. Quand on l'a rencontré, il nous a emmenés à Montmartre.

– Vu ! dit Max. Et la dernière fois, il partait pour la Marne…

– La première fois… Il y avait une femme à côté de lui… Devant, sur la banquette.

– Et alors ?

– On l'a revue à la Peau de l'Ours, juste avant la déclaration de guerre.

– Le garçon ?

– Non. La fille.

– Comment voudrais-tu ?… » commença Max.

Lev haussa les épaules. Il se leva.

« Il faut que je retrouve Soutine.

– Je t'accompagne, proposa Max Jacob. Je dois aller à confesse. »

Il ajouta, avec plus de gourmandise que de regret :

« La nuit dernière a été une infamie. »

Il passa son bras sous celui de Korovine, et ils descendirent le boulevard. Devant eux, Lev cherchait vainement la silhouette de Soutine et celle de la jeune fille.

« Si l'affaire avec Doucet se conclut, dit Max, je monte ma cave ! Rien que de l'éther ! Des premiers grands crus classés ! »

Il inhala, fermant les yeux sur un monde radieux. Puis expira sur un mauvais réveil :

« Je me demande comment Notre Seigneur a accepté ma conversion ! Rends-toi compte : chaque matin, j'allais au Sacré-Cœur avouer mes péchés, après quoi je menais ma vie et je rentrais le soir avec un litre d'éther. Je le débouchais et je racontais ma journée à Dieu.

– La concierge ne te l'a pas pardonné, s'amusa Lev.

– Evidemment ! Ça puait tellement ! »

Ils étaient arrivés à Notre-Dame-des-Champs. Max s'arrêta.

« Qu'est-ce qu'il a, ton chauffeur de taxi ?

– Je voudrais savoir si tu te souviens de lui.

– Peut-être.

– Il y avait cette femme à son côté… C'était le jour où Guillaume est sorti de la Santé. »

Max Jacob secoua la tête.

« Je ne me rappelle pas…

– Tant pis », fit Lev.

Max montra l'église.

« J'entre là. Poursuis tout seul.

– Viens avec moi, proposa Korovine.

– Non. J'ai mille péchés à me faire pardonner.

– Pourquoi cette église plutôt qu'une autre ? »

Max Jacob tendit la main et dit :

« Ici, le curé ne me connaît pas. Je peux donc lui avouer plus de forfanteries qu'ailleurs. »

Il ôta son monocle et lança une œillade.

« Quand ils m'ont entendu plus de trois fois, les hommes d'Eglise partent toujours épouvantés. »

Il disparut sous le portail.

Korovine revint à la Rotonde. Il attendit Soutine jusqu'à la limite horaire autorisée par le couvre-feu puis, dans le halo bleu des lampadaires voilés, il descendit vers la Ruche, où se trouvait l'atelier du peintre.

Les rues étaient noires, vides, compressées dans un silence qui rappelait le poids de l'hiver, quand la neige appuie sur les pavés et les trottoirs. La circulation était interdite. Lev croisa un ou deux rôdeurs qui longeaient les façades. Ils allaient comme des abeilles, de porte en porte, butinant l'ombre. Hormis ces quelques signes d'une vie clandestine, Paris-la-guerre paraissait inerte. Elle protégeait ses boulevards, ses avenues, le dessin de ses parcs et de ses places de l'œil d'un ennemi invisible qui, apparemment, ne l'atteignait pas.

Une lumière unique brillait à la façade du bâtiment principal de la Ruche. C'était celle de Soutine. Il travaillait dans le triangle de son atelier. Lev voyait son ombre derrière un drap. Il tendait la main à hauteur d'œil, déposant la pointe de son pinceau sur sa toile. Il peignait très lentement, comme toujours. Lev imaginait le regard presque halluciné qu'il jetait sur son modèle, le clouant à sa place.

Observant, quelques mètres plus bas, ce spectacle

d'un artiste au travail, il lui vint un geste commun à tous, que Soutine venait de faire et qu'il répéta : il leva la main comme si elle tenait un pinceau et mesura ce fantôme qui marchait dans sa tête. Après quoi, comme si rien ne s'était passé, comme s'il s'évadait de ses propres cendres, il s'inventa un atelier, un chevalet, une toile, des couleurs, une palette. Il se hissa à la pointe de lui-même. Un ovale pour le visage, un autre pour le bonnet, trois lignes vagues figurant la bouche et les sourcils, l'arête du nez… Il accroissait l'amplitude de ses gestes, fermait à demi les yeux pour y croire davantage. Entre les arbres, plus loin, apparaissait son modèle. Un faux modèle, mais de vrais arbres. Il marcha vers la jeune fille, lui demanda à voix basse de redresser la tête, prit la main et la posa à la commissure des lèvres, l'index tendu sur la joue, le majeur barrant la fossette du menton.

Il revint à sa place, accentua les ombres des tempes, celle de la mâchoire, traça les paupières à l'aide d'un pinceau rond, usa d'une brosse plus dure, d'un outremer soutenu pour le chapeau et le col du manteau. Il ne regardait plus Soutine, là-haut, car il savait comment faire, quelles teintes choisir pour rehausser le fond, reprendre les ombres, épaissir la pâte, estomper certains traits, enrichir les autres.

Il lançait ses pinceaux avec agilité, fouillait sa palette, oubliait que seul le vent tendait sa toile dans la transparence de la nuit.

Il revint vers la jeune fille, s'excusa comme il faisait toujours lorsqu'il modifiait l'angle d'un bras, la position du buste, et il la fit se retourner pour la voir autrement, la nuque, les boucles de la chevelure tombant sur un col en dentelle, non plus le bonnet mais une mantille légère, presque transparente, le coude posé sur la banquette du taxi, le teint clair car, il s'en souvenait parfaitement, il faisait beau ce jour-là sur le chemin de la butte Montmartre.

Il la peignit à grands traits, sans guère de nuances car il voulait saisir le mouvement et non le détail, la trace de la mémoire plutôt qu'une vérité imparfaite. Et il recommença, dessinant la silhouette de Félix à son côté, puis elle, le bras passé sous celui de son amant, debout cette fois, à l'instant où elle s'apprêtait à franchir le seuil de Drouot, le jour de la vente de la Peau de l'Ours.

Il l'habilla de blanc sur un fond de couleur froide, cobalt, la chevelure en ombre brûlée, blanc et outremer, rouge de cadmium et chair pour les lèvres, une robe très ample, légère et échancrée, car il faisait chaud dans la salle.

Elle se coula au creux de la foule, sa main enfermée dans celle de Félix. Il aperçut encore le décolleté de l'épaule, les boucles de la chevelure sur lesquelles dansait la lumière, puis elle disparut à jamais à son regard.

Mais il voulait encore autre chose.

Il alla vers elle et la déplaça, l'appuyant contre un marronnier qui était sa stèle.

Il lui fit prendre la pose qui meurtrissait sa tête : le ventre plat comme appliqué à la terre, les lèvres tendues et la bouche chuchotant, le regard béant, horrifié, les bras en demi-lune, étreignant un cadavre. Puis il se replia et il fut devant cette peinture qui le hantait, faux artiste, faux arbres, faux rires, vraie guerre. Couché, face contre terre, la bouche du chauffeur murmurant ce nom à trois syllabes qu'il n'avait su représenter qu'à lui-même, battant dans l'ombre la mesure de ses instruments défaits.

Pendant trois nuits, dans le jardin de la Ruche, Lev traça le sillon de ses grimaces. Incliné comme l'était Soutine derrière la blancheur du drap, les mains pareilles aux siennes, le regard braqué tantôt sur le marronnier tantôt sur la toile noire de la nuit, il remporta d'illusoires batailles qui ne le trompèrent pas.

Le quatrième soir, comme il arrivait une heure seulement après le couvre-feu, il vit que la lumière n'était pas allumée chez le peintre. Il s'enfonça entre les cariatides de l'entrée, poussa la porte et grimpa les marches.

L'atelier de Soutine était ouvert, mais vide. Il régnait une odeur suffocante de térébenthine mêlée à un goût de pétrole et à un dégoût de peinture.

Lev tâtonna jusqu'à la fenêtre et l'ouvrit. Il avala une goulée d'air frais, noir et blanc sans couleurs, et se retourna vers un chevalet dressé dans l'un des trois angles de la pièce. Il discernait les contours d'une toile encore fraîche, format 60 × 45 cm, tons ambrés, plus lumineuse dans sa moitié supérieure. Il découvrit la lampe à pétrole du voisin, l'alluma et s'approcha. Il ressentit un écrasement absolu en voyant cette œuvre dont il avait singé l'exécution quelques étages plus bas, trois nuits d'un étrange purgatoire, et il comprit que si le mensonge avait été à demi possible, c'était seulement parce que rien, dans le jardin, ne lui avait permis de s'appuyer sur des demi-vérités. Ni toile, ni pinceau, ni cette insupportable odeur qu'il haïssait autant qu'elle lui avait été nécessaire.

Il contemplait l'œuvre de Soutine avec un œil de peintre que la guerre avait crevé. Il se promenait dans les teintes et dans les formes comme un aveugle reconnaissant du bout des doigts le spectacle d'une vie dont il percevait les rumeurs sans plus savoir y entrer.

Une jeune femme. Assise sur le rocking-chair défoncé de l'atelier. Débarrassée de son manteau bleu et de son bonnet. Vêtue d'un chemisier blanc, d'une longue robe noire, bras nus, un chiffon entre les mains. Le visage baissé. La tige d'une botte apparaissant dans les fonds ocre du bord inférieur. L'œil invisible. Un trait pour la bouche. Les cheveux plus clairs que Korovine ne les avait vus, relevés en un chignon simple.

Elle, peut-être.

Mais peut-être pas.

Il n'en savait rien.

Il se baissa, ramassa un chiffon qu'il approcha du visage, comme un foulard. Il le rejeta au loin. Jouant avec les ombres et les reflets de la lampe à pétrole qu'il déplaçait devant la toile, il chercha des ressemblances, prétextes à d'autres souvenirs. Il découvrit cent mille richesses imperceptibles au premier coup d'œil. Une expression têtue, pugnace, qui lui avait échappé et que Soutine avait rendue par un coup de brosse appliqué sur la joue, comme une gifle dont la trace visible était entièrement contenue dans la maussaderie du visage ; un écho dans le choix des couleurs, le vert d'un papier peint grossier décollé du mur renvoyant à de subtils miroitements de la robe, du poignet gauche, d'une manche… Mais pas davantage. L'œuvre était sublime. Moins tourmentée cependant que les portraits habituels de Chaïm. Et même si Lev n'y retrouvait pas les distorsions, les élongations, les traits brouillés, les mains noueuses, les visages et les corps tordus qui constituaient en quelque sorte la signature de son compatriote, il ne découvrait pas non plus dans ce portrait plus naturaliste que d'ordinaire un aiguillon permettant une reconnaissance, une identification.

Découragé, il posa la lampe au pied du chevalet. C'est alors seulement qu'il vit le peintre. Il ne l'avait pas entendu entrer. Soutine se tenait dans l'embrasure de la porte. Il portait un chapeau rabattu sur les yeux. Une écharpe dissimulait la bouche. Il se balançait d'un pied sur l'autre, engoncé dans son pardessus en lambeaux. Il fixait Korovine d'un regard presque menaçant. Il dit :

« Pendant trois nuits, j'ai gardé mon manteau pour la peindre. »

Comme Lev le dévisageait sans comprendre, il ajouta :

« Tu as oublié que je n'avais pas de pantalon ? »

Il referma la porte, défit son écharpe qu'il noua autour de la taille.

« Je me suis mis comme ça… C'était plus poli. »

Il s'empara de la lampe à pétrole et la promena devant la toile, observant attentivement son travail. Korovine se tenait à l'écart, silencieux. Il y avait quelque chose d'irréel et même d'un peu effrayant dans cet atelier plongé dans une demi-pénombre, éclairé seulement par une flamme glauque qui allongeait les volumes et les silhouettes.

Soutine tournait autour de son tableau, le buste penché, les épaules rentrées, tantôt approchant tantôt s'éloignant. Il en observait chaque détail. Il le jugeait. Lev brûlait de lui poser une question à trois syllabes.

Soutine se redressa enfin. Il posa la lampe sur une malle recouverte d'un drap froissé :

« Alors ? »

Lev répondit que le tableau était magnifique. Soutine fit claquer sa langue contre le palais.

« Magnifique, c'est pauvre. Dis plus. »

Korovine cherchait ses mots.

« Alors dis moins.

– Je l'aime comme si je l'avais fait moi-même.

– Si tu l'avais fait toi-même, tu ne l'aimerais pas. Donc, tu ne l'aimes pas. »

Soutine fit un pas vers la toile. Korovine lui agrippa la manche.

« Je l'aime ! Je te dis que je l'aime !

– C'est du grand Chaïm ?

– Oui.

– Répète : c'est du grand Chaïm. »

Lev répéta.

« Jure-le. »

Lev jura.

« Tu ne changeras pas d'avis ? »

Lev ne changea pas d'avis.

Soutine esquissa une grimace qui était un sourire.

« Tu te rends compte que je l'ai peinte presque tout nu ! s'écria-t-il en russe. Avec ce manteau et mes couilles dedans ! Qui battaient la campagne en bougeant avec moi !

– Comment s'appelle-t-elle ? demanda Korovine du bout des lèvres.

– Elle n'a pas remarqué… Et moi, une petite gêne seulement. »

Il plia le doigt.

« Rien du tout ! Art et peinture, pas plus !

– Son nom ! insista Lev.

– Peindre avec ce manteau, c'est vivre. J'ai une main dans la poche, comme quand je suis dans la rue, et l'autre pour le pinceau… Elle ne m'a pas dit son nom. Ni son âge. Elle habite derrière la gare Montparnasse. »

Lev s'attendait à une incertitude de ce genre. Pourquoi en eût-il été autrement ?

Soutine repéra quelques cadres éparpillés et les rassembla au centre de la petite pièce en triangle. Il craqua une allumette. Le bois et les toiles s'enflammèrent. Il se pencha et ramassa le morceau de tissu.

« Quand je suis entré, tu la décorais avec ce chiffon. Pourquoi ?

– Je ne sais pas, bredouilla Lev.

– Tu avais une petite idée.

– Certainement.

– Un tablier ?

– Un foulard, plutôt. »

Chaïm prit du champ, plia le chiffon et le leva à hauteur de visage, en direction de la femme au rocking-chair. Il ferma un œil et observa.

« Une mantille, précisa Korovine. Comme Pablo a fait avec Fernande. »

Chaïm observa son ami d'un regard lourd. Il émit un borborygme incompréhensible. L'instant d'après, il s'était emparé de sa palette.

« Quelle couleur, le foulard ?

– Non ! » s'écria Lev.

Il fit un pas en direction de Soutine. Celui-ci s'écarta.

« Je ne veux pas que tu détruises ta toile pour moi !

– Quelle couleur, la mantille ? gronda Chaïm. Noire, comme celle de Fernande ?

– Garde ton œuvre !

– Tu ne l'aimes pas ! Pas assez d'enthousiasme ! »

Les deux hommes se mesuraient du regard. Ils étaient engoncés chacun dans son manteau, l'œil furibard, les dents serrées. La lampe à pétrole dégageait un filet noirâtre qui se perdait au plafond.

« Je t'interdis de peindre à ma place ! »

Soutine tendit son pinceau.

« Alors fais-le. »

Korovine secoua la tête.

« Peins ! Lance-toi ! Fais la mantille !

– Non !

– En bas, tu as bien essayé !

– Non ! » répéta Lev.

Mais c'était dit sur un autre ton. Il lança un regard aigu vers la porte. Chaïm le devança. D'un bond presque sauvage, il fut devant le battant. Il tourna la clé dans la serrure. Il lança à son compagnon un regard empreint d'insolence et d'une rage victorieuse.

« Prends les pinceaux et essaie. Sinon, tu n'y arriveras jamais.

– Je ne veux pas.

– Alors dis-moi : quelle couleur, la mantille ?

– Personne ne peindra pour moi », répéta Lev.

Sa voix était étrangement basse, étrangement contenue. Il avait glissé les mains dans les poches de son manteau, se tenait voûté comme Soutine, et ses doigts, dans les replis du tissu, avaient brisé les deux crayons qui s'y trouvaient.

« J'ai vu comment tu observais cette fille au café, dit Soutine avec une gravité soudaine dans l'expression. J'ai compris.

– Il n'y avait rien à comprendre, maugréa Korovine.

– J'ai compris que tu voulais la peindre... »

Lev gagna la fenêtre et regarda la nuit.

« ... Et que tu ne pouvais pas. Sinon, tu te serais levé et tu lui aurais demandé de te suivre jusqu'à ton atelier. Alors je me suis levé, moi, et je lui ai demandé de venir dans mon atelier à moi... C'est comme si on l'avait peinte ensemble. Elle était là pour toi, pas pour moi.

– Ce sont des imbécillités.

– Je ne trouve pas ce modèle très bien pour moi. J'ai fait du travail poli. C'est propret... Blanc, le foulard ? »

Lev ne répondit pas.

« Blanc ? » répéta Chaïm.

Il avait élevé le ton.

« Je veux partir, dit Korovine. Ouvre la porte.

– Après. Quand tu m'auras dit. Je t'ai vu en bas... J'ai tenu trois nuits pour que tu continues... Alors maintenant, tu vas me répondre : quelle couleur, la mantille ? »

Lev était terriblement abattu.

« Blanche, marmonna-t-il.

– Attachée derrière ?

– Ouverte... Dégageant la joue. »

Soutine trempa la pointe d'un pinceau dans une goutte de peinture. D'un seul trait, presque sans lever la main, il fit la mantille. Lev était moins indisposé par les gestes et les odeurs que par lui-même : il participait à un saccage, à la destruction d'une œuvre.

Chaïm étalait un voile de blanc léger sur ses premières couleurs. Lorsqu'il eut achevé la mantille, il s'éloigna, cédant la place.

Korovine observa. Il dit que de toute façon, il ne pouvait pas savoir.

« Pourquoi ?

– Je ne me souviens pas…

– Trois nuits, fit Soutine. La première, sur le rocking-chair… »

Il montra la mantille.

« Je l'effacerai. Ce n'est rien… La deuxième nuit, de profil. »

Il s'en fut dans l'angle aigu du triangle et revint avec une petite toile qu'il exhiba devant Lev.

« La lampe à huile est dessous. Je l'ai recouverte. Cela valait-il la peine ? »

Il dardait sur son ami un regard scrutateur.

« Oui, dit Lev.

– Oui ?

– Oui.

– Tu mens. »

Soutine posa l'œuvre sur le rocking-chair et, d'un seul mouvement, passa son bras au travers.

« C'est non. Pas elle et pas bien… Ton oui était très minuscule. »

Lev s'était précipité, mais trop tard. Il avait crocheté le bras de Soutine, qui se dégagea d'un mouvement sec.

« La troisième nuit, je l'ai peinte de dos. »

Il retourna près de la fenêtre et présenta une nouvelle toile, un peu plus grande que la précédente.

« Celle-ci ? »

La jeune fille de la Rotonde, debout, de trois quarts dos, telle que Lev l'avait entrevue à la Peau de l'Ours. Vêtue de son manteau bleu, le bonnet remplaçant la mantille. Moins irréelle que l'autre.

La puissance de l'œuvre lui coupa le souffle. Il empoigna la lampe, la dirigea sur la silhouette et resta ainsi, sans proférer un seul mot. Soutine l'observait. Sa lèvre inférieure, si semblable à son huile, à sa pâte, à son trait, tremblait légèrement, entre sourire et émotion. Il savait ce que ressentait Korovine.

« La tienne, à la Peau de l'Ours, elle n'avait pas ça à la main ? !

– Non, répondit Lev.

– C'était trop chic, hein ?

– Oui.

– Moi, on ne m'aurait jamais accepté ! Parce que j'aurais pu venir avec une bestiole comme ça. »

Soutine émit un ricanement ravageur, reprit son pinceau, le trempa dans la goutte de blanc, et s'en alla rectifier le cou du vieux poulet qui pendait à la main de la jeune fille. Après quoi, il jeta un fusain dans les cendres. Lev ne supportait pas ce spectacle. Il se tint coi.

Soutine rassembla du pied les braises qui s'étaient formées sur le sol. Il s'en fut dans un angle de la pièce. Lorsqu'il revint, il tenait par le col le poulet ramassé aux Halles. Il le jeta dans l'âtre et dit :

« Maintenant, on peut le manger. »

Korovine fit la connaissance de la jeune fille peinte par Soutine trois semaines plus tard, à la Rotonde. Il y venait chaque jour depuis ce soir du mois de mars 1916 où Max Jacob, défait, avait appris aux peintres qui se trouvaient là que Guillaume Apollinaire avait été blessé à la tête par un éclat d'obus, jusqu'au moment où le poète fut transféré de Château-Thierry à Paris, hôpital du Val-de-Grâce.

Soutine se fit l'intermédiaire entre Lev et son modèle. Il les présenta l'un à l'autre un soir qu'ils étaient tous trois chez Libion. S'il l'avait peinte avant cet instant-là, Korovine eût dessiné la jeune fille, et agrandi la petite tache qu'il lui avait vue sous l'oreille jusqu'aux dimensions de l'univers. Mais il ne le fit pas. Et le désir ne lui en vint pas. Cela seul eût suffi à prouver ce qu'il savait déjà : elle n'était pas celle qu'il attendait. Elle s'appelait Chloé. Chloé, ça ne fait pas trois syllabes.

Avant sa rencontre avec Soutine, elle n'avait jamais posé pour un peintre. Elle était danseuse. Ses gestes étaient empreints d'une grâce exquise. Elle n'était pas renfrognée ou distante, ainsi qu'elle apparaissait sur la toile de Chaïm. Elle était plutôt comme Lev l'avait vue à la Rotonde : tantôt grave, tantôt espiègle.

Toujours naturelle. Ses questions étaient naïves, ses réponses, assurées, presque définitives, ses silences, d'une profondeur insoupçonnable. Elle voulait tout, vite, s'exclamait, boudait, disparaissait, surgissait comme un raz de marée, s'endormait profond comme un volcan éteint. Elle faisait des pointes sur la vie.

Lev aimait la voir marcher, tendre les bras, s'asseoir sur un banc, les jambes pliées sous elle. Elle avait la légèreté d'une plume, la douceur du coton, un regard pénétrant qu'elle posait sur lui, essayant de montrer ce qu'ils ne se disaient pas.

Elle ne dansait plus, à cause de la guerre. Elle en souffrait sans doute autant que Lev de ne plus peindre. C'était là son seul chagrin d'adulte. Elle le traitait avec une finesse et une générosité qui déconcertaient Korovine : elle n'en parlait jamais. Ainsi laissait-elle entendre que leurs manques étaient comparables. Son silence rendait celui de Korovine plus discret. Car il ne se racontait pas. Il n'avait rien à dire. Sans passé, le présent n'a pas d'avenir.

Elle l'embrassa dans les jardins de Paul Poiret, le jour de l'ouverture du salon d'Antin. C'était la première exposition d'importance depuis le début de la guerre. Il y avait une trentaine de Français, une demi-douzaine de Russes, des Italiens, des Norvégiens, des Polonais, des Américains et un Breton : Max Jacob, qui avait tenu à ce que cette région figurât comme nation dans le catalogue des œuvres.

Ils étaient arrivés par les jardins de l'hôtel particulier, avenue d'Antin. C'était un bâtiment grandiose, entièrement restauré, flanqué d'ailes nombreuses où, avant la guerre, les mannequins présentaient les collections du couturier. Ils suivaient une allée qui traversait un jardin à la française. Des massifs de crocus égayaient une pelouse tracée au cordeau.

« On se croirait à Versailles », avait dit Chloé.

Elle s'était arrêtée pour admirer les fleurs qui poussaient ici et là, en des taches parfaitement géométriques qui inspiraient moins Lev que la sauvagerie des jardins de son pays. Il le dit. Aussitôt, elle se tourna et vint contre lui. C'était un geste spontané, comme tous ses gestes, et il répliqua avec une soudaineté comparable, une violence, même : il la repoussa. L'instant d'après, il lui prit les mains, la gardant à distance, bras tendus. Ils se faisaient face. Elle avait un regard vert qu'il voulait prendre pour lui, dans lequel il eût déposé un peu de ses vides et de ses terreurs. Mais il ne le pouvait pas. Il était comme bloqué, paralysé. En venant contre lui, elle lui avait porté un coup d'une grande brutalité. Celle-ci se transformait peu à peu en une frayeur intense, la peur d'un recommencement qui l'empêchait de s'approcher d'elle, de la prendre dans ses bras. Il serrait ses mains dans les siennes, il se disait qu'il y arriverait, qu'il n'avait rien à craindre, mais il ne bougeait pas, et c'est elle qui finit par venir vers lui, franchissant d'un pas la terreur qui l'engourdissait, posant le pied, en même temps que ses bras autour de son cou, au centre absolu de toutes les douleurs, le camarade mort sous lui l'étreignant pareillement, Félix, les mains crochetées à sa chair.

Il la repoussa encore. Elle fit comme s'il ne s'était rien passé.

Ils suivirent un passage qui donnait sur la rue du Faubourg-Saint-Honoré, et entrèrent dans un nouveau bâtiment. Des rideaux de taffetas rouge tombaient avec majesté des hautes fenêtres. Les murs étaient habillés de panneaux vert et or. Des glaces reflétaient à l'infini l'éclat des lustres en cristal. Paul Poiret avait installé son exposition dans une aile de son palais, une immense pièce éclairée par de vastes verrières. Il y avait là trois œuvres de Modigliani, sept de Kisling, quelques Rouault, un Van Dongen, deux Matisse, trois Chirico, quatre Dufy, plusieurs Lhote, d'autres encore. Et sur tout un mur, magnifique et grandiose, une seule toile de Picasso : *Les Demoiselles d'Avignon*.

Une nouvelle émotion submergea Korovine. Il se rappela ce jour où Félix les avait menés, Max Jacob et lui, au Bateau-Lavoir, après que Guillaume Apollinaire eut été libéré de la prison de la Santé. Dans l'atelier de Picasso, se trouvait cette œuvre que peu d'amis avaient vue. A l'époque, elle s'appelait *Le Bordel d'Avignon*. Lev ne se rappelait pas qui avait mentionné ce titre, mais il se représentait parfaitement le mouvement qui avait conduit le chauffeur jusqu'à la toile, au moment précis où l'un d'eux avait parlé du *Bordel*. Le taximan avait regardé l'œuvre sans dire un mot. Il se balançait d'un pied sur l'autre, les mains dans les poches d'un pantalon trop large retenu par une ficelle. Il avait observé attentivement les cinq femmes, s'attachant à leurs visages et à leurs corps. Avec, probablement, autant d'intérêt que les visiteurs du salon d'Antin qui se pressaient devant cette extraordinaire création que Lev connaissait et que Chloé n'avait jamais vue.

Elle contemplait, bouche bée, les cinq femmes nues aux angles vifs, coupés, sans rondeurs, les visages déformés, gris, ocre, noir, rose, bleu, cette invention d'une richesse et d'une audace inouïes.

Devant le tableau, les commentaires allaient bon train. Les rires l'emportaient sur le recueillement. On s'amusait des yeux et des oreilles bizarrement placés.

Chloé prit Lev par la main. Ils s'éloignèrent. Tout en marchant, très droit, très froid, très calme, il lui dit ce qu'il venait de comprendre : depuis que les fossoyeurs montés en ligne l'avaient ramassé, il ne pouvait plus étreindre, ni embrasser une femme, ni être tenu, ni tenir, sauf ses pieds dans des lanières de cuir accrochées aux barreaux des lits.

Elle dit :

« Revenons dans le jardin. »

Et là, elle lui demanda de garder les yeux ouverts, bien ouverts sur elle qui viendrait vers lui sans le toucher, paupières closes, les bras le long du corps, elle qui s'arrêterait loin de lui, loin de sa poitrine, tendrait sa bouche vers la sienne, et il se pencherait, et ils ne s'effleureraient même pas, seulement les lèvres, sans douleur.

Ainsi firent-ils.

Chloé avait une chambre au dernier étage d'un vieil immeuble de la rue de Vaugirard. Elle ne voulut pas emmener Lev aussitôt. Ils passèrent leur première nuit dans une voiture de chemin de fer échouée sur une voie de garage. A travers la vitre salie, ils apercevaient les bâtiments de la place de Rennes. De temps en temps, le pinceau d'un projecteur mal dirigé allongeait les voies jusqu'au butoir de la gare.

Ils étaient allongés chacun sur une banquette, et ils avaient peur tous les deux : Chloé parce que c'était la première fois depuis toujours, Lev parce que c'était la première fois depuis la guerre.

Il avait tourné le visage vers elle. Ils se regardaient. Elle battait des paupières, luttant contre le sommeil. Mais elle s'endormit bientôt, poussant à peine un soupir, comme les enfants.

Lev se leva, la recouvrit de sa cape et s'allongea sur le dos. Il ne s'attacha pas les chevilles. Il bloqua ses chaussures dans le montant de la banquette.

Il ferma les yeux.

Plus tard dans la nuit, il fut réveillé par une douceur sur le front. Il avait glissé sur le côté. La sueur le noyait de toutes parts. Il gémissait. Il ouvrit les yeux et se rétablit immédiatement sur le dos. Chloé laissa sa main sur son front. Elle dit :

« Vous avez le sommeil difficile. »

Il demeura un long instant reposant immobile sur la banquette, avec cette paume d'une chaleur tranquille qui calmait d'autres incendies. Chloé ne disait rien. Plus loin, le flambeau horizontal du projecteur balayait l'ombre de la gare. Aucun train ne circulait. La nuit était au silence. Ce n'était pas comme autrefois. Il n'était pas allongé sur le ventre, dans un trou d'obus.

Il glissa sa main du bras de la jeune fille jusqu'à l'épaule, et de là à la poitrine, et de la poitrine à la taille, et de la taille au ventre, du ventre à la taille, puis à la poitrine, puis à l'épaule, puis au bras.

Elle le regardait en souriant.

« Voudriez-vous, maintenant ? »

Il se leva.

« Eloignez-vous. »

Il ne s'allongerait pas sur elle. Ni elle sur lui. Rien qui fût semblable aux heures de la guerre.

Il lui prit la main et l'accompagna jusqu'à la fenêtre.

« Penchez-vous et regardez dehors. »

Il vint derrière elle. Il lui caressa les cheveux, la nuque, bras tendu. Elle voulut se retourner, sans doute pour l'embrasser. Il secoua la tête tout en souriant gentiment.

« Je ne veux pas que vous veniez contre moi. »

Elle prit appui sur la vitre, les deux mains éloignées du corps, bien à plat. Il écarta les pans de son long manteau noir.

« Je ne dois pas vous regarder ?

– Dans la glace, si vous voulez. Prenez de moi le reflet. »

Il défit sa ceinture. Il souleva l'ample robe. Elle retomba en corolle sur son pantalon défait, sur les reins, qu'il ne vit pas. Lev posa ses mains sur celles de la jeune fille. Il resta bien droit, pour que sa poitrine ne touche pas le dos. Elle bougeait doucement contre lui, et lui contre elle. Dans le reflet de la fenêtre, il vit qu'elle avait les yeux fermés, la bouche légèrement crispée.

« Je ne vous ferai pas mal.

– Pas mal », répéta-t-elle.

Le timbre de sa voix lui parut fragile. Il laissa une main par-dessus la sienne, sur la vitre, et glissa l'autre sous la robe. Elle se rétracta. Il conserva la main, avec douceur. Il faisait avec celle-ci ce qu'il faisait avec l'autre, les phalanges caressant le dos de la main, écartant puis allant entre les doigts, sur la transparence. Cela dura longtemps. Après, comme son souffle s'était fait plus court, elle dit :

« Je me moque d'avoir mal, maintenant. »

La robe fut soulevée, comme un voile, puis elle retomba. Les deux mains se rejoignirent.

« Penchez-vous davantage », dit Lev.

Il la prit à la taille. L'ossature était loin sous la souple douceur de la peau. Ses paumes s'écrasaient sur la vitre. Elle n'avait pas ouvert les yeux, mais sa bouche dessinait un éclatant sourire.

Lev cramponna les hanches. Il approcha légèrement le ventre.

« Maintenant. »

Il approcha encore. Elle tendit les fesses vers lui, presque impatientée. Les ongles de Lev s'enfoncèrent dans la peau tandis qu'il la tirait à lui, une fois, sèchement, fermant les yeux à son tour. Elle poussa un petit cri. Il ne bougea plus. Il avait chaud. Lorsqu'il chercha son reflet, il ne vit d'elle que le front car elle avait baissé le visage. Elle murmurait :

« Continuez. »

Il fit. Très doucement, désormais. Dehors, le projecteur allongeait la ligne des rails. Une brume blanche se perdait dans le ciel étoilé. Les deux mains de Chloé étaient belles sur la vitre.

Jamais il ne la tint contre lui. Ni elle ni personne. Une poigne sur sa peau est une violence qui l'assassine. La guerre a fait de lui ce qu'il n'est pas, ce qu'il ne veut pas être, mais qu'il donne à voir. Un homme qui prend les femmes sans admettre d'être embrassé par elles, qui brise les élans d'amour, se soustrait, se dérobe et fuit les abandons. Un artiste de naguère sans pinceaux ni palettes. Un combattant charcuté dans le dos qui, lorsqu'il arrive dans un logis pour une nuit, cherche aussitôt du regard où il s'attachera pour dormir et décampe s'il ne trouve pas ; et qui, s'il trouve, après le jeu des amours, se penche jusqu'aux pieds, bouche close sur les douleurs qui tendent les cicatrices, puis repousse comme il peut, aussi gentiment que possible, déchiré lui-même car il aimerait tant, car il n'aimerait que cela, celle qui voudrait sa poitrine, à la place de Félix.

Les femmes ne dorment pas contre lui. Il ne veut pas qu'elles lui entravent les pieds, comme elles lui proposent souvent lorsqu'elles ont perçu la souffrance que ce mouvement provoque en lui. Ils s'endorment chacun sur des manques, des vides, à quoi s'ajoutent chez lui, lorsque le souffle à côté s'est fait plus lent, le libérant des peines d'autrui, les visions scandaleuses, les bruits abjects, un taxi arrêté carrefour Vavin, le sac rapporté de la guerre et enfermé rue Joseph-Bara, les gestes lents, ralentis, mourant peu à peu d'un homme abandonné à des regrets éternels.

Au petit matin, chez Chloé, une obsession l'éveillait. Il peignait dans sa tête une femme qui avait le corps de la jeune fille et le visage d'une autre. Il ne voyait ni les traits de son modèle, ni ses vêtements. Seulement lui-même lançant ses couleurs sur la toile. Alors, il s'aimait un peu.

Il tentait de la dessiner. Chloé se prêtait à ses exigences. Elle y mettait même un enthousiasme qui lui laissait croire que pour elle il s'agissait d'un jeu. Elle s'habillait des tissus qu'il choisissait et prenait les poses qu'il demandait, qu'il demanderait encore longtemps à toutes les femmes de sa vie, et aux autres, les demoiselles des bordels : avec ou sans mantille ; assise sur une chaise comme l'autre était dans le taxi ; debout, passant la porte, le bras glissé sous celui d'un homme invisible, le cou et les épaules à demi dégagés ; lisant, l'index posé sur la joue, le majeur glissant sur la lèvre.

« Comme tu étais la première fois, disait-il à Chloé.

– Mais pourquoi moi ? » s'écriait-elle.

Il ne le savait pas.

« Il y a certainement une raison ! Cherche donc ! »

Il passait ses journées et une partie de ses nuits à cela. Recomposait mentalement le tableau de la Rotonde tel qu'il s'était présenté à lui ce jour où il était revenu de la guerre. Pourquoi Chloé avait-elle provoqué en lui cet embrasement passager ?

« Mes mains ? »

Il secouait la tête.

« Mes jambes ? »

Elle les tendait devant elle, faisait des pointes sur le parquet, glissait en grand écart sous son nez.

« Mon nez ? »

Elle se montrait de profil.

« Mes cheveux ? »

Elle se faisait des chignons, des mèches, des tresses.

« Mon cul ? »

Ils allaient à la Rotonde, au Dôme, dans d'autres cafés. Elle s'asseyait à une table, un livre à la main, et lui, s'installant selon l'angle de la première fois, tentait de retrouver des énergies qui ne venaient pas.

Ils ressortaient.

Il l'emmena chez Drouot, au carrefour Vavin, là où, jadis, Félix attendait dans son taxi. Plusieurs fois, ils montèrent dans une voiture, elle à l'avant, lui à l'arrière, son bloc sur les genoux.

Pour rien.

Un soir, Chloé lui demanda :

« Sais-tu au moins pourquoi tu fais toujours des caméléons ? »

Il dit que oui. Il dit que c'était même la seule chose qu'il pouvait expliquer.

« Alors réponds-moi. Pourquoi ?

– Demain », bredouilla-t-il.

Comme elle insistait, il ajouta :

« Je n'ai pas besoin de parler. Il faut que tu voies. Je te montrerai… »

Elle lui demanda de promettre. Il promit.

La même nuit, il fut réveillé par un bruit qu'il reconnut aussitôt et qui le ramena brusquement à la guerre.

Un chat. Un chat amoureux miaulant sur la gouttière.

Tout lui revint. Les chevilles entravées, absolument immobile, il fixait le plafond comme un ciel d'où surgiraient les traînées longues et claires des fusées précédant les tirs. Il se retrouva dans les boyaux où cavalaient les rats, la gale, les cris, les ordres, les sanglots. Puis survint le tumulte et le fracas. Cet engin catapulté de l'autre côté des lignes. Ils l'avaient entendu venir, Félix et lui, comme ils couraient entre les arbres après qu'ils eurent compris que les rires étaient faux. Un glissement aigu dont ils savaient déjà, un peu avant la fin, qu'il était pour eux. Lev s'était jeté sur le ventre pour embrasser la terre. On ne court pas quand les obus sont là. On se voit écartelé, gicler, sang, cervelle, membres crochetés sur les barbelés, et à cela, instinctivement, on préfère la vision d'un corps comme il se tient, avec les pattes là où elles doivent être, deux bras, la tête. Impossible de se représenter sur un champ de bataille, répandu en désordre au creux des terres ensanglantées.

« Essaie », dit-il à Chloé après que le chat l'eut éveillée à son tour.

Il lui dit de fermer les yeux pour bien se représenter. De se voir elle, elle et non un autre, pissant ses jambes, le corps haché, sans rien pour se recouvrir, pas de tissu et pas de chair non plus, le ventre vrillé, l'œil considérant tout cela, l'intérieur, les tripes, puis, plus loin, détaché, quelque chose de bien à soi, un pied, par exemple, dont on reconnaîtrait tout, qui deviendrait comme une personne, mais une personne étrangère, une extraordinaire intimité qui s'en irait à tout jamais et que rien ne remplacerait, sinon ce moignon qui verse affreusement ses larmes de sang.

Sur le ventre, pour ne pas voir. Et aussi parce qu'on protège toujours la partie la plus vivante, les sens et l'expression, la bouche, le nez, les yeux. On les offre à la glaise, on s'agrippe à elle comme un bébé à sa mère. On est bardé d'armes, la peau est rugueuse, c'est un homme mais, au moment où il va crever, il s'enfonce dans le sein maternel, il retourne d'où il est venu, il est un enfant terrorisé, et il appelle sa mère. Sur les champs de bataille, quand les canons retournent la terre, les soldats couchés pleurent et demandent leur mère. Sur les champs de bataille, quand il faut refluer et abandonner les blessés, on entend crier ces soldats. Planqués au fond des tranchées, les survivants se bouchent les oreilles, se ferment le cœur pour que n'entre pas en eux cette plainte lamentable et terrible, leurs camarades tétant la terre.

Cette nuit-là, tandis que le chat poussait son horrible cri d'amour, Lev resta avec Félix. Mais ce n'était pas sa mère que l'homme qui mourait avait appelé.

Et les obus miaulent comme des chats amoureux

Le matin, Lev rabattit le drap et regarda Chloé dormir. Il la peignit des yeux. Il avait besoin de voir sa peau, son dos, ses fesses. Il voulait qu'ils l'extirpent du trou, comme les fossoyeurs montés en ligne. Il attendait que la réalité des jours gommât les sombres ténèbres. Que s'effaçât le sifflement de l'obus courant vers eux, arrivant, alerte et joyeux, avant de les faire crever dans une explosion de joie. Il se souvenait du bruit d'avant. D'avant la percussion. Pour le dire, il fallait un autre bruit, et ce bruit-là ne pouvait être représenté par le glissement du pinceau sur la toile. Il fallait le bruit des mots. Ce matin-là, chez Chloé endormie, tandis que l'animal chantait dans la gouttière, Lev se récitait à lui-même quelques vers de Guillaume Apollinaire :

Les obus miaulaient un amour à mourir
Les amours qui s'en vont sont plus doux que les autres

Il pleut Bergère il pleut et le sang va tarir
Les obus miaulaient Entends chanter les nôtres
Pourpre Amour salué par ceux qui vont périr

Et les obus miaulent comme des chats amoureux

Le lendemain, dans la nuit, Lev se posta à l'écart de l'immeuble de la rue Joseph-Bara et attendit. Quand toutes les lumières se furent éteintes en façade, il pénétra sous le porche et grimpa jusqu'à l'atelier. Il ouvrit silencieusement la porte, se glissa à l'intérieur et referma précipitamment le battant. Il resta quelques minutes dans l'ombre, attentif aux volumes et aux odeurs d'un lieu sans vie qui ne lui était plus qu'à peine familier. Puis il alluma la seule lampe à pétrole qui se trouvait là et se mit à l'ouvrage.

Il comptait débiter en bois de chauffage puis brûler les toiles montées sur châssis que son marchand d'avant la guerre n'avait pas emportées. Il fit autrement, et cela lui coûta : il les gratta une à une avant de les recouvrir méthodiquement, à la brosse.

Il lui fallut deux jours pour mener cette tâche à bien. Deux jours pendant lesquels il ne sortit pas, il ne vit personne, sinon le visage pâle et les yeux clairs d'Anna, la jeune fille de son pays, blanchie elle aussi du linceul dont furent recouvertes toutes ses œuvres. La dernière à disparaître fut une huile de Félix. Lev avait fait son portrait devant son taxi, près des jardins de l'Observatoire. Ce Félix-là portait sur le visage une gravité semblable à celle du soldat qu'il avait retrouvé à Sainte-Marie-aux-Mines, le hasard ayant placé les deux hommes dans la même unité. Le chauffeur, qui avait troqué son taxi contre une voiture de commandement, avait gardé ce visage austère que tous lui connaissaient à Montparnasse. La mémoire de Lev lui avait seulement ajouté une ride soucieuse au front, celle de son silence, de son secret, le nom de cette femme restée en arrière dont il ne parla pas, sauf dans son souffle ultime.

Le portrait de Félix disparut à son tour, gratté puis recouvert.

Lorsque tout fut accompli, Korovine donna les toiles, les pinceaux et les palettes à ses amis peintres. Anna disparut tout à fait et pour toujours sous le *Portrait de fillette* de Kisling (1916) ; Félix perdit son sourire au profit de la grâce un peu austère d'Anna Zborowska, peinte par Modigliani (1917) ; la même année, Soutine effaça un autoportrait signé Lev Korovine qu'il remplaça par le sien propre, *Autoportrait au rideau*.

Chaque fois qu'il voyait ces toiles, Lev s'approchait au plus près, cherchant dans la trame les traces de ce langage ancien que d'autres avaient poursuivi pour lui, comme s'il leur avait offert un relais.

Le ménage fait, il ne lui resta plus de sa vie d'avant que le long manteau noir qui venait de son pays, et le sac en papier qu'il avait rapporté de la guerre et rangé sans l'ouvrir sous le lit.

Alors, il invita Chloé dans l'atelier.

Il la fit asseoir sur le tabouret haut où s'installaient naguère ses modèles. Tandis que son regard se promenait sur les murs nus, Korovine se baissait sous son bat-flanc de caserne. Il retira le paquet qu'il avait rapporté de la guerre. Il dénoua la ficelle entourant le papier. Lorsqu'il était allongé sur son lit d'hôpital, le dos offert au regard des médecins, les mains étreignant par spasmes le tissu du matelas comme il l'avait fait du corps de son camarade pour tenter de le maintenir en vie, il avait demandé aux infirmières de tout lui rendre, ce qui était à Félix, ce qui était à lui. Il avait même payé pour qu'elles conservent ce qui aurait dû revenir aux armées. A voir la méticulosité avec laquelle elles avaient emballé le colis, il comprenait qu'elles étaient allées au-delà de sa prière : elles avaient tout laissé en l'état.

Chloé le regardait en silence. Il avait défait le papier, qui lui-même recouvrait des bandes de carton ficelées ensemble. Il palpa l'emballage. Ses doigts s'enfoncèrent. Il dégagea une fonte dont il extirpa le revolver de Félix : un Smith & Wesson à barillet, type américain, sans chien. Il l'observa attentivement avant de le replacer dans son étui. Il attrapa un couteau sur la table et fit une fente dans le papier. Dessous, il y avait des bandes collantes. Et sous les bandes collantes, de la toile de bâche. Il se leva et ouvrit la fenêtre. Il pria Chloé de s'en approcher. Elle demanda pourquoi. Il répondit :

« La puanteur. »

Elle quitta le tabouret et vint s'appuyer au rebord. Elle suivait attentivement tous ses gestes. Il fouilla le paquet avec la lame. Sous la toile de bâche, il aperçut un autre tissu d'une couleur indéfinissable. Et un bouton. Chloé le vit aussi. Elle comprit aussitôt. Une expression de dégoût apparut sur son visage. Ses traits perdirent soudain leur mobilité juvénile.

Elle lui demanda pourquoi il avait rapporté ce paquet. Il dit :

« Je voulais le donner à cette femme.

– Il te l'avait demandé ?

– Pendant onze heures. »

Il arracha les bandes collantes, pulvérisa les restes de l'emballage à l'aide du couteau. Apparurent les tissus déchirés, informes, hachés par les éclats d'obus puis ouverts par les infirmiers. Il disposa les deux vestes d'uniforme collées l'une à l'autre bien à plat sur le sol de l'atelier. Comme elles étaient : la sienne par-dessus, le dos découpé à la lame grâce à quoi les fossoyeurs l'avaient sorti plus commodément.

« L'autre, il est crevé », avait dit l'un d'eux.

Les deux vareuses formaient un vêtement unique, grotesque, une manche collée au col (le bras de Félix sur la terre), l'autre à la taille (la main de Félix sur les reins de Lev), deux épaulettes soudées, les poitrines dures et solides fixées l'une à l'autre par le sang s'écoulant des blessures.

Lev approcha la lame d'un écusson qu'on voyait à la manche.

« C'était le signe de notre unité. Rattachée au commandement général. Je le dessinais toujours sur les faux arbres et les faux cadavres que je faisais fabriquer. »

Dominant son dégoût, Chloé se pencha en avant.

« C'est la dernière vision que j'aie eue quand le souffle de l'obus m'a renversé. Cette chose peinte au sommet du tronc blindé. »

Chloé s'agenouilla devant les tissus décomposés.

« Là », précisa Lev.

Sur la manche de l'une des deux vareuses, brodée sur fond rouge, se découpait l'ombre dorée d'un caméléon.

Un homme a traversé le désert sans rien boire
Et parvient une nuit sur les bords de la mer
Il a plus soif encore à voir le flot amer
Cet homme est mon désir, la mer est ta victoire.

Guillaume Apollinaire

La guerre grandissait, régulière dans l'horreur. Il y avait sept cent mille morts à Verdun, un million de cadavres dans la Somme. Les mutineries se succédaient dans les corps d'armée.

A Montparnasse, la vie suivait un nouveau cours. Après deux années de terribles misères, on avait tiré le voile sur les gaz qui décimaient le Nord, et on faisait comme si la guerre était finie. On s'était habitué aux pannes de courant. Rares étaient ceux qui descendaient dans les caves lors des bombardements. Les cafés étaient bondés. Lorsque le couvre-feu vidait les lieux publics, les peintres et les poètes se retrouvaient sur les trottoirs, cherchant un endroit où commencer la nuit. Quand ce n'était pas la cantine de Marie Vassilieff, c'était une cave en sous-sol où une fontaine miraculeuse emplissait les verres d'un âpre alcool de figue.

Lev Korovine était revenu rue Joseph-Bara. Il ne pouvait plus aller chez Chloé depuis que le chat avait choisi une gouttière de l'immeuble pour y pousser des sérénades qui lui griffaient l'âme.

Kisling habitait au-dessous. Modigliani passait souvent chez Zborowski, son marchand, qui occupait le premier étage. Lev avait besoin de la peinture, celle des autres à défaut de la sienne. Il lui fallait la voir, la sentir, vivre en son sein. Il ne pouvait se défaire de cette peau. Souvent, il pensait à Pascin, qui avait peint entre les mêmes murs avant de partir pour la Belgique puis pour ailleurs, à l'orée de la guerre. Il songeait parfois qu'il lui rendrait la place si le Bulgare revenait. Il était comme le gardien d'un temple : présent mais ne participant plus.

Il tentait d'aimer Chloé. Il découvrait des gestes qu'il avait oubliés depuis Anna, la jeune fille de son pays. Non les siens : ceux de sa compagne. Une tendresse dans la paume, un amour dans le regard. Lui-même n'y parvenait pas. Il disait à Chloé que ne pouvant étreindre, prendre contre lui, serrer sur son cœur, il était aussi incapable d'aimer. Elle répondait : « Nous avons le temps. »

Il n'en croyait rien.

Il lui donnait la main, mais son regard était loin d'elle. Il scrutait le profil de toutes les femmes. Il cherchait dans un mouvement des lèvres, un ondoiement de la chevelure, le tracé d'un doigt derrière l'oreille, une trace d'anciennes visions qui ne lui revenaient jamais. Il traquait jusqu'à l'absurde ce fantôme à trois syllabes qui martelait sa vie.

Il faisait souvent quelques rencontres de hasard qui commençaient dans la rue pour s'achever sur des couches où il ne revenait jamais. Une fois. Il ne proposait rien. Il s'agissait d'un regard. Il les prenait par le bras, puis par la taille, les menait dans un escalier ou se laissait conduire, s'enfonçait en elles sans jamais les toucher d'une autre manière. C'était sa façon à lui de s'assurer qu'il vivait un peu. Ce plaisir-là était le seul qu'il éprouvait encore.

Un soir, chez Marie Vassilieff, il remarqua une jeune

femme. Elle se tenait debout auprès de la porte. Elle ne se mêlait pas aux conversations des peintres et des écrivains qui tentaient d'oublier la guerre en buvant sec. Elle n'avait pas bougé de toute la soirée. Elle demeurait comme si une force l'avait vissée là, le dos et un pied en appui sur le chambranle, les bras croisés. Elle portait une robe droite et longue, un chandail gris perle ouvert en pointe sur une gorge nue, sans col ni collier. Elle avait le regard clair d'un épervier aimable, embusqué sous une frange drue qui dissimulait un front exceptionnellement bas. Chloé et Lev l'observaient. Lev dit qu'il y avait quelque chose de double chez cette femme, lumineuse en même temps que renfrognée, offrant un sourire épanoui, mais les lèvres, il en avait la conviction, ne s'ouvraient que peu. Il dit encore :

« Ses yeux mentent à sa bouche. »

Chloé lâcha son bras et s'en fut. Lev resta à son poste d'observation. On lui toucha le bras. Il reconnut la pression apaisante de la main du poète. Max Jacob portait ce soir-là un kabik à brandebourgs. Il dévissa son monocle, le frotta contre la veste de Lev et dit :

« Doucet m'a acheté mes manuscrits.

– Bravo.

– Il en cherche d'autres. Je lui ai conseillé de s'adresser à Apollinaire. »

Lev le félicita derechef. Puis il se saisit du monocle que Max frottait toujours machinalement contre le tissu de sa veste. Il le porta à sa bouche, l'embua, le nettoya à son mouchoir et le posa sur l'œil du poète.

« Tu vois mieux ?

– Je ne vois qu'en moi-même. Et c'est à peine clair…

– Te souviens-tu de la Peau de l'Ours ?

– Comme si je l'avais vendue hier.
– Félix ?
– Nous en avons déjà parlé, répondit gentiment Max Jacob. Je l'ai oublié, et aussi la personne qui l'accompagnait. »
Il désigna la jeune femme à la frange, qui n'avait pas bougé de la porte, un pied toujours appuyé au chambranle. Elle parlait avec Marie Vassilieff.
« Ressemblait-elle à celle-là ?
– Je ne sais pas, marmonna Lev.
– Tu l'as beaucoup regardée…
– Je regarde toutes les femmes.
– Tu les peins dans ta tête ?
– Non. J'attends que quelque chose se produise. »
Max opina du chef, ôta son monocle et le glissa dans sa poche.
« Rien ne se produira car tu ne te souviendras pas. Une seule chose est juste. »
Il s'empara de la main de Lev et examina sa paume. Avec l'ongle du pouce, il suivit la ligne de chance.
« Tu retrouveras tes pinceaux quand tu auras retrouvé la femme. Sais-tu pourquoi ?
– Parce que les trois syllabes de son nom me frappent nuit et jour, comme les éclats d'un obus… C'est plus pénible encore qu'un tir à cinq mètres.
– Ta blessure et la mort de Félix ont provoqué une explosion en toi, qui a fermé la porte de la peinture. Cette femme est la clé qui l'ouvrira. Sur ce point, tu ne te trompes pas. C'est la méthode qui cloche. Le fugace n'est que hasard, et le hasard se joue du nécessaire. Sois logique.
– Je m'y efforce, dit Lev.
– Rien du tout, rétorqua Max Jacob.
– Je connais son prénom, pas plus.

– Quel est-il ? »

Lev ôta brusquement sa main de celles de son ami. Une idée absurde lui était venue. Un pari.

« Découvre-le, dit-il.

– Je ne me prête pas à cette épreuve.

– Trop risqué ?

– Je ne joue pas un art sur un aléatoire. »

Lev ne quittait pas le poète du regard.

« Découvre-le, répéta-t-il. Tu as une chance, et c'est la mienne. Joue-la. »

Max secoua la tête.

« Dis-le, insista Korovine. Sinon, je ne repeindrai plus jamais. »

Max baissa son crâne chauve. Lev l'entendit bredouiller des mots incompréhensibles. Il songea à une sorte d'incantation. Le poète releva brusquement la tête et dit, très nettement :

« Eve. »

Lev secoua la tête.

« Eve, répéta Max Jacob. Toutes les femmes s'appellent Eve.

– Pas celle-là, répliqua froidement Korovine.

– C'est la première femme…

– Non.

– Marie ? suggéra encore Max.

– Je t'avais dit trois syllabes ! » s'écria Lev.

Il s'était détourné. Il tentait de se recomposer une impassibilité qui glissait comme un maquillage en ruine. Il passa devant la jeune femme à la frange, bouscula légèrement Marie Vassilieff, ouvrit la porte et sortit dans l'ombre du passage. Ce n'était pas Eve. Ce n'était pas ce nom-là qu'il avait entendu pendant onze heures, comme une scansion funèbre, alors que les fossoyeurs montés en ligne ne les avaient pas encore retrouvés, Félix et lui. Eve, ça n'a jamais fait trois syllabes.

Il remonta le col de son long manteau noir et quitta le passage du Maine, allant vers Vavin. Il ne marchait pas en rasant les murs, prêt à se plaquer contre une façade à la première alerte. Peu lui importait d'être pris ou surpris, par un zeppelin larguant ses bombes ou par un agent de police veillant au couvre-feu. Ce n'était pas Eve. Marchant à grands pas au centre exact des avenues, il répétait ce nom chuchoté dans la bave d'un moribond, il se le jetait à lui-même, tirant ses balles sur la cible de sa mémoire : Mareva, Mareva, Mareva.

Chloé posait pour Modigliani, et parfois pour Kisling. Lorsqu'il l'imaginait sous les pinceaux d'un autre, Lev partait en guerre contre lui-même.

Un jour de décembre 1917, il quitta sa tranchée de la rue Joseph-Bara. Dedo lui avait demandé de convoyer Guillaume Apollinaire jusqu'à une galerie de la rue Taitbout où il exposait.

Apollinaire ne portait plus le dernier stigmate de sa blessure : le bandeau de cuir noir qui avait ceint sa tête et auréolé son prestige après sa trépanation. Mais il était sanglé dans un uniforme flambant neuf et arborait la croix de guerre qui l'avait réconcilié avec le pays qui l'avait jadis envoyé en prison. Français désormais, poète pour toujours, il pensait tricolore et parlait patriote. Entre le café de Flore et la galerie, il fit à Lev la démonstration de sa foi en la nation. Il disserta aussi sur les mérites comparés de la tarte aux poires et du clafoutis aux cerises, des brunes et des blondes, de l'effort que lui avait coûté le petit doigt de Lou alors que Madeleine lui avait si facilement offert sa main qu'il avait jugé préférable de la refuser… Pour l'heure, il aimait Jacqueline, qu'il appelait Rubis, avec qui il comptait tout partager, même ses inquiétudes habituelles, qui lui bouffaient l'âme.

Il stoppa derrière l'Opéra et prit Lev à témoin :

« Avant la guerre, je n'avais pas un sou. Maintenant, je n'en ai pas deux.

– C'est un de plus, fit remarquer Korovine. Tu grandis dans tes comptes. »

D'une main fine et blanche, Apollinaire se toucha le front :

« Le pire serait que ma blessure ait provoqué des troubles qui m'empêcheraient d'écrire, qu'on finisse par refuser mes chroniques au *Mercure de France*, que je ne sois plus rien, pas même le meilleur défenseur de l'art contemporain... Bref, que je devienne un indigent. »

Rue Taitbout, la foule envahissait le trottoir. Chloé attendait. Elle prit Lev par la main et l'entraîna à l'intérieur. Elle le conduisait avec une étrange insistance qu'il prit pour de la hâte.

Ils passèrent rapidement devant un *Nu accroupi* (huile sur toile, 114 × 74 cm), *Béatrice Hastings* (huile sur toile, 81 × 54 cm), *Jacques Lipchitz et sa femme* (huile sur toile, 80,2 × 53,5 cm).

Chaïm les rejoignit devant son portrait peint par Modigliani.

« Tu ne peux pas regarder ça, dit-il en russe tout en se plantant entre la toile et Lev. C'est trop laid.

– J'aime cette œuvre, répondit Korovine.

– L'œuvre, peut-être, mais pas le modèle. Il m'a fait beau et tout propre. »

Soutine entrouvrit son manteau sur une chemise grisâtre rongée par les taches.

« En vérité, je pue et je suis sale. »

Une silhouette engoncée dans une grande cape noire, le visage dissimulé sous un feutre à bords rabattus, s'approcha et sourit à Lev.

« Voici le peintre qui aime les bancs. »

Korovine reconnut la jeune fille qui montrait ses seins derrière la gare Montparnasse. Kiki toisa Chloé, jaugea le couple qu'ils formaient et apprécia :

« Pas mal, les deux. »

Elle parlait fort. Les gens la dévisageaient avec curiosité puis se détournaient, gênés par cette bohème trop bohémienne, outrageusement fardée.

Kiki tapota la main de Soutine.

« Le portrait qu'il a fait de vous est chouette, dit-elle à Chloé. Mais qui a eu cette idée du poulet ?

– Lui, répondit Chloé en tendant un doigt accusateur en direction de Soutine. Il m'a obligée à tenir cette bestiole à la main. Et il fallait que je garde la pose !

– Je vous ai ennuyée pour rien », déclara sombrement Soutine.

Il ne dévoila pas ce que Lev avait toujours dissimulé à Chloé : il l'avait peinte pour lui.

« Il a crevé la toile, expliqua Kiki. Hier. Un bon coup de genou.

– Cherchons Dedo », proposa Chloé en entraînant Lev vers le fond de la galerie.

Ils l'entendirent crier avant de le voir. Il apparut aussitôt après, poussant devant lui un homme bedonnant, transpirant, qui roulait des billes indignées ; il battait l'air de ses doigts bagués et manucurés, au point qu'on ne savait s'il suffoquait par manque d'air ou faute de pouvoir exprimer une révolte que Modigliani tenait bien en main, la droite agrippée au collet, la gauche plaquée au fond du pantalon.

« Oui, monsieur, tempêtait le peintre, Pinchus Krémègne a une tête de juif ! Vous pouvez bien le dire. Et lui… »

Il s'était arrêté un court instant devant le portrait de Max Jacob.

« … Lui aussi a une tête de juif ! Et celui-là, qui s'appelle Moïse Kisling, a également une tête de juif. Regardez-moi… »

Il fit faire demi-tour à sa victime et, la tirant par le revers de son veston, colla son visage face au sien.

« Moi, figurez-vous que j'ai aussi une tête de juif ! Et vous, monsieur, savez-vous ce que vous avez ?

– Lâchez-moi ! glapit l'autre en agitant ses dix boudins comme les ailes d'un volatile.

– Vous, poursuivit Modigliani, vous avez une tête de con. Tellement naturelle qu'il n'y a pas besoin de couleurs pour la peindre. Deux claques suffisent. *Un vero stronzo !* »

Il appliqua simultanément ses deux paumes sur les joues du monsieur, qui vira au rouge, au cramoisi, jura qu'il enverrait ses témoins et disparut dans le brouhaha général.

Dedo portait un costume de velours sombre, une chemise blanche et une cravate ficelle. Le costume s'effilochait aux genoux et aux manches, le col de la chemise pâlissait et la cravate ressemblait à un long asticot, mais tout de même, c'était une élégance. Modi s'était habillé pour sa fête.

Il se tourna vers l'entrée, où le brouhaha menaçait de devenir tumulte.

« C'est la naissance d'un scandale », dit-il

Il fila. Lev voulut le suivre, mais Chloé le retint.

Elle baissa la tête. Elle réfléchissait. Soudain, elle dit :

« Il y a un portrait de moi.

– Peint par Dedo ?

– Oui.

– Cela n'a rien de remarquable. »

Lev ferma les poings.

« C'est un nu. »

Elle voulut prendre sa main. Il se dégagea.

« J'aurais préféré qu'ils te baisent tous plutôt que de te toucher avec des pinceaux », siffla-t-il.

Il tourna brusquement les talons et se fraya un passage parmi la foule. Une rage sourde l'avait envahi.

Il passa devant Jeanne Hébuterne, que tous ses amis appelaient Noix de Coco. Elle avait une chevelure sombre, nuancée de reflets roux, une peau très claire, diaphane. Elle lui sourit du regard, un regard vert, très pur, semblable à une eau de source. La jeune fille avait pris la place de Béatrice Hastings auprès de Modigliani. Elle avait dix-neuf ans.

Lev rejoignit Dedo à l'entrée de la galerie. Il y avait foule, et foule vociférante. Les passants s'étaient agglutinés devant la vitrine. Ils découvraient ce que Lev vit à son tour et qui le cloua sur place : un nu extraordinaire, l'un des plus beaux de Modigliani ; une jeune fille allongée en oblique sur la toile, bras et jambes coupés, la bouche incarnat, les joues pourpres, le sein droit d'une rondeur parfaite, la taille fine, les hanches sensuelles et les cuisses pas même repliées, se touchant seulement pour protéger, sous la tache terre de sienne du pubis, ce corps que Lev connaissait si bien. Alentour, fusaient les cris de colère des passants offusqués. Montrer une telle obscénité ! Exposer des femmes déshabillées, prêtes pour l'amour ! Modigliani se débattait entre un agent en civil et le commissaire du quartier, dont Korovine entendait, malgré son trouble, le timbre éraillé par la fureur :

« Enlevez-moi ça ! Ôtez ces ordures ! »

Lev ne pouvait détacher son regard de ce tableau

(*Nu couché les bras ouverts*, huile sur toile, 60 × 92 cm). Il y voyait bien davantage encore que le portrait sublime d'une femme dont il connaissait la peau, les cuisses, les hanches, les joues pourpres et la bouche incarnat. Il y voyait ce qu'elle ne lui apporterait plus, ce qu'aucune ne lui offrirait plus, évidemment pas la caresse amoureuse, mais cette richesse intense, l'absolue complicité qui lie le peintre à son modèle. Il voyait ce que tous ses amis de la rue Joseph-Bara, de la Ruche, de la cité Falguière, tous ces peintres pour lesquels il avait compté, captaient et capteraient encore, un sens très subtil dont il était privé, comme si Chloé, posant pour Modigliani, lui avait donné quelque chose que Lev avait connu naguère et qu'il ne percevait plus. Il regardait cette toile comme il voyait le monde, et il voyait le monde comme s'il avait les yeux crevés.

Non loin, le commissaire hurlait. Soutenu par la foule des badauds, il exigeait qu'on décrochât les toiles. Non seulement le nu de la vitrine, mais aussi ceux de l'intérieur.

« C'est obscène ! glapissait-il. On doit cacher ces horreurs ! »

Lev se précipita vers le nœud de la bataille. Il écarta Jeanne Hébuterne qui tenait la main de Modigliani, repoussa Guillaume Apollinaire, s'appuya légèrement sur l'épaule de Soutine, replia son bras gauche le plus loin possible en arrière, et le projeta à la face de cet imbécile officiel qui n'aimait ni les femmes, ni les peintres, ni l'art, ni l'homme.

Il avait oublié la décomposition de son dos. Son poing porta sur une masse qu'il n'identifia pas. Il fut déséquilibré, tiré vers l'arrière, puis il tomba en avant, face au sol, comme si à nouveau la terre s'ouvrait sous lui, Chloé, onze heures durant, mêlée à tous ses désespoirs.

Il resta allongé pendant quinze jours au dernier étage de la maison de la rue Joseph-Bara. Il souffrait du dos, horriblement, et sa mémoire aussi était douloureuse car, pour appliquer les baumes prescrits par la médecine, il dut se coucher sur le matelas dans la position où il avait tenu Félix. Ce ne fut pas ses chevilles qu'on entrava, mais ses poignets. Mme Salomon et Noix de Coco le soignèrent. Chloé lui apportait ses repas. Elle s'agenouillait à la tête du lit et le faisait manger à la cuiller car il lui était interdit de s'asseoir ou de se retourner. Il levait les yeux vers elle, étouffé par une sueur moite qui coulait partout en lui. Pourtant, on était en hiver et sa pièce était froide.

Elle restait auprès de son lit, silencieuse. Ils savaient tous deux que la peinture les avait séparés. Elle osait quelques gestes timides, ceux d'une mère penchée sur un enfant malade. Sa main sur son front, plus sur sa poitrine.

Dedo lui rapporta que Soutine l'avait retenu alors qu'il s'apprêtait à frapper le commissaire ; son poing avait touché le plexus d'un badaud. Il était tombé. Son dos avait souffert d'une torsion.

Lorsque Korovine fut capable de s'allonger sur le

dos, l'Italien débarqua dans l'atelier avec ses pinceaux et ses chevalets.

« Tu vas me regarder. Les gestes te reviendront.

– Non », dit Lev.

Modi installa son matériel.

« Je ne veux pas, répéta Lev.

– Quitte ton champ de bataille et empêche-moi. »

Dedo observait Korovine avec un sourire moqueur.

« Dans la vie, on n'obéit à personne, sauf aux toubibs. Il a dit : tu ne bouges pas. Alors tu ne bouges pas. »

Lev connaissait la complicité exclusive que l'Italien nourrissait avec ses modèles. Chaque fois que Zborowski pénétrait dans une pièce où Modigliani travaillait, la séance s'arrêtait. Il ne voulait pas qu'il en fût ainsi chez lui.

« Qui sera le modèle ?

– Noix de Coco. »

Il s'assit, jambes croisées, au chevet de Lev. Il approcha son visage tout près de celui de son ami.

« Je ne peindrai plus Chloé.

– Quand j'ai vu son portrait fait par toi, dit Lev, j'ai compris que nous ne partagerions jamais cette respiration. Et plus encore : qu'elle représenterait toujours pour moi cette… »

Il ne trouvait pas ses mots.

« … Cette mort », enchaîna Dedo.

Lev acquiesça :

« La mort de moi-même pour moi-même. »

Il éprouva soudain une immense tendresse pour Chloé. Elle avait compris cela. En ne cherchant pas à recoudre leur tissu effiloché, elle avait manifesté sa compréhension pour quelque chose d'infiniment supérieur à cela, un amour, une histoire d'amour, quelque chose qui ne se répare pas, qui demeure comme le souffle est à la vie – une mort, en effet, quand ce souffle se retire.

Lev se souvint fugitivement de la réaction qu'avait eue son père lorsqu'il avait découvert le nu de la jeune fille de son pays : il l'avait crevé avant de le jeter par la fenêtre. A l'instant où le poing paternel avait percé la toile, le jeune homme avait compris qu'en voulant le priver de son art son père voulait aussi lui ôter la vie. Une forme de vie. Et il avait pris la décision immédiate de partir. Parce que rien n'importait plus que cette définition qu'il s'était faite de lui-même depuis toujours, depuis l'enfance, qui l'avait aidé à grandir et à se construire : il était un artiste. Chloé savait que cette détermination était supérieure à tout, qu'elle l'emportait et l'emporterait sur mille autres choses essentielles, et c'était pour ne pas que sa présence, devenue image peinte par d'autres, le renvoyât sans cesse à ses abîmes, qu'elle s'était retirée sans se livrer à des passes amoureuses qui n'avaient que faire ici.

« Peins Noix de Coco », dit Lev.

Jeanne Hébuterne était déjà là. Il ne l'avait pas entendue entrer. Elle se tenait dans un coin de l'atelier, près de la fenêtre. Elle portait une robe noire, simple et échancrée.

Modigliani disposa son chevalet face à elle, à quelques pas. Il ouvrit une bouteille de vin, but une gorgée au goulot, observa la jeune fille. Il dénoua son foulard rouge et l'enroula autour du cou de Noix de Coco. Il la fit asseoir sur une chaise, plaça son bras sur le dossier, revint au chevalet, regarda de nouveau, s'approcha de la chaise, rectifia le foulard en sorte qu'il dégageât la gorge, glissa les mains l'une dans l'autre et dégagea la chevelure de Jeanne derrière l'oreille. Il lui parlait à voix basse, avec une grande tendresse. Noix de Coco était belle et fragile, absente, impénétrable. Elle exprimait une infinie tristesse qui voilait un regard clair et magnifique.

Allongé sur le lit, la tête reposant sur un coussin, Lev s'efforçait à la plus grande immobilité afin de ne pas troubler cette mise en place qui avait quelque chose de paisible, de langoureux. Jeanne suivait chacun des gestes de son amant, son regard ne le quittant pas, très calme, imperméable à tout ce qui n'était pas lui, d'un absolu dévouement, semblait-il. Elle était le contraire de Béatrice Hastings. Dedo lui-même paraissait transformé, ayant perdu fougue et violence au profit d'une intériorité que Lev ne lui connaissait pas, une mesure dans le mouvement, une attention dans le regard.

Le peintre se campa devant la toile, but une nouvelle rasade de vin et ouvrit ses tubes de couleurs. Il n'avait pas de palette. A l'aide d'un pinceau trempé dans du brun, il traça les cernes correspondant aux formes du corps de Jeanne, les traits du visage, le nez, la bouche et les yeux. Lev l'avait toujours vu faire ainsi. Mais désormais, les contours étaient plus fins, plus dessinés que les courbes bleues qu'il traçait naguère.

Il recouvrit le fond avec cette brique pilée au mortier qu'il utilisait généralement pour obtenir la couleur rose ocrée des visages et des chairs. Puis, d'un seul mouvement très sûr, il fit la silhouette ; le visage, allongé comme les têtes qu'il sculptait autrefois ; les commissures des lèvres, puis les lèvres, la courbe du menton, la masse de la chevelure… Plus le tableau avançait, moins il observait Noix de Coco. Il avait oublié Korovine. Celui-ci regardait sans en être. Jadis, il était semblable à Dedo : lui aussi perdait ses modèles en route, ne cessant de les scruter au début du travail pour les délaisser par la suite ; lui aussi creusait la pâte d'un manche de pinceau ; lui aussi jouait des blancs de zinc et des blancs de plomb pour marquer les transparences... Mais tout cela n'était que façons. Certes, elles manquaient à Lev. Il en était amputé. Il comprenait l'attention avec laquelle Zadkine protégeait ses outils de sculpteur, et d'autres, leurs brosses, leurs pigments, leurs stylographes, leur papier. C'était là, souvent, des détournements du fait fondamental. Des boucliers face à l'angoisse. Combien de fois, avant de se mettre à l'ouvrage, Lev avait-il nettoyé et nettoyé encore des pinceaux presque immaculés, tourné, retourné des toiles vierges, lissé le grain d'un papier ? Simplement afin de différer l'instant du commencement. S'occupant de la forme pour, un instant encore, laisser le fond au creux des vertiges. Le fond : donner une forme à un vide. Faire apparaître l'invisible. Se transformer soi-même en un fragment d'œuvre d'art. Comment, au sein de ces gouffres où chaque fois l'artiste joue sa peau, ne pas s'accrocher aux parois les plus immédiatement disponibles : les tubes, l'huile, les pinceaux, la plume, le papier ? L'outil. C'est lui qui manquait à Lev. Cependant, regardant Dedo peindre et Noix de Coco poser pour lui, il ne ressentait aucun manque de ces richesses dont la guerre l'avait dépossédé. Ni les gestes du peintre ni les quelques apostrophes aimables qu'il lançait parfois à son modèle ne provoquaient en lui de blessure nouvelle. Il regardait surgir une œuvre. Et, tandis qu'elle apparaissait, vite comme toujours chez Modigliani, nette au premier trait, un brouillage des couleurs s'opérait en Lev. Elle n'avait pas le regard aussi clair que Jeanne

Hébuterne, ni cet incarnat aux lèvres. Le rouge était plus foncé, presque noir. Mais le regard était vert, entre amande et émeraude, lumineux comme cet œil que Dedo rendait plus transparent encore, ajoutant, à la pointe d'un pinceau fin, une larme qui tombait comme une goutte d'ivresse sur Lev Korovine allongé.

A peine remis, Korovine reçut une convocation officielle de la préfecture de police. Le commissaire Zamaron, préposé aux étrangers et à leurs papiers, le priait de venir le voir.

Lev craignait d'être l'objet d'une mesure d'expulsion. Modi le rassura : le commissaire Zamaron était un ami de l'art et de la peinture ; avant la guerre, il achetait régulièrement les œuvres des peintres de Montparnasse, notamment – Lev l'avait oublié – celles de Korovine.

A la préfecture, un huissier en tenue le conduisit à travers des couloirs sombres jusqu'à un banc où il fut prié de s'asseoir en attendant le bon vouloir de monsieur le commissaire. Lev comprit clairement que s'il appréciait la durée de l'attente au faciès et à la tenue du visiteur, l'officiel estimait qu'il passerait l'après-midi assis devant la porte.

C'était mal connaître Zamaron. Sitôt qu'il apprit qu'un artiste faisait antichambre, il sortit de son bureau et tendit une main empressée à son visiteur. Lev ne l'avait pas rencontré depuis le début de la guerre. Il n'avait pas changé : le même œil noir et pétillant, la frange tombant sur l'oreille comme un béret basque, la moustache rigoureuse, la poignée de main énergique.

« On a des malheurs ? demanda-t-il tout en s'effaçant devant l'entrée de son bureau.

– Des petits malheurs », répondit Lev en boitillant dans un couloir minuscule.

Le commissaire referma la porte sur lui. Le sas dans lequel ils se trouvaient ouvrait sur une vaste pièce que Korovine n'avait encore jamais vue, et qui le laissa sans voix. C'était un bureau d'administration, ni plus ni moins, avec le mobilier assorti, les chaises, les lampes, les classeurs métalliques, bref, tous ces appendices qui refroidissent le cœur quand on les découvre. La différence venait des murs. De haut en bas, ils étaient recouverts par des toiles et des dessins encadrés. Il y en avait partout. Des petits, des grands, des Modigliani, des Utrillo, Soutine, Vlaminck, Derain, Krémègne, Chagall, Foujita, les deux œuvres que le commissaire avait achetées à Korovine en 1913... Une galerie à la préfecture de police.

Zamaron jubilait. Il se frottait les mains de plaisir. Un petit rire, comme un gloussement d'aise, fusait de sa poitrine.

« Je dois reconnaître que j'apprécie l'admiration de mes visiteurs », dit-il en gagnant son bureau.

Il s'assit.

« Pas tant la vôtre, qui connaissez tout cela, que celle des préfets et des ministres, qui considèrent que la peinture est seulement bonne à recouvrir les canons... Ils me demandent toujours si je n'ai pas un petit grain. »

Il se leva.

« J'en ai un, bien entendu. Tout mon traitement y passe. Mais reconnaissez qu'entouré de ces paysages, on voit la truanderie en beau ! »

Il prit Lev par la manche et le tira jusqu'à une huile d'Utrillo.

« C'est mon petit dernier. Alors ? »

Il se campa devant la toile, bras croisés, le sourire aux lèvres, attendant le verdict de son visiteur. Il s'agissait d'une vue de Montmartre, sans doute reproduite d'après une de ces cartes postales que la mère de Maurice, Suzanne Valadon, donnait à son fils pour qu'il les peignît.

« Il l'a faite vendredi dernier », commenta le flic avec un grand bonheur dans la voix.

Il entraîna Korovine près d'une fenêtre et lui montra un paysage à la gouache : une maison et une église.

« C'est Domrémy… J'ai aussi trois aquarelles que j'ai payées vingt francs en 12. »

Il montra une autre vue de Montmartre.

« Utrillo est un génie ! Un poivrot, mais un génie ! »

Il revint à petits pas vers son bureau. Il se laissa tomber sur sa chaise et s'écria, désespéré :

« Qu'il boive, d'accord. Mais un petit godet suffirait ! »

Il semblait soudain très abattu.

« Que deviendra ce petit quand je ne serai plus de service ? »

Le policier était sincèrement navré. Il en avait oublié qui il était et pourquoi Lev se trouvait là. Le flic de la préfecture s'était métamorphosé en père protecteur. Le poids de sa grande famille pesait soudain terriblement sur ses épaules.

« Et Modigliani ? demanda-t-il comme s'il s'informait des plus turbulents. Il y a bien longtemps qu'on ne m'a pas demandé de le sortir du commissariat de la rue Delambre !

– Il n'y va plus, répondit Lev sur un ton qui se voulait rassurant.

– Est-ce que Derain casse toujours les bouteilles du Dôme ?

– Seulement quand il est en permission.

– Il y a progrès ! »

Korovine dut donner des nouvelles de tout le monde.

« Et vous ? demanda enfin Zamaron après que Lev eut dressé un état des lieux complet et circonstancié de Montparnasse. Que vous est-il arrivé ?

– J'ai voulu pocher un de vos collègues. »

Le commissaire fronça le sourcil, sembla fouiller sa mémoire et s'écria :

« Je ne parle pas de cette blague ! Elle est déjà oubliée ! Figurez-vous que j'ai veillé au grain comme il fallait ! Il n'y a pas plainte… »

Lev remercia.

« Quand je vous demande ce qui vous est arrivé, je pense à la peinture ! Il paraît que vous ne touchez plus à vos pinceaux ?

– En effet.

– Et pourquoi ?

– J'ai été blessé. Un obus…

– Il faut forcer, coupa le commissaire. Je vous ai bien regardé : vos mains sont lestes. Vous devez recommencer. »

Du doigt, il montra un angle de la pièce où se trouvaient les deux toiles de Korovine. De même qu'il avait soigneusement évité de les regarder, Lev ne se retourna pas.

« Un artiste comme vous ne peut pas abandonner. Racontez-moi…

– Vous raconter quoi ?

– Tout. La blessure, les circonstances, vos douleurs… Et d'abord, asseyez-vous. »

Lev obéit. Mais il n'ouvrit pas la bouche.

« Je vous écoute, gronda Zamaron. »

Lev demeura muet.

« Désormais, vous parlez au flic. Pas à l'amateur d'art. Je vous somme de parler. Où était-ce ?

– A Sainte-Marie-aux-Mines, répondit Lev après un court silence.

– Quand ?

– Il y a deux ans.

– Quelle était votre unité ? »

Il savait mener un interrogatoire. En quelques minutes seulement, Lev avait oublié que le bureau de Zamaron était tapissé d'œuvres d'art. Le flic le mena là où il voulait l'entraîner, comme il l'entendait. Après une heure de questions serrées, il n'ignorait plus rien de Félix, des circonstances dans lesquelles Korovine avait été blessé, de ses terreurs diurnes et nocturnes. Il avait pris quelques notes. Lorsque Lev se tut enfin, il dit :

« Si Suzanne Valadon n'avait pas mis un pinceau entre les mains de son fils, il serait mort d'alcoolisme à vingt ans. Vous, si on ne retrouve pas cette femme, vous mourrez de ne plus peindre. »

Korovine le savait. Il ne savait même que cela.

Le commissaire Zamaron se leva.

« Venez avec moi. Après le bavardage, il faut se rincer. Allons à la buvette. »

Ils suivirent un dédale de couloirs parcourus par des hommes gris. Empruntèrent des escaliers tortueux qui les menèrent jusqu'à une pièce où un comptoir trônait face à une dizaine de tables en bois. La plupart étaient occupées par des complets veston qui bavardaient entre eux.

« Rien que des flics, commenta Zamaron. Le gratin de la préfecture. »

Il indiqua une place libre.

« Allez vous asseoir. C'est moi qui invite, et c'est moi qui choisis. »

Il se dirigea vers le comptoir. Il revint quelques secondes plus tard, portant deux verres de lait.

« Privilège du maintien de l'ordre ! s'exclama-t-il en prenant place à côté de Korovine. Ici, on trouve encore des vitamines. Vous en avez besoin. Les deux verres sont pour vous. »

Il salua à la ronde d'un coup de chapeau et se pencha vers son invité.

« Cette femme, l'avez-vous vue ?

– Deux fois.

– La reconnaîtriez-vous ?

– Peut-être...

– Où l'avez-vous rencontrée ?

– La première fois, dans un taxi, la deuxième fois, à la Peau de l'Ours. »

Le commissaire fit un tour et demi sur lui-même.

« Vous vous trouviez à la vente de la Peau de l'Ours ?

– J'y avais une toile.

– Mais c'est extraordinaire, ça ! »

Le flic frappa trois fois dans ses mains.

« Figurez-vous que j'y étais, à la Peau de l'Ours ! Comment un collectionneur de ma trempe aurait-il pu manquer ça ? ! »

Il se laissa aller sur sa chaise, glissa les doigts dans les poches de son gilet et afficha un sourire non dépourvu de fierté.

« J'y ai acheté un Derain, deux cent dix francs, un Dufy, cent soixante, et un Metzinger ! »

Korovine ne se rappelait pas avoir vu Zamaron parmi l'assistance. Mais les peintres étaient ensemble, groupés sur le côté de la salle Drouot, non loin de l'estrade où Me Henri Beaudoin, le commissaire-priseur, adjugeait les œuvres de ces cubistes que la critique comme la bonne société vilipendaient.

« Vous souvenez-vous des toiles qui étaient proposées ? questionna Zamaron avec gourmandise. Il y en avait au moins cent cinquante ! Les plus vieux, Van Gogh, Gauguin, Odilon Redon, Vuillard, Signac, Bonnard, Maillol ! Et nos jeunes ! Tous nos jeunes étaient là ! »

Le commissaire perdait la sagesse toute blanche de sa fonction. Il gagnait en couleur, en chaleur, en bonheur.

« C'est moi qui suis allé au feu le premier ! Avec Metzinger ! Cent balles le Metzinger ! Dans la salle, tout le monde se foutait de moi ! »

La salle, Lev s'en souvenait, était archicomble. Les marchands, Kahnweiler et Ambroise Vollard les premiers, attendaient les invectives. Druet et les frères Bernheim avaient été commis en qualité d'experts. La princesse Bibesco jouait avec ses perles et la comtesse de La Rochefoucauld avec les siennes. Paul Poiret et Marcel Sembat étaient venus pour acheter. En hommage à une œuvre de Picasso, *L'Homme à la houppelande*, Max Jacob portait une houppelande rouge. Les journalistes affûtaient leurs crayons.

« … Bonnard, sept cents balles ! Vous vous rappelez ?… Je suis monté jusqu'à deux cent cinquante et j'ai donné la main. Pareil pour Dufy et Dunoyer de Segonzac ! Gauguin, quatre mille balles ! Comme Van Gogh ! Matisse, cinq mille balles pour son *Compotier* !… Ah ! le *Compotier de pommes et oranges* ! Ça vous dit quelque chose ? »

Lev répondit que oui, mais Zamaron n'écoutait plus. Il comptait ses rêves.

« Utrillo, cent cinquante les petits, trois cents les grands… J'en avais déjà pas mal, alors je n'ai pas bougé. Mais tout est parti ! Tout ! Adjugé ! »

Le commissaire abattit son poing sur la table. Dans la buvette de la préfecture, les complets veston attablés s'étaient tus pour dévisager avec une curiosité teintée d'hilarité ce petit homme bien mis et tout propre qui s'animait comme s'il était au théâtre.

« Et Picasso ! s'exclama Zamaron. Ha ha ha ! Picasso ! Tout le monde l'attendait et il n'était pas là ! »

Il reprit son souffle et ricana.

« Onze mille cinq cents balles pour *Les Bateleurs* ! Une toile achetée mille francs douze ans auparavant ! »

Le frêle Zamaron applaudit des deux mains. Puis, brusquement, son enthousiasme retomba dans un silence tout gris.

Il prit Korovine par le bras et ils sortirent de la buvette. Aussi rapidement qu'il avait perdu les pédales, le commissaire retrouva son volant de conducteur-policier.

« Etes-vous sûr que cette fille était à la vente de la Peau de l'Ours ?

– Au fond, à côté de Félix.

– Sauriez-vous la décrire ? répéta Zamaron.

– A peine.

– Cela ne me suffit pas. »

Félix était arrivé à l'instant même où Me Beaudoin avait abaissé son marteau d'ivoire, donnant le coup d'envoi de cette vente mémorable. Il était accompagné d'une jeune femme vêtue de blanc qui portait une mantille et qui était restée près de l'entrée au côté de son compagnon. Lev l'avait reconnue : c'était la personne qu'il avait déjà aperçue dans le taxi de Félix. Lorsque les lazzis avaient accueilli l'achat de l'œuvre de Picasso par un marchand allemand, il s'était retourné pour rechercher le nœud de cette fureur. Il s'était attardé une fraction de seconde sur l'inconnue qui accompagnait Félix. Elle avait légèrement repoussé sa mantille sur le front. Il avait été frappé par la mobilité de son regard, qui se posait sur tout et sur tous, très rapidement, et où il y avait, lui avait-il semblé, comme une incrédulité, une incompréhension.

« Est-ce tout ce que vous avez à dire ? questionna Zamaron.

– Oui.

– Il faut faire un effort, insista gentiment le commissaire. Vous devez vous souvenir… Y a-t-il d'autres témoins oculaires ?

– Certainement, mais je ne les connais pas.

– Qui était avec vous ?

– Vlaminck, Derain, Max Jacob…

– Vous les avez interrogés ?

– Ils se souviennent à peine.

– Navrant », grommela le flic.

Ils firent quelques pas en silence. Puis :

« Qu'avez-vous vu encore d'elle ?

– Je vous l'ai dit : une robe, le visage, la chevelure.

– L'oreille ?

– Non.

– Si vous cherchez quelqu'un, partez de l'oreille. C'est le seul organe qui soit unique à chacun. Même des jumeaux n'ont jamais la même oreille. »

Lev écoutait Zamaron avec une grande attention.

« Faites un exercice, poursuivit le flic. Il repose sur les travaux de M. Bertillon. »

Lev ignorait qui était M. Bertillon. Il apprit qu'il

avait inventé l'anthropométrie. On lui devait l'identification de Ravachol.

« Il n'a fait qu'une bourde dans sa vie, et elle est de taille : il a cru établir la culpabilité du capitaine Dreyfus.

– Quel rapport a-t-il avec Félix ?

– Faites un portrait-robot de cette fille. Obligez-vous à cet exercice. Représentez-la sur une feuille.

– Je n'y parviendrai pas, répondit Lev.

– Forcez-vous. Etes-vous sûr que vous ne la reconnaîtriez pas ?

– Non.

– Comment s'appelle-t-elle ?

– Je ne connais que son prénom. Mareva. »

Zamaron sortit un calepin de sa poche et nota. Puis il resserra le nœud de sa cravate, ajusta son lorgnon et, la moustache frémissante, murmura avec extase :

« Ça, c'est de l'enquête ! »

Ils se réunirent le lendemain chez Foujita. Soutine, Modigliani, Kisling et Max Jacob. Le Japonais avait mis son atelier à la disposition de tous : il était plus vaste que ceux des autres. C'était une ancienne écurie, rue Delambre. Des nattes recouvraient le sol. Trois tables aux pieds sciés faisaient office de plateaux bas. Sur une cheminée en faux marbre, trônait une photographie représentant un officier japonais en grande tenue.

« Papa », fanfaronna Foujita.

Des lanternes ornées d'idéogrammes pendaient aux poutres. Le peintre avait fait le ménage et dissimulé l'ensemble de son œuvre.

« Je ne montre pas, dit-il en guise d'explication. Les idées, on les vole. »

Juan Gris, qu'on n'attendait pas, poussa la porte de l'atelier. Il fut acclamé. Il fila, timide et mélancolique, dans un coin de la pièce où il déposa son matériel. Foujita lui apporta une toile vierge qu'il fixa sur un chevalet démantibulé. Gris le remercia d'un sourire affectueux. Il dissimula son teint mat et son regard aussi sombre que sa chevelure derrière le grand panneau blanc.

Soutine s'installa dans un coin. Il ouvrit un cabas et

en sortit une aiguille, du fil et des morceaux de vieilles toiles découpées. Il entreprit de les coudre ensemble sans se préoccuper des allées et venues de ses compagnons, qui découvraient le confort moderne : au fond de la pièce, rutilante dans son émail d'une pureté liliale, paradait la merveille des merveilles, bien rarissime et fort convoité : une baignoire.

« Eau froide seulement ! expliqua Foujita. Les modèles adorent… »

Max Jacob s'installa, tendit les jambes et s'écria :

« Je tiens dedans ! Je prends la place ! »

Elle lui fut contestée par Kisling.

« Pas de problème, admit le poète. Si tu peins à l'eau…

– A l'huile et sur toile.

– Alors je garde la baignoire : moi, c'est l'aquarelle. »

Les chevalets furent disposés en arc de cercle. On eût dit une école de peinture. Sauf qu'il n'y avait pas de modèle. Et les informations manquaient cruellement pour réaliser le projet suggéré par le commissaire Zamaron : un portrait-robot. Lev n'avait rien à dire. Ou si peu. Il ne disposait que d'indications sommaires qui se réduisaient à pas grand-chose : la taille sans doute élancée, la chevelure prise dans une mantille de tulle, les lèvres d'un rouge presque noir à la Peau de l'Ours, les yeux verts, entre amande et émeraude, une robe blanche et légère, en appui sur le rebord de la vitre, dans le taxi de Félix. Rien d'autre.

Max Jacob, allongé dans sa baignoire, compléta :

« Je l'ai vue, et je peux la décrire. Assise dans un taxi.

– Comment était-elle ? demanda Kisling.

– Je viens de le dire : assise dans un taxi.

– Faisons un taxi, suggéra Soutine.
– Ça ne nous conduira pas bien loin, objecta Lev.
– Si, répliqua Gris. Une femme assise dans un taxi, c'est déjà une silhouette. »

On entendit le glissement léger des crayons sur le papier. Foujita travaillait accroupi devant sa toile. Il la tournait et la retournait dans tous les sens. A côté de lui, étaient disposés les tampons de soie et de coton qu'il utiliserait plus tard.

« Fouille ta mémoire, commanda Kisling à Korovine. Etait-elle mince, grande, belle ? »

Aucune nouvelle image ne se superposait à celles que Lev connaissait déjà. Il dit que cette fois-là, dans le taxi, sa chevelure était enfermée dans un foulard léger. Les boucles dansaient sur la blancheur du cou. Foujita commenta :

« A cou blanc, peau pâle.
– Pâle, confirma Lev.
– Comme le lait ?
– Comme l'ivoire ?
– Comme la neige ?
– Comme Noix de Coco ?
– Comme la baignoire ? »

Les questions fusaient. Korovine ne savait que répondre.

« Faisons des blancs, proposa Foujita. Blanc couleur peau. »

Chacun trempa ses pinceaux. Les variations étaient légères. Lev ne sut laquelle choisir.

« Pour le teint, nous choisirons nous-mêmes, proposa Gris… Le visage ?
– Je ne me souviens pas.
– Le regard ? »

Korovine passa derrière le chevalet de Modi.

« Les yeux de Jeanne. Comme tu as fait quand tu l'as peinte chez moi… A peine plus sombres. »

Dedo trempa ses pinceaux dans ses tubes et fit une tache sur le papier.

« Pas exactement », dit Lev.

Il s'empara d'un pinceau, le mouilla dans du cobalt et rectifia la teinte.

« Fais un œil avec ça. »

Modigliani s'exécuta.

« La paupière plus légère… »

Les autres observaient. Max Jacob claqua la langue contre le palais.

« Tu n'as jamais su faire les yeux.

– Parce que je les imagine, répondit Modi.

– Les yeux, ça se vitriole, repartit Soutine.

– Regardez », proposa Kisling.

Il s'empara des pinceaux de Modigliani et peignit un œil allongé, très pur, caressé par des cils légers comme la plume. On eût dit une peinture de Van Dongen.

« Un regard de mondaine, se vengea l'Italien. Beau mais pas naturel.

– La couleur y est, nota Korovine.

– On se débrouillera avec ça, dit Kisling.

– Permettez-moi de glisser une minuscule insinuation », déclara Max Jacob.

Il reposait toujours dans la baignoire.

« Si elle est dans le taxi, vue de dos, on ne voit pas son regard.

– On l'imagine, coupa Soutine.

– C'est une nuance.

– Elle est nécessaire.

– D'accord, admit Max Jacob. C'est une question d'âme. »

Ils revinrent à leurs pinceaux. Lev ne savait que faire ni quelle contenance adopter. Il n'avait aucun rôle à jouer dans cette partie au terme de laquelle ses amis avaient décrété qu'ils présenteraient chacun un sinon plusieurs portraits-robots. Il n'osait même pas regarder les peintres à l'œuvre. Il se maudissait d'avoir accepté cette proposition commune.

Il s'approcha de la fenêtre et y demeura, tournant le dos à l'assemblée studieuse. Dans la cour, il remarqua une silhouette massive qui se hâtait vers l'atelier. La porte grinça. Lev se retourna. Dans l'embrasure, imposant dans une capote moutarde, le chef couvert d'un chapeau de gendarme, se tenait Guillaume Apollinaire. Il s'appuyait sur une canne ouvragée surmontée d'un pommeau en bois de rose.

« Max m'a dit que les poètes étaient acceptés s'ils savaient dessiner. »

Il ôta son manteau et apparut, splendide et important, en militaire galonné vêtu de neuf. De la pointe de son stick, il tapota ses bottes fauves puis l'uniforme bleu, rutilant.

« Le cuir vient d'un bottier de la rue du Bac, et le tissu de la Belle Jardinière. Ça vous la coupe ? »

Guillaume fit le tour des toiles en cours d'exécution. Il sifflotait.

« Tout cela est très vague.

– C'est parce que je suis vague moi-même, fit remarquer Lev.

– Te souviens-tu de Félix ? demanda Dedo.

– Autant que de son taxi. »

On en revint à Félix

Ils l'avaient tous connu. Par son allure, il leur rappelait Manolo, un ami de Picasso. On voyait mal Manolo avec une fille en voile de tulle. Quant à Korovine, qui avait côtoyé Félix plus longtemps et en d'autres circonstances que les autres, il ne le voyait avec personne.

Il décrivit le garçon qu'il avait connu à Paris puis à la section de camouflage : un compagnon fermé qui aimait le risque et n'hésitait pas à conduire sa voiture jusqu'au plus près des lignes ennemies. On l'appréciait pour sa générosité. Il partageait tous les colis qu'il recevait, offrait sa place dans la paille des granges quand se présentaient des fantassins épuisés. Cependant, il conservait une part d'ombre là où précisément ses compagnons se montraient bavards : leur jeunesse et leur vie d'*avant*. Nul ne savait rien de son histoire, sinon qu'il aimait voyager et s'était souvent rendu en Argentine. On ignorait comment il vivait à Paris, quelles étaient ses origines.

De même, il était d'une discrétion extrême sur le chapitre de ses amours. Alors que tous les poilus présentaient les photos de leur fiancée, lisaient leurs lettres, dissertaient à longueur de temps sur les bonheurs anciens, Félix ne parlait jamais de cela. Il écoutait autrui mais ne répondait pas. Lorsqu'on l'interrogeait sur la question, il se rembrunissait et quittait les groupes. Pourtant, nul ne recevait plus de plis que lui. L'adresse des enveloppes était toujours écrite par une main féminine, et rarement la même : les calligraphies changeaient. Souvent, un billet de banque glissait des feuillets qu'il lisait à l'écart, brûlait ensuite sans marquer la moindre émotion à la lecture des nouvelles de l'arrière. Lev respectait cette part de mystère et ne questionnait pas son compagnon sur ses silences. Il avait admis qu'il pût conserver par-devers lui quelque chose qui s'apparentait à une énigme.

« C'était un homme à secrets, confirma Max Jacob.

Je me souviens de lui regardant *Les Demoiselles d'Avignon*, au Bateau-Lavoir. L'œuvre le fascinait, mais il ne disait rien. Comme s'il reconnaissait une femme parmi celles de Picasso.

– Si Félix cachait un secret, intervint Juan Gris, c'était peut-être cette femme, précisément. »

Apollinaire s'assit sur le bord de la baignoire où s'était installé Max Jacob. Il sortit un calepin d'une des poches de son uniforme et, sifflotant de nouveau, promena un crayon sur la feuille blanche. Korovine savait qu'il ne dessinait pas. Cet air, toujours le même, accompagnait son travail de poète. Il composait ainsi, en marchant, en regardant, mine de rien, posant ses vers sur le *do mi sol do* de son inspiration.

Un trait lumineux traversa la verrière. Le rayon de soleil se posa sur l'épaule de Juan Gris peignant. A la Peau de l'Ours, Lev s'était retourné, et il avait vu Mareva comme il eût souhaité que les autres la vissent et comme était Juan Gris, légèrement de profil, intimidé de se trouver là. Il y avait aussi un faisceau lumineux, sauf que la lumière d'ici n'était pas celle de là-bas, plus jaune, électrique, durcissant les traits, et il y avait foule, et Mareva paraissait comme égarée.

Lev dit :

« Elle avait peur. Elle avait peur d'être là. »

Puis il se tut, il ne regarda rien ni personne, car il savait que l'illusion ne le sauverait pas, que de ce travail très personnel, de ces glissements de crayons, de pinceaux, de fusains, naîtraient de nouvelles images qui s'ajouteraient aux autres, comme des couches de terre supplémentaires sur une boîte close dont il ne sortirait pas.

Six jeunes femmes étaient alignées le long des murs de l'atelier désert. Korovine les observait à la lueur blanche de la pleine lune.

Modigliani avait peint une silhouette longiligne, teintée dans les ocres, sans foulard, avec un cou très long qui rappela à Lev les sculptures de la cité Falguière.

Soutine avait torturé, cassé, déformé le buste d'une femme assise creusée dans l'épaisseur d'une peinture sombre.

La toile de Kisling était très figurative, finement dessinée, avec des couleurs vives et pures.

L'aquarelle de Max Jacob évoquait le dessin d'un enfant doué. Il avait réglé le problème de la vérité en cadrant large, si large que la jeune femme était vue depuis l'arrière du taxi, à travers la vitre ; on la distinguait à peine.

Foujita avait étendu la passagère sur les coussins ; robe blanche, teint clair, dentelle autour du cou… Seule la chevelure était noire.

La jeune femme peinte par Gris avait les formes brisées des constructions cubistes.

Apollinaire avait dessiné un calligramme.

Toutes ces œuvres étaient admirables. Elles ne suscitaient rien en Lev. Elles manquaient du seul indice qui eût peut-être renseigné le commissaire Zamaron et que Korovine lui-même était incapable de décrire et donc de représenter, fût-ce par cinq peintres et deux poètes interposés : l'oreille.

C'était cela qu'il mesurait après que tous eurent déserté l'atelier de la rue Delambre. Les lumières de la cour s'étaient éteintes depuis longtemps. Il n'y avait pas de bruit. Il n'y avait pas de mouvement. C'était comme un champ de bataille avant la bataille. Deux armées face à face, tapies dans les brouillards. Avec le souffle du vent, le terne balancement des arbres au-dessus des troupes invisibles et muettes, semblable à la respiration des branches murmurant par-dessus la transparence de la verrière. Et Lev observait les toiles comme ses compagnons d'hier observaient la quiétude de la plaine, espérant aujourd'hui ce qu'il redoutait naguère : ici, un bouleversement salvateur, là-bas, une mortelle cacophonie.

L'étincelle, ce fut la porte. Qui couina légèrement, laissant passer un souffle froid, puis fut refermée sans bruit.

« Je savais que je te trouverais là. »

C'était Guillaume Apollinaire.

« Nous avons dîné avec Vlaminck. J'ai perdu mon pari.

– Quel pari ? demanda Lev.

– Les jeux habituels. On commande tous les plats d'une carte, et c'est à celui qui cale le premier. Comme nous sommes en période de grande misère, les cartes ne proposent rien. Chez Baty, œufs mayonnaise et tripes.

– Combien de fois ?

– Autant d'œufs : sept chacun. Les tripes, onze fois pour moi, onze fois pour Vlaminck. »

Apollinaire lâcha un petit rire à l'évocation du dîner.

« Après le café, le garçon s'est rappelé qu'il restait du bouillon gras. On a joué la belle… Quatre bouillons pour moi, cinq pour Vlaminck. On est partis sans payer… Je ne suis pas revenu pour te raconter ça. »

Il prit Lev par l'épaule et l'entraîna dans l'atelier.

« Je ne vais pas très bien. Quelque chose comme le début d'une congestion pulmonaire. Ici, j'ai peur de la mort. »

Il disait *ici* comme Lev disait *là-bas*.

« Au front, poursuivit Guillaume, je voulais aller au feu. Je suis passé de l'arrière aux premières lignes. Je n'ai jamais cédé à aucune panique. Je faisais des promenades sur le danger. J'écrivais à mes femmes, je versifiais la guerre.

– Moi, je la dessinais, ricana Lev. C'était une folie.

– Ils avaient besoin de nous. »

Ils repassèrent devant les tableaux exposés sous la lune. Guillaume ne les regarda pas.

« Quand je suis monté en ligne, j'ai légué tous mes biens à Madeleine. C'était une mesure héroïque. Trois jours plus tard, j'ai été blessé. D'une façon très littéraire. Je lisais le *Mercure de France* sous une toile de tente. Je pensais qu'elle me protégerait des shrapnels. C'était assez stupide, mais les poètes sont stupides à la guerre… J'ai reçu une balle à la tempe. Avant de m'enfoncer la tête, elle s'est cognée à mon casque, grâce à quoi je ne suis pas mort. On m'a ouvert le crâne et je porte une cicatrice… Toi, c'est dans le dos.

– Mais je n'ai pas peur de la mort, dit Lev. Ni aujourd'hui, ni à Sainte-Marie-aux-Mines. Tu n'as aucune raison de la craindre.

– C'est une autre cicatrice. Comme la tienne, pour laquelle nous nous sommes retrouvés ici. »

Il désigna les tableaux.

« Toi et moi sommes des blessés de guerre. Nous avons perdu la mémoire. Moi, celle du courage, toi, celle de ce que tu étais. C'est pourquoi je savais que je te retrouverais là : on se confronte toujours à ses propres sorcelleries. Moi, la mort, toi, la peinture. Tu ne pouvais pas partir aussitôt. »

Apollinaire s'arrêta devant la toile cubiste de Juan Gris.

« L'as-tu bien regardée ?

– Il me semble.

– Alors oui, tu as perdu la mémoire. »

Il força Lev à reprendre leur promenade à travers l'atelier.

« On retrouve ses souvenirs. Ils prennent des formes étranges, mais ils reviennent. Je vais t'expliquer. »

Il abandonna Korovine et alla chercher le calligramme qu'il avait composé sur le bord de la baignoire. Il le tendit à Lev

« Regarde-le. »

Il représentait comme des lèvres et leurs commissures :

Mes tapis de la saveur moussons des sons obscurs

et ta bouche au souffle

azur

« Ce n'est pas le seul que j'aie fait pendant que les autres peignaient », poursuivit Guillaume.

Il sortit son calepin et l'ébroua devant Lev.

« J'en ai tracé d'autres. J'ai laissé celui-là car c'est le seul qui compte. »

Il poussa doucement Lev vers les tableaux.

« A vrai dire, je n'ai fait que me le rappeler. Ce calligramme date de l'année dernière. »

Il s'empara de la toile de Juan Gris, alluma une lampe sur la cheminée et le plaça dessous.

« Regarde bien. »

Korovine vit ce qu'il avait déjà vu : une jeune femme aux cheveux noirs, un visage triangulaire taillé au couteau, un regard seulement esquissé.

« Le bras », dit Apollinaire.

Il l'exposa sous la lampe. Son dos fit brusquement mal à Lev. Un élancement. L'ébauche d'une cacophonie.

« Rappelle-toi ! » dit fermement Apollinaire.

La torsion montait le long de la colonne vertébrale, provoquant de longs frissons qui gagnaient le cerveau de Korovine sans qu'il sût attraper le souvenir qu'Apollinaire lui tendait. Il pressentait que quelque chose allait survenir, ignorait quoi et comment il le saisirait. Il était comme un homme dans l'eau essayant d'atteindre une bulle d'air. Il la voyait. Il ne pouvait la prendre.

Guillaume posa le doigt sur un nœud de la peinture.

« Là. »

C'était une forme, à l'angle du bras. Des lèvres et leurs commissures.

« Quelque chose qui ressemble à mon calligramme, poursuivait Guillaume Apollinaire. Et sais-tu pourquoi je me souviens si bien de ce calligramme ? »

Lev entendait comme s'il s'était trouvé chez Libion et qu'Apollinaire eût été un client parlant au milieu d'un épouvantable brouhaha. Et lui, il s'était installé là, revenant de la guerre, assis à une table, non loin d'une jeune fille qui portait un long manteau bleu et un bonnet de même couleur, une jeune fille qui avait provoqué un bouleversement en lui, comme si le temps s'était froissé.

« Je me suis souvenu de ce calligramme parce que je l'ai écrit immédiatement avant de lire le *Mercure de France*, avant que la balle me touche. Il était la dernière poésie précédant l'explosion. »

Elle avait, Lev s'en souvenait parfaitement maintenant, elle avait une boule légère à l'angle du maxillaire, et cette boule se confondait avec une tache étoilée qu'il avait vue sous l'oreille, qui n'existait pas mais qu'il avait vue car le reflet du soleil lui avait permis de fabriquer du rêve sur cette peau si blanche, ce visage si clair qu'il avait voulu dessiner – et c'était pourquoi il avait été si ému en voyant Chloé cette première fois, à cause de la boule du maxillaire mêlée à la tache venue du soleil, une chose qui lui en rappelait une autre sans qu'il sût quoi, sans même qu'il l'eût compris, le bouleversement étant seulement intérieur, informe à la conscience.

« Je ne sais pas, balbutia-t-il. Chloé, la première fois, à la Rotonde…

– Quand Gris a peint cette forme qui pourrait être une bouche, reprit Apollinaire, quand je l'ai vue, je me suis retrouvé au bois des Buttes, l'année dernière, et je venais de glisser mon calepin dans ma poche, de prendre le *Mercure de France*, un peu avant que la balle vienne me saluer. Mais je n'ai pas compris à quoi me conduirait l'évocation de Gris. C'est venu plus tard. Chez Baty, avec Vlaminck. Voilà pourquoi j'ai perdu le pari : il fallait que je te retrouve. J'ai laissé le dernier bouillon gras. »

Lev allait y arriver. Il suffisait de se taire et d'attendre.

« Longtemps avant le bois des Buttes, je suis venu en permission... Gertrude Stein m'avait invité. J'ai passé l'après-midi chez elle. »

Apollinaire parlait sans hâte. Il serrait l'avant-bras de Korovine.

« Je suis rentré avec Félix. Il était en permission, lui aussi. Je l'ai invité à dîner. Nous avons mangé du bouillon gras. Et sais-tu ce qui m'est revenu tout à l'heure, en avalant le même bouillon gras, dans un autre restaurant et avec un autre convive, sais-tu quelle est l'image qui m'a précipité jusqu'ici ?

– Non, dit Lev le plus fermement possible.

– Félix avait un tatouage là. »

Guillaume posa de nouveau le doigt sur le bras de la jeune femme peinte par Juan Gris, à l'endroit du cercle sombre.

« Il avait un tatouage là », répéta Lev à mi-voix.

Dans le sang dégoulinant, pendant onze heures, il avait gardé le nez sur cette tache, incapable de bouger, confondant le tatouage avec les coulées rouges venant de partout, mais il savait maintenant que son souffle éloignait les rigoles sans que s'efface cette marque, parce qu'elle était indélébile, parce que sa bouche chassait l'élément liquide mais pas l'élément incrusté, et que, plus tard, assis à la Rotonde, Chloé lui était apparue mêlée à d'autres images, brûlée par les incandescences, enveloppée dans un voile délétère qui pourrissait son souffle, déchirée, s'abîmant loin au-dessus de lui puis retombant, morcelée, dans un cratère fumant où elle n'avait plus sa place, et lui à peine la sienne. Voyant la jeune fille, il avait vu Félix, la tache étoilée n'étant qu'une représentation du tatouage de cet homme mort sous lui.

Apollinaire dit encore :

« C'était un tatouage en forme de bouche. Je me suis souvenu de cela avant de lire le *Mercure de France*, et je m'en suis souvenu précisément parce que j'ai fait ce calligramme pour notre ami Félix. Je savais depuis longtemps que tu avais été blessé. Mais j'ignorais que Félix était mort. Je l'ai appris une heure avant de recevoir l'éclat d'obus. Ce tatouage est un baiser. »

Il lâcha le bras de Lev, glissa son calligramme dans sa poche et se dirigea vers la porte de l'atelier.

« Viens. Il est temps de dormir. »

Lev fixait le portrait peint par Juan Gris.

« Rien ne prouve que Mareva porte le même signe, murmura-t-il.

– Rien ne le prouve, en effet. Mais c'est une piste. Souvent, un tatouage se partage. »

Il revint sur ses pas pour entraîner Lev avec lui. Mais Lev voulait rester.

« Tant pis pour toi, dit Guillaume Apollinaire. Moi, ma vie de garçon est finie. Je vais bientôt me marier avec Rubis. »

Le surlendemain, il entrait à l'hôpital.

Lev avait gardé la clé de chez Chloé. Il orchestrait son trouble en la serrant fortement dans sa main, enfonçant les aspérités au creux de la paume. Les sirènes mugissaient dans la nuit. Elles sonnaient depuis qu'il avait quitté l'atelier de la rue Delambre. Derrière les volets clos et les fenêtres quadrillées de sparadrap, les Parisiens descendaient dans les caves. Lev n'avait pas peur. Ses nerfs battaient la campagne, le poussant en avant. Il marchait à grands pas, courant presque. Les lois du couvre-feu ne le concernaient pas. C'est à peine s'il avait remarqué que les sirènes hululaient depuis plus longtemps que d'habitude, lorsque les zeppelins attaquaient Paris.

Il croisa quelques ombres courbées qui cavalaient tout en scrutant le ciel. Sur le boulevard, un sergent de ville traquait les réfractaires. Il ordonna à Lev de rentrer chez lui, mais Lev poursuivit sa route sans même répondre.

L'autre cria :

« Ce ne sont pas les ballons ! Ils ont envoyé les Gotha ! »

Les Gotha étaient les bombardiers allemands à longue distance.

Lev prit au plus court, traversa la place de Rennes et

s'enfonça dans les ruelles qui coupaient le quartier de la gare. Une Ford aux feux voilés dérapa à quelques mètres, zigzagua sur la chaussée et vint embrasser le pied d'un lampadaire éteint. Les deux portières s'ouvrirent simultanément, laissant fuir un couple qui s'égailla sans gloire sous des porches éloignés.

L'immeuble apparut, noir de façade, haut et étroit.

Lev poussa la porte, hésita un court instant puis suivit un couloir humide qui conduisait aux soubassements. Il heurta quelques silhouettes légères qui filaient vers les caves. Les locataires n'avaient même pas pris le temps de se vêtir : la plupart portaient leurs vêtements de nuit. Ils s'entassaient dans les sous-sols, apeurés, l'oreille aux aguets, serrés les uns contre les autres. Une petite fille sanglotait. Lev promena sa main dans une chevelure douce et moite. Il dit :

« Au grand air, quand ça tombe, ça fait mal. Là-dessous, vous ne risquez rien. »

Il vérifia que Chloé ne se trouvait pas parmi les réfugiés puis tourna les talons. Il ignorait les dégâts que pouvaient créer les Gotha. Sur les champs de bataille, il avait tour à tour découvert les mortiers de 420, qui hachaient les coupoles bétonnées les plus robustes ; les gaz, que les Allemands avaient lâchés sur le front de l'Ouest en 15, fumées jaunes et épaisses promenées par le vent sur les tranchées d'en face, qui noircissaient les visages et ne tuaient pas toujours sur le coup ; les avions observateurs transformés en frelons de mort après qu'on eut fixé des mitrailleuses sur le fuselage. Il ne connaissait pas encore les bombardiers à longue distance mais ils ne l'effrayaient pas, de même que rien ne l'effrayait, pas plus les obus largués des zeppelins que les canardages qu'on entendait parfois au loin, car les villes offraient des toits que la campagne ignore, et que jamais, depuis son retour, il ne s'était trouvé comme nu sur la terre, entendant d'abord et voyant aussitôt après les engins de mort pleuvoir d'un ciel serein, semblables à des étoiles brusquement décrochées.

Il grimpa les escaliers. Il avait tant de fois gravi ces marches que ses pieds trouvèrent naturellement le passage entre les lattes disjointes et les degrés affaissés. Il n'eut pas besoin de s'aider de la rampe. Il n'eut pas besoin de chercher le trou de la serrure pour y loger la clé.

Il n'avait même pas frappé.

Elle le regardait depuis son lit, une main sur la bouche, les yeux agrandis sous le regard de la lune qui passait la lucarne. Il alla vers elle. Presque aussitôt, tremblante d'effroi, elle l'agrippa par le cou, l'étreignit violemment et le fit tomber sur elle. Ses bras se refermèrent sur ses épaules. Il tenta de la retourner pour ne pas rester ainsi, comme naguère, mais il ne put lutter car son dos fut brusquement déchiré sous le coup d'une mauvaise torsion. Elle salivait dans le creux de sa peau, l'ayant saisi ainsi qu'une bouée dans la panique. Elle respirait comme si les larmes venaient, s'accrochait à lui qui essayait désespérément de se défaire de cette insupportable étreinte, mais il n'avait pas de forces et la terreur décuplait celles de Chloé. Il tenta de prendre appui sur les coudes, s'aida de ses mains pour forcer un passage nécessaire, il la supplia, haletant et douloureux, puis il s'affaissa soudain sur son bras et ne bougea plus. Au loin, résonnaient les secousses des bombardements. Le visage couché au bas de l'épaule, confondant la chevelure éparse avec le sang répandu sur la terre, Lev cherchait dans le creux de la peau une forme ovale qui ressemblait à une bouche.

Elle ne bougeait pas plus que lui-même, écoutant maintenant le choc sourd des explosions. Elle n'avait pas relâché son étreinte. Il ne la tenait pas. Ses mains griffaient le matelas, plus doux que la glaise. Il était la proie d'une extrême confusion, percevait tous les bruits alentour, s'efforçait désespérément de transformer l'endroit et la situation pour percer un nuage qui ne s'ouvrait pas. Il y avait le souffle bref et saccadé de Chloé, le mugissement des sirènes qui tournoyait par-dessus les toits, enflant, disparaissant, renaissant dans le tonnerre assourdi des bombes percutant le sol et les édifices, des éclairs qui cisaillaient la nuit mais qu'il ne voyait pas, tendu sur l'embrouillamini des cheveux dont il voulait faire des rigoles, le désordre des sons qu'il tentait de reconnaître, l'horreur d'être là, la paralysie des sens. Il voulut redresser le visage mais elle le maintenait contre elle, appuyant la main contre sa tête, claquant des dents, le corps électrisé appuyé au sien. Il murmura, comme dans un sanglot :

« Parle-moi. »

Elle dit qu'elle avait peur. Il la supplia de parler encore, et elle fut incapable de prononcer d'autres mots que ceux-là : elle avait peur. Son chuchotis ne ressemblait à nul autre, pas plus que le matelas n'était la terre, et les cheveux le sang s'écoulant, et la chambre un terrain de bataille en lisière de forêt. Il n'y avait pas d'arbres, vrais ou faux, pas de caméléon à la cime, les Gotha s'éloignaient, Félix était resté sous terre.

Lorsque le vacarme décrut, les sirènes seules continuant de vrombir, Chloé desserra légèrement l'étau de ses bras. Lev bascula sur le dos, comme si un ressort l'avait projeté. Il était face au vide. Le devant de son corps était semblable à l'air. Il n'étouffait plus. Un silence noir descendait peu à peu en lui et sur la ville. L'alerte maintenant était passée. On entendit des bruits de pas dans l'escalier. Une porte puis une autre claquèrent. Chloé se dressa sur le matelas. Elle sauta au bas du lit et s'empara d'un pull qu'elle passa par-dessus sa chemise de nuit. Lev la regardait sans bouger. Elle s'agenouilla auprès de lui.

« Pardonne-moi », dit-elle.

Il était enveloppé dans un drap de mouillure qui le recouvrait comme une gangue.

« On n'avait jamais connu ça, cette fureur... Je ne voulais pas te tenir ainsi, mais c'était plus fort que moi, au-delà de mes forces. Je voyais le toit s'effondrer. Quand ça a commencé, j'ai essayé de descendre à la cave... Je n'ai pas pu bouger. Et puis tu es entré... »

Lev l'interrompit d'un geste. Pour lui, le bombardement ne comptait pas.

« Lorsque je t'ai vue le premier jour, dit-il sur un ton très bas, tu étais assise à la Rotonde. Il y avait une tache sur ton cou, près de l'oreille. »

Elle l'observa avec une surprise teintée d'indignation.

« Comment peux-tu parler de ça maintenant ? Les sirènes se sont à peine tues... »

Il la coupa :

« J'ai d'autres sirènes dans la tête. Je suis venu pour les miennes. »

Elle se leva, furieuse.

« Tu m'as pris comme bouclier, et je ne te le reproche pas, dit-il. J'ai besoin que tu me répondes. »

Chloé fit trois tours dans la pièce minuscule et regarda par la lucarne. La lune était paisible, désormais. D'en haut, on ne voyait pas la rue. Aucun bruit ne leur parvenait.

« Ce n'est pas tombé par ici », dit Korovine.

Il se redressa lentement. Son dos ne lui pesait pas.

« De quelle tache veux-tu parler ?

– Sous l'oreille… Côté gauche. Je voulais savoir si elle existait ou si c'était un effet du soleil.

– Je n'ai jamais eu de tache à cet endroit-là du corps.

– Tu aurais pu la dessiner… Une mouche. »

Elle secoua la tête. Lev insista :

« Une blessure, peut-être. La cicatrisation d'une coupure…

– Non. »

Elle l'observait avec froideur. Il n'y avait plus aucune raison désormais pour qu'elle acceptât de l'aider dans une quête qui lui avait toujours paru désespérée.

« Tu n'es venu que pour cela ?

– C'est ma vie. »

Il y avait un contraste étrange entre la panique précédente, la détermination du moment, la fureur qui montait dans son regard, et ses pieds nus sur les tomettes. Lev savait qu'il ne pourrait demander à Chloé ce qu'il attendait, ce pour quoi il avait fait irruption chez elle sans même frapper, sans s'interroger sur la présence éventuelle d'un homme dans son lit, s'il croisait ce regard froid et se voulant étranger. Aussi fixait-il les pieds nus, les jambes un peu maigres, la chemise de nuit transparente, s'arrêtant à la taille où descendait le pull ; les mains, aussi, posées sur les cuisses. Rien de tout cela ne le condamnait. Il y lisait les traces d'anciennes connivences dans lesquelles il puiserait la force nécessaire à sa demande. Mais il leva le regard, et c'est en la dévisageant qu'il s'exprima.

« Je dois dessiner cette tache. »

Elle haussa les épaules, signifiant que ce n'était pas son affaire.

« Je dois la dessiner sur toi. »

Une ombre de compréhension apparut sur le visage de Chloé. Un glissement fugitif qui les rapprocha. Même si, aussitôt, elle se durcit de nouveau.

« Donne-moi un rouge à lèvres », demanda Lev.

Elle alla jusqu'au lavabo et lui tendit un tube. Il alluma la lumière. Elle s'assit sur une chaise, devant la table au plateau fendu sur lequel ils avaient parfois déjeuné.

« Félix avait un tatouage à cet endroit-là, dit-il en effleurant la peau du bras. C'est une fulgurance qui m'est venue lorsque je t'ai vue la première fois à la Rotonde.

– Pourquoi ne l'as-tu jamais dit ?

– Je ne m'en souvenais pas.

– Ce n'est pas parce qu'il en avait un qu'elle avait le même.

– Un tatouage peut se partager », répliqua-t-il en paraphrasant Apollinaire.

Il inclina délicatement le bras et traça au rouge à lèvres une bouche ressemblant à celle du calligramme. Elle était sans doute trop grande, mais il n'eut pas le courage de l'effacer pour la refaire. De toute façon, elle ne lui évoqua rien, pas plus Félix que Mareva. S'étant déplacé un peu plus loin pour observer selon l'angle originel, il fut persuadé que Chloé, cette première fois, à la Rotonde, n'avait pas de tache non plus. Un reflet du soleil. Un soleil de rien du tout sur un reflet mat.

Il abandonna le rouge à lèvres, découragé. Chloé lui prit la main.

« Tu n'y arriveras pas, Lev. »

Il demeura muet.

« Tu cherches une femme que tu ne retrouveras jamais. Et même si tu la retrouves, elle ne saura probablement pas t'aider.

– Tu n'en sais rien », répliqua-t-il avec brusquerie.

Il ôta sa main.

« Tu l'as vue deux fois. Tu ne saurais pas la reconnaître.

– Je la chercherai, s'entêta-t-il.

– Mais pourquoi ?

– Ce n'est pas elle que je veux, mais moi. La peinture. »

Disant cela, il comprenait ce que Chloé pensait et que les autres, les peintres, finiraient sans doute par croire eux aussi : il courait après un espoir fou. Bientôt, on oublierait la raison de cette quête, et il passerait pour dément. Atteint par la guerre. Des éclats d'obus dans le dos et dans la cervelle. Il lui faudrait alors poursuivre en silence, que personne ne sache qu'il n'avait renoncé à rien. Chloé, la première, lui montrait l'horizon qui l'attendait.

Il glissa la main dans la poche de son manteau et en sortit la clé. Il la posa sur la table.

« Garde-la, dit Chloé. Reviens si tu veux. »

Il lui prit le menton entre deux doigts, plongea son regard bleu marine dans le sien, et doucement, souriant presque, il répondit :

« Jamais. »

Il traversa Paris. Les Gotha avaient levé le couvre-feu. Des ambulances filaient dans la nuit. Les gens couraient par les rues vers les lieux des explosions. Nul ne savait précisément où elles s'étaient produites. On parlait de Grenelle, d'Issy-les-Moulineaux… Il y avait des morts, certainement, de très nombreux blessés…

Lev descendait vers la Seine. Il avait remonté le col de son manteau pour se protéger d'un froid acide. Il se sentait étranger à l'agitation dramatique qui s'était emparée des Parisiens. Il répondait à peine aux questions de ceux qu'il croisait – où, combien, reviendront-ils ?… Il avait vu tant de morts que les chiffres lancés par les passants au hasard des trottoirs ne l'impressionnaient pas. Cinquante ? En un seul voyage, les gaz doublaient la mise. Les mitrailleuses en batterie, quand elles hachaient les rangs des cuirassiers, faisaient mieux encore. Toutes ces personnes de l'arrière, ces marraines, ces protecteurs de poilus, qui montaient à l'assaut des nouvelles en lançant de mortelles imprécations contre les Boches, avaient oublié qu'ils ne souffraient de rien sinon d'un manque de charbon. Après trois ans de guerre, ils avaient renoué avec les festivités de jadis. A moins de cent kilomètres, les obus pleuvaient sur les champs et les sous-bois, autrement plus meurtriers que les chapelets incendiaires lâchés par les Gotha. Les cris de ces planqués appelant à la mort des Boches emplissaient Korovine d'une rage muette. L'ennemi, ce n'était pas le Boche. C'était la guerre elle-même.

Il traversa la Seine, monta vers l'Opéra, passa devant les vitrines closes de l'ancienne galerie Kahnweiler, rue Vignon, et suivit le chemin de Montmartre.

La rue Ravignan était déserte. A gauche, sur la place, trapu et comme enterré, le Bateau-Lavoir veillait sur la fontaine.

Lev y pénétra et descendit les escaliers. Il passa devant l'ancien « Rendez-vous des poètes » qui avait abrité la naissance du cubisme et celle des amours de Fernande Olivier et de Picasso. Il suivit l'entrelacs des couloirs, fait des cloisons de bois qui partageaient les ateliers en pièces à vivre et en pièces à peindre. L'été, la chaleur était insupportable. Cet hiver-là, des estafilades de glace s'étaient formées dans les fissures du bois : les déjections d'eau jaillies des seaux que les locataires de l'endroit trimballaient entre les étages, depuis l'unique robinet.

Lev frappa doucement à la porte de l'atelier de Juan Gris. Il entendit, de l'autre côté de la mince cloison, le froissement d'un drap puis le murmure de pas légers courant sur le sol. La poignée tourna. Gris fut là, une bougie à la main. Sitôt qu'il vit son visiteur, il demanda :

« Il y a du malheur ? Le bombardement… »

Lev secoua la tête. Derrière, il apercevait une toile non achevée : un collage, lui sembla-t-il.

« On a été se planquer à Abbesses, dans le métro…

– C'est fini, repartit Lev.

– Je le sais bien ! Josette dort, maintenant. »

Josette était la deuxième femme de Gris.

« Je viens pour ton tableau, dit Lev.

– Quel tableau ? » questionna l'Espagnol.

Il ne comprenait pas.

« La femme de la rue Delambre… »

Gris émit un léger grognement et consulta sa montre. Il tendit son poignet à Lev.

« Il est quatre heures. Tu ne pouvais pas attendre demain ?

– Je suis là, maintenant…

– Tout le monde dort chez moi, répliqua Gris en lançant son pouce tendu derrière lui.

– On peut rester dans le couloir », proposa Lev.

Le peintre referma la porte de l'atelier.

« Qu'est-ce qu'elle a, cette femme ?

– Tu lui as fait une tache… Sur le bras.

– Tu as remarqué cela ! s'étonna Juan Gris avec un sourire hésitant.

– Pourquoi cette tache ?

– Parce qu'elle existe.

– La femme ?

– La tache sur la femme.

– Où ? » demanda Lev.

Son timbre avait grimpé d'un quart de ton. Gris lui fit signe de parler plus bas.

« Où ? répéta-t-il.

– Pas sur le bras. Je l'ai mise là sur ton tableau, mais en vérité, elle ne se trouve pas là.

– Quelle vérité ? demanda Lev.

– La femme.

– Où est-elle ? » demanda Lev pour la troisième fois.

Il parlait de la femme.

Gris répondit :

« Sur la fesse. »

Il parlait de la tache.

Lev questionna :

« Tu t'es inspiré d'un modèle ?

– Elle n'est pas modèle, même si elle voudrait.

– Tu l'as déjà peinte, ou tu comptes le faire ?

– J'ai achevé le tableau avant de venir rue Delambre. La tache m'est restée, c'est pourquoi je l'ai peinte sur la toile de là-bas. »

On entendit un grincement venu du fond du Bateau-Lavoir. Gris se tourna vers son atelier.

« C'est le type du dessous », fit Lev, rassurant.

Par un miracle que nul ne s'était jamais expliqué, le type du dessous faisait pousser des légumes dans sa chambre. Les locataires de l'endroit lui en achetaient parfois lorsqu'il acceptait de faire crédit.

« Cette femme habite où ?

– Rue des Archives.

– Il faut que tu m'y emmènes.

– Pas maintenant », dit Juan Gris.

De nouveau, il consulta sa montre.

« Quand il fera jour.

– Je voudrais voir le tableau », demanda Lev.

L'Espagnol le dévisagea de ce regard noir qui était aussi profond que celui de Picasso, mais dépourvu de toute violence. Korovine pensa : moins magnétique.

« Montre-le-moi. Je ne réveillerai personne. »

Du dos, Juan Gris poussa la porte et entra dans l'atelier à reculons. La flamme de la bougie projetait une lueur dansante sur les murs sombres. Dans la pièce voisine, séparée de l'atelier par une cloison ouverte, Lev aperçut un lit et une forme recroquevillée. Il entendit aussi le souffle long d'une respiration paisible. Les quelques tables dépareillées qui encombraient l'atelier étaient couvertes de taches de peinture. Les cendres s'amoncelaient près du poêle éteint.

Sur un mur était accroché un tableau noir encombré de chiffres alignés les uns au-dessous des autres. Il s'agissait des dettes de la famille Gris. Sous ce tableau, il y avait une toile encore fraîche, assez grande, peinte dans les ocres et de facture cubiste : une femme aux membres indistincts, sans presque de visage, les jambes longues et brisées dans les lignes, une fesse de profil alors qu'à l'évidence elle avait posé de face. Sur cette fesse, nette dans ses contours, Lev reconnut la tache.

Il saisit la bougie des mains de Gris et l'approcha. C'était une bouche. Peinte en noir sur le jaune de la peau.

La flamme mourut dans un crépitement aigu. Korovine revint dans le couloir. Gris l'y suivit.

« Repasse tout à l'heure. Nous irons la voir.

– Finis ta nuit. Je viendrai te chercher. »

L'Espagnol referma doucement la porte de son atelier. Lev s'assit sur la première marche. Il s'emmitoufla dans le long manteau noir qui venait de son pays, et fixa, sans le voir, le maquis de Montmartre qui luisait dans ses herbes et ses mauvaises pousses, en contrebas, bleuté sous la lune d'hiver. Bientôt, le petit jour poindrait. Il traverserait les vitres salies de l'ancienne manufacture de pianos et rendrait ses bruits et ses couleurs au Bateau-Lavoir endormi. La rue des Archives n'était qu'à une encablure de la première marche où Lev Korovine attendait.

Elle habitait un petit appartement au troisième étage, dans une cour, au-delà d'un porche. Lorsqu'ils frappèrent à la porte, elle dit, à travers le battant, qu'elle était occupée. Lev reconnut aussitôt l'accent de la Pologne. Juan Gris s'étant présenté, elle ouvrit sans se montrer et disparut après les avoir priés d'entrer.

« Je suis sous la douche ! »

Il y avait donc l'eau courante.

Ils attendirent dans le petit vestibule. La douche se trouvait derrière le mur. Il leur apparut aussitôt qu'il ne s'agissait pas d'une simple pomme déversant une eau improbable dans un baquet. Les seules douches qu'ils connaissaient étaient faites d'un jet plus ou moins généreux, tiède au mieux, froid la plupart du temps, qui frappait le métal de la cuvette, éclaboussait alentour, obligeant celui qui l'utilisait à sortir du bac, à le replacer, à se hâter avant l'inondation. Or là, il s'agissait très certainement d'autre chose. Derrière le mur, on entendait un ruissellement régulier, mille gouttes glissant avec délicatesse sur une peau certainement ravie, conquise, des pores murmurant comme des sourires, et l'eau rebondissant en bulles enchantées sur un sol de papier crépon, une mousse attendrie, le paradis sur la terre des salles de bains.

Les deux artistes tendaient l'oreille pour mieux

discerner les accents d'une chansonnette que poussait la jeune personne de l'autre côté du mur. Ils avaient changé de monde. La nuit dernière, des édifices démolis, cinquante morts, deux cents blessés. Au matin, Blanche-Neige sous la douche.

Korovine promena son regard plus loin. L'appartement se composait de deux autres pièces disposées en enfilade. Dans la première, il aperçut une table métallique autour de laquelle trois chaises de jardin faisaient la ronde. Puis venait une chambre dont la porte était entrouverte, laissant entrevoir l'extrémité d'un lit placé en hauteur.

La douche fut coupée d'un battement de palmes. La jeune personne lança un « J'arrive ! » aimable suivi d'un « Entrez dans le salon ! » qui n'était pas un salon, Gris et Korovine le constatèrent lorsqu'ils y furent : il s'agissait d'un bric-à-brac où le détail avait sans doute valeur de symbole. Sur des buffets ouverts alignés contre les murs, étaient empilés mille objets hétéroclites – cadres vides, bougeoirs, cailloux, stylographes déglingués, lampes, bouquins écornés, vases, pots, jeux de cartes… Cette composition mettait en valeur une photographie agrandie d'un paquebot transatlantique voguant sous verre au milieu de ces petits récifs. Les deux fenêtres de la pièce étaient barrées par des sparadraps antibombardements. Ils étaient tendus sur une double largeur et artistiquement décorés de ronds et d'étoiles, comme des bandes de papier peint. Les montants des chaises s'ornaient des mêmes figures, qu'on retrouvait aussi au plafond et sur la porte de la chambre.

Juan Gris regardait ce décor avec une incrédulité que partageait Korovine. A mi-voix, comme pour s'excuser, il dit que c'était la première fois qu'il venait chez Galea. Sur le chemin les conduisant du Bateau-Lavoir à la rue des Archives, c'était la seule information que le Russe avait appris de l'Espagnol : le prénom de son modèle.

La porte de la douche s'ouvrit sur une jeune femme que Lev reconnut aussitôt : c'était l'inconnue au front bas qui se tenait devant l'entrée de la cantine de Marie Vassilieff, ce jour où Max Jacob s'était trompé sur le prénom de Mareva. Elle portait une serviette nouée à hauteur de poitrine. Une autre enserrait sa chevelure. Ses bras étaient nus. Le pagne improvisé dissimulait les fesses et les jambes. Elle lança un « J'arrive j'arrive ! » tout joyeux et disparut dans la chambre. D'un même mouvement, les deux peintres convergèrent vers la salle de bains. Ils découvrirent une pièce toute blanche équipée d'un lavabo à double cuvette et robinets nickelés, d'une douche comme ils n'en avaient jamais vu, avec un bac en faïence, un tuyau souple accroché en hauteur et une pomme très large d'où dégoulinaient encore quelques gouttes.

« Mieux que la baignoire de Foujita », commenta Juan Gris.

La salle de douche baignait dans un léger tissu de vapeur, chaud et doux, dans lequel ils se fussent volontiers enveloppés pour en ressortir propres et neufs, joyeux à leur tour.

Ils furent tout honteux lorsque la jeune personne sortit de la chambre et les surprit là, regardant, stupéfaits, ce bonheur tout blanc.

« Une petite douche ? » demanda-t-elle, affichant un sourire aimable et maquillé.

Les deux peintres battirent en retraite. Ils refluèrent dans le salon.

« Cadeau d'un ami qui avait le vice de la propreté,

poursuivit la jeune modèle en s'asseyant sur une chaise. Il travaillait dans la banque et se lavait les mains de la misère d'autrui. Comme je n'avais pas grand sou, il s'est nettoyé la conscience en m'offrant une pièce de bains. Ça lui faisait croire qu'aimant les pauvres il pouvait récurer les riches. Chaque fois qu'il en avait ruiné un, il m'apportait un savon à la violette. J'en ai des douzaines. »

Elle parlait le français avec un accent polonais assez prononcé. Elle avait un ton énergique, des gestes définitifs et un clair sourire. Ses cheveux, encore humides, barraient le bas du front comme une ligne de tir. Elle portait la même robe et le même chandail gris perle que la première fois. Dessous, une chemise de laine grège boutonnée jusqu'au col comprimait le cou. Elle n'avait pas reconnu Korovine.

Elle leur demanda s'ils avaient entendu les bombardements de la nuit puis répondit pour eux, ajoutant que sa question était stupide. Elle voulut savoir s'ils s'étaient cachés dans les caves ou le métro, après quoi, sans attendre qu'ils eussent répondu, s'employa à décrire les précautions qu'elle-même avait prises : elle s'était réfugiée dans un garage voisin distant de cinquante mètres où se retrouvaient quelques personnes du voisinage.

« Les bombardements vous font-ils peur ?

– Non », répondit Lev.

Elle avait une façon très séduisante de poser ses questions, les ponctuant d'un long regard gris-vert qui laissait croire que rien n'importait plus que la réponse qu'elle attendait, se penchait vers son vis-à-vis en un murmure complice renforcé par une sensation d'eau chaude doublée d'une merveilleuse odeur de savon à la violette, puis retrouvait la position initiale sur la chaise et un défaut que Lev avait détecté au premier propos : elle était une bavarde incorrigible. Elle n'écoutait pas. Cependant, elle dégageait un charme auquel il était difficile de ne pas se laisser prendre. Non seulement parce qu'elle était jolie, mais aussi parce qu'elle émaillait ses phrases de drôleries inattendues.

Lev ne se lassait pas de la regarder car son visage était aussi expressif que ses mots. Elle ébauchait des grimaces, se laissait emporter par un rire, le mime d'une déception, d'une colère ou d'un désarroi. Elle était capable de minauder comme une petite fille et, l'instant d'après, de fendre l'air d'une main énergique, celle d'une femme décidée, sûre de soi et péremptoire. Lev se rappela que la première fois qu'il l'avait observée, elle l'avait frappé par cet aspect double : le regard ouvert et le front étroit. L'écoutant, son impression originelle se trouvait renforcée. Il cédait avec plaisir au flot dans lequel elle entraînait ses interlocuteurs, heurtait un caillou qui le conduisait à se raidir, puis s'abandonnait de nouveau, séduit par un geste ou une parole. Il ne doutait pas qu'elle accepterait sans hésiter la proposition qu'il avait soufflée à Juan Gris, et que l'Espagnol avait finalement accepté de transmettre en dépit du mensonge dont il se ferait le complice.

« Je peux vous offrir un os à moelle vide et un sucre chacun », dit Galea après avoir exprimé toute la gratitude qu'elle vouait à Juan Gris grâce auquel elle avait découvert ce métier de modèle qui certainement lui irait comme un gant.

Elle se leva, farfouilla dans le désordre des buffets et s'en revint avec deux sucres qu'elle posa devant chacun de ses invités.

« Partageons », proposa Juan Gris.

Il coupa l'un des parallélépipèdes en deux moitiés égales. L'autre resta sur la table.

« Pourquoi êtes-vous venu ? demanda enfin la jeune femme. Est-ce parce qu'il faut une retouche à votre tableau ? Ou pour un autre ?

– Pour un autre », lâcha aussitôt Gris, heureux que la question fût ainsi posée.

Il se tut, empourpré par sa timidité naturelle.

« Ce sera quand vous voulez. Mais puisque j'étais nue la première fois, peut-être pourrais-je mettre un vêtement. Je n'y tiens pas particulièrement pour l'œuvre proprement dite : vos lignes cubistes font de moi une géométrie aérienne. Mais c'est qu'il fait froid chez vous…

– Nue », dit Lev abruptement.

Elle se tourna vers lui.

« Vous en serez aussi ? Nous allons faire Adam et Eve au paradis ?

– Eve seulement », précisa Gris.

Il s'interrompit, laissant Korovine aller seul sur un terrain qu'il ne souhaitait pas particulièrement défendre.

« C'est moi qui vais vous peindre.

– Quelle bonne idée ! Mais au moins, avez-vous un poêle et du charbon ?

– Oui, mentit Lev.

– Vous me voulez parfaitement nue ou un peu seulement ?

– Tout à fait nue. »

Elle l'observa un long moment, battit des cils et dit :

« C'est d'accord. »

Lev ébaucha un sourire de remerciement. Il n'ignorait pas combien l'opération serait périlleuse, mais il n'avait guère d'autre solution pour découvrir le tatouage inscrit sur la fesse.

« Quand puis-je venir chez vous ?

– Aujourd'hui.

– Demain, à dix heures. Je resterai toute la journée, le lendemain si vous n'avez pas fini, et jeudi encore si vous êtes particulièrement lent. Il faudra que nous discutions des tarifs.

– Bien sûr, fit Lev.

– Ce sera à la durée. »

Il opina de nouveau.

« Vous prévoirez un petit casse-croûte ?

– Certainement.

– Du jambon, par exemple ?

– J'essaierai », promit Lev.

Il donna son adresse. Galea l'inscrivit sur une demi-feuille qui alla en rejoindre d'autres sur le musée-buffet. A la porte, elle leur offrit ses joues.

« Maintenant que nous sommes des amis, on peut s'embrasser. »

Ils firent. Au bas de l'escalier, comme ils passaient sous le porche, Juan Gris avoua que ce qu'il préférait chez cette fille, c'était sa douche. Korovine en convint. Dans la rue des Archives, l'Espagnol lui prit le bras.

« Tu avais une autre manière de découvrir le tatouage.

– Je sais, dit Lev.

– Si tu veux mon avis, cette manière-là était plus simple que celle que tu as choisie.

– Je n'en suis pas certain.

– De toute façon, conclut Gris avec un petit rire, l'une n'empêche pas l'autre. »

Lev en doutait. Pour mille raisons, il ne croyait pas

qu'après leur rencontre de mercredi Galea accepterait d'envisager l'autre solution qui s'était présentée à lui lorsqu'elle était sortie de la douche, et qu'il n'avait cessé de caresser durant tout leur entretien : qu'elle posât dans son lit plutôt que sur un tabouret de modèle.

Le commissaire Zamaron jouait les lanternes à l'angle de la rue d'Assas et de la rue Joseph-Bara. Lorsqu'il aperçut la haute silhouette de Korovine, il s'approcha à petits pas pressés, souleva son chapeau et dit :

« Je vous cherche depuis tout à l'heure. On m'a dit qu'une exposition m'attendait rue Delambre.

– Qui, "on" ? demanda Lev.

– Une bouche amie à partir d'une oreille indiscrète. »

Le policier jaugea son vis-à-vis.

« Pas de mal après le bombardement ?

– Il n'est pas passé sur moi.

– Vous avez entendu ? Zim, bam, boum ! Des éclairs en veux-tu en voilà ! Des aéronefs comme on n'en avait jamais vu ! Tout Paris mitraillé ! »

Le commissaire se baissa, fit mine d'ajuster l'œilleton d'une mitrailleuse.

« Tac-tac-tac… La défense tirait au jugé ! Zim ! Une bombe ! Bam ! Une autre ! Trois heures de concert gratuit ! Ah, les salauds ! »

Il s'en fut du côté de Raspail, Lev sur ses talons.

« Et les sirènes pour l'ambiance ! »

Il se retourna.

« Vous verrez, on les coincera aux Ardennes. Après, on pourra dormir ! Est-ce qu'on bombarde Berlin, nous autres ? Est-ce qu'on fait du tac-tac-tac sur ceux qui dorment ? En chemise de nuit, ils m'ont eu ! C'est une méthode, ça, d'attaquer les flics en chemise de nuit ? »

Il était sincèrement indigné et tout à fait en colère.

« On va leur mettre la saucisse, c'est moi qui vous le dis ! Tout Boches qu'ils sont, ils pourront faire du jardinage avec leurs casques à pointe ! »

Le commissaire recouvra ses esprits au carrefour Vavin. Il pointa un pouce indigné en direction de la Rotonde. Au-delà des vitres quadrillées par les sparadraps habituels, quelques consommateurs se réchauffaient auprès du bar.

« Et celui-là qui les aide ! C'est pas malheureux, ça ! Un Auvergnat si bien de chez nous ! Depuis les mutineries de l'année dernière, son sang a viré au rouge ! Il ouvre aux bolchevistes ! Savez-vous que les bolchevistes ont pris langue avec les Huns ? Peut-être même qu'ils vont signer un papier du genre traité ! Sur notre dos ! »

Le petit flic cracha de dégoût et traversa le boulevard du Montparnasse.

Ils arrivèrent rue Delambre. Lev entraîna Zamaron dans la cour précédant l'atelier de Foujita. A travers la vitre, ils virent le peintre assis devant une toile. Appuyée à un pilastre, nue et sans pudeur, Kiki de Montparnasse se dessinait un ombrage noir sur le bas-ventre.

« Elle se teint le poilu ? » questionna Zamaron, soudain intéressé.

Il colla son nez à la fenêtre.

« Mais oui, elle se fait des cheveux ! »

Il abandonna son poste d'observation et poussa la

porte de l'atelier. Kiki laissa tomber ses crayons et changea de position. Foujita se leva. Korovine tentait de retenir Zamaron par la manche.

« Ils travaillent. Nous reviendrons plus tard. »

Foujita s'inclina légèrement devant le petit policier. La voix gaillarde de Kiki s'éleva dans l'atelier.

« Qui est ce minuscule bonhomme ? »

Zamaron se tendit sur ses chausses.

« Police ! clama-t-il.

– Police de quoi ?

– De la préfecture. A ce titre, normalement, on me doit le respect ! Je suis très officiel, mademoiselle.

– Vous m'avez surprise dans ma toilette intime ! C'est officiel, ça ? !

– Je ne dénoncerai pas, promit le flic. Et d'ailleurs, je n'ai rien vu de la toilette.

– Il s'agit d'une opération artistique », se justifia Kiki.

Elle n'avait qu'un complexe : sa toison manquait de poils. Lorsqu'elle posait nue, elle s'en dessinait toujours quelques-uns.

« Quand on entre quelque part, on frappe ! »

Elle enfila une robe grenat, lourde et plutôt mal seyante. Elle s'approcha en balançant les hanches.

« Qu'est-ce qui prouve que vous êtes flic ?

– Eux, fit Zamaron en désignant les deux peintres. Ces messieurs peuvent témoigner. Et d'abord, je ne suis pas flic. Commissaire. »

Foujita et Korovine confirmèrent.

« Belle compagnie, railla Kiki.

– Elle est très nature, l'excusa Foujita.

– Mais bonne dans le fond, compléta Korovine.

– Et pas mal de formes, ajouta Kiki en lissant sa poitrine.

– Y a de la surface », reconnut Zamaron.

Korovine l'entraîna vers les toiles achevées la veille. Foujita les avait accrochées à des cimaises.

« Ce sont des portraits-robots de la personne dont nous avons parlé la dernière fois. »

Zamaron s'était précipité. Une brusque rougeur lui monta aux oreilles. Il tendit un doigt tremblant en direction de la première toile : Soutine.

« J'achète », exhala-t-il dans un souffle de ravissement éperdu.

Puis ce fut Gris. Sa respiration enfla.

« J'achète aussi. »

Il manqua défaillir devant le Modigliani.

« J'achète. »

Max Jacob le propulsa au septième ciel.

« J'achète, j'achète... Je veux tout. Livré aujourd'hui même. A la cote habituelle, et si c'est plus, on sera poli... Je paie en trois fois. »

Il n'était pas seulement enthousiaste. Son pied battait la mesure du bonheur presque sauvage qui s'était emparé de lui. Son teint avait viré à la cerise pourpre. Il prononçait des mots inintelligibles qui apparurent bientôt comme des projets de réarrangement de son bureau à la préfecture :

« Le Modigliani ira derrière mon bureau, le Soutine devant, il faudra déplacer trois Utrillo pour le Gris, Max Jacob se mariera très bien avec le Derain acheté en 13, Foujita sera accroché à la porte côté intérieur... Je demanderai de l'avancement. Je me fous du grade, c'est seulement la dimension de la pièce qui compte... J'en veux une avec lumière. S'il le faut, je changerai de service. J'irai aux douanes. A la circulation. Au tapage nocturne ! »

Il tendit les deux mains en avant, bouleversé par une idée nouvelle.

« Tapage nocturne ! rota-t-il en se tournant vers les trois autres. Idéal comme lieu d'exposition ! Et puis du passage ! Tous les noctambules de Paris admireront la collection ! Ils feront du chambard rien que pour revenir ! On doublera les effectifs ! La préfecture sera pleine ! »

Il buta sur un écueil insoupçonné qui le noya dans le désenchantement.

« Le tapage nocturne, c'est la nuit. Il faut un service de jour pour y voir mieux. »

Une lueur apparut, qui brûla aussitôt en feu d'artifice.

« Les objets trouvés ! C'est ce qu'il me faut ! On perd le soir, on retrouve le matin ! Voilà, c'est dit, tope là ! »

Il tendit une main à Korovine.

« Les vaisseaux ont pété, constata Kiki.

– Il lui sera beaucoup pardonné, dit Lev.

– Il sera très bien parmi les objets trouvés, conclut Foujita.

– Merci, apprécia le petit commissaire. Je vois que vous avez des compétences. »

Il fit deux tours sur lui-même. Lev l'arrêta comme il s'apprêtait à devenir toupie.

« Et les portraits-robots ? La fille ?

– Ne me parlez pas de portraits-robots devant ces splendeurs ! » s'indigna le policier.

Comme Lev insistait, il fit un effort surhumain et redescendit sur terre.

« Il n'y a pas d'oreille là-dedans. Je vous l'avais dit : c'est l'oreille qui compte. »

Korovine renonça. Il n'y avait rien à espérer du flic ce jour-là : seule la fibre du collectionneur s'était mise en mouvement.

« J'emporte ! clama soudain Zamaron, recouvrant toute

sa vigueur. J'envoie une voiture et, dès demain, je demande ma mutation. »

Foujita secoua la tête.

« Pardon ?

– Nous ne vendons pas.

– J'ai mal entendu. »

De nouveau, Foujita secoua la tête. Zamaron chercha un siège et, n'en trouvant pas, se laissa tomber sur une table basse.

« Redites-moi ça ?

– Ces œuvres ne sont pas à vendre », déclara le Japonais avec une douceur exquise.

Le policier se redressa. Il eut un haut-le-corps qui le projeta à quelques centimètres de lui-même.

« C'est une décision collective. Nous avons déjà offert l'ensemble des tableaux.

– Mais à qui ? » s'écria le commissaire.

Il était au désespoir.

« A celui qui cherche, répondit mystérieusement Foujita.

– Et je ne cherche pas, peut-être ? Toute la journée, je cherche ! Des malfaiteurs, des escrocs, des usuriers… J'y passe mon temps !

– Nous avons décidé d'offrir ces œuvres à celui qui cherche sa vie », répliqua le Japonais.

Il abandonna le commissaire Zamaron à son désespoir et entraîna Lev vers les tableaux.

« Nous avons chacun signé un papier t'accordant le bénéfice de la vente des toiles. Je les garde jusqu'au moment où tu les emporteras à Drouot. »

Korovine avait la gorge nouée.

« Ta peinture te faisait vivre. Celles-ci doivent prendre le relais. Tu les vendras quand notre cote à tous vaudra des millions.

– Pourquoi ? balbutia Lev.

– Parce que nous, nous ne sommes pas partis à la guerre », répondit Foujita.

Aplati sur la table basse, le commissaire Zamaron hululait comme un oiseau divaguant. Il n'avait pas un regard pour Kiki de Montparnasse. Planquée derrière un pilastre, crayons en main, la jeune fille se faisait pousser des poils.

Lev dormit tout l'après-midi. Le soir, aidé de Kisling et de Dedo, il installa chez lui un chevalet et une toile tendue sur cadre. Il se munit de pinceaux et de tubes. Ainsi qu'il avait passé deux jours au retour de la guerre à nettoyer l'atelier de toute trace de peinture, il lui rendit ses couleurs anciennes, tachant le sol pour l'apparence, ouvrant des bidons de térébenthine pour l'odeur. L'espace d'une nuit, il redevint maquilleur à la section de camouflage. Il fit comme sur les champs de bataille. Ce n'étaient pas de faux arbres, de fausses meules, de faux baraquements qu'il construisait, mais un faux lui-même, un leurre et un trompe-l'œil. Il y prit un certain plaisir. Quand tout fut fini, il observa le résultat avec satisfaction. Il regretta seulement de ne pas avoir conservé d'anciennes toiles qui eussent parachevé le mensonge ainsi fabriqué. Il peignit grossièrement une dizaine d'esquisses du seul dessin qu'il savait encore faire, puis le dessin lui-même, et il afficha ses caméléons sur le mur opposé à la porte.

Au petit matin, il descendit.

Mme Salomon montait la garde derrière un trou percé dans le battant de sa porte. Elle ouvrit avant même que Lev eut frappé. Elle portait son éternelle robe de bure grise par-dessus laquelle elle avait passé un lainage effiloché. Son binocle pendait sur le plastron, retenu par un fil argenté. Elle n'était pas coiffée.

Elle darda sur son locataire un regard aigu et demanda :

« Qu'est-ce qu'il vous faut ?

– Un peu de charbon, répondit Lev.

– J'en ai pas.

– Un peu de jambon.

– J'en ai pas.

– Six sous.

– J'en ai pas. »

Mme Salomon se gratta l'oreille et dit :

« Ne bougez pas. »

Elle s'en fut au fond de la loge où elle fit quelque bruit. Lorsqu'elle revint, elle portait un cabas qu'elle tendit à Korovine.

« J'y ai mis quatre boulets et trois pommes cuites. »

Elle plongea la main dans la poche de Lev.

« Et voilà huit sous.

– Je vous rendrai tout.

– C'est pas pressé. »

Lev remercia puis, le cabas au bout du bras, disparut dans les étages.

A dix heures, il chargea le poêle et revêtit la tenue qu'il enfilait naguère pour peindre : une grosse chemise de laine tachée des couleurs anciennes, un pantalon de velours cartonné par l'usage.

Elle vint à onze heures. Le parfum de la violette se coula en lui tandis qu'elle l'embrassait sur les joues.

« Nous avons dit que nous étions amis, je ne vois pas encore pourquoi cela changerait.

– Pourquoi “encore” ?

– Parce que si je n'aime pas le portrait que vous allez faire de moi, nous ne le serons plus ! »

C'était une fusée éclairante. Elle précisait d'emblée les limites du terrain.

Galea s'approcha du poêle et observa l'atelier. Elle vit le lit, le chevalet, les bidons posés au sol, le lavabo. Elle apprécia :

« Pièce à tout faire. On y dort, on s'y lave et on y peint. »

Son regard se posa sur les caméléons accrochés au mur.

« Vous donnez dans l'animal ?

– Quand ils ne bougent pas.

– Pourquoi ?

– Faites poser un chat, et vous m'en direz des nouvelles. »

Elle émit un rire joyeux.

Elle portait un trois-quarts en velours côtelé. Le bas de son visage disparaissait dans les enroulements d'une écharpe dont les franges, très longues, glissaient jusqu'à la taille. Une ceinture amincissait la silhouette. Elle avait maquillé ses lèvres et poudré ses joues. Les paupières étaient rehaussées d'un bleu pâle qui allongeait le regard. Aimablement, Lev fit remarquer qu'elle s'était apprêtée comme pour un bal.

« Je danse, il est vrai, répondit-elle en tendant ses mains vers le poêle. J'ai pensé que vous me voudriez ainsi.

– Permettez-moi », dit Lev.

Il la conduisit vers le tabouret qu'il avait placé à dessein contre le mur opposé à la fenêtre, où le chevalet était dressé.

« Asseyez-vous. »

Il l'avait prise par l'épaule avec un mélange d'autorité et de douceur, comme il faisait toujours avec ses modèles. De ce côté-là, il n'avait rien perdu. Il était gêné par le manteau, mais il ne le dit pas.

« Placez-vous de trois quarts, face au mur.

– C'est mon dos que vous voulez ?

– C'est une image. »

Elle fit comme il demandait.

« Otez votre écharpe. »

Elle la lui tendit avec hauteur.

« Pliez-la, je vous prie. Je tiens à mes vêtements. »

Il la posa sans la plier. Les dessins d'un col de dentelle apparurent sous le velours. Il souleva légèrement le bras, puis il s'éloigna de quelques pas et l'observa.

« Relevez vos cheveux sans bouger la position du bras droit. Je veux voir votre cou.

– Alors il faut que j'enlève le manteau.

– Merci », dit-il.

Elle se leva pour se dévêtir. Elle lui lança le trois-quarts, accompagnant son geste d'un sourire froid.

« Vous n'aimez pas qu'on vous commande, laissa-t-il échapper.

– Pliez-le. »

Cette fois, il obéit. Elle se rassit sur le tabouret. Le col du chemisier dépassait d'un pull en angora un peu trop ample.

« Je suis d'une nature très indépendante, rectifia-t-elle. En certaines circonstances, on peut me commander. Mais la plupart du temps, je suis rétive aux ordres.

– Faites-moi plaisir, dit-il, et remontez le bras droit. Comme si vous étiez appuyée au rebord d'une fenêtre.

– Il serait plus facile, alors, de me trouver un vrai rebord.

– Inutile », dit Lev.

Elle fit comme il demandait et ne bougea plus pendant quelques secondes.

« Autre chose, maintenant. Venez devant la vitre. »

Il éloigna le chevalet. Un soleil froid perçait entre les nuages. Korovine plaça Galea en sorte que le rayon se posât sur son épaule. Il revint vers le mur et s'y appuya.

« Imaginez que vous êtes dans un endroit que vous ne connaissez pas… »

Elle le coupa :

« C'est le cas.

– … Un endroit où il y aurait des gens que vous n'avez jamais vus, d'un autre milieu que le vôtre…

– Je ne suis d'aucun milieu…

– Permettez, trancha Lev. Vous seriez là, au milieu d'une assistance qui vous serait tout à fait étrangère, et vous seriez un peu effrayée, égarée… »

Elle croisa ses bras devant elle et secoua la tête.

« Je ne peux pas faire cela.

– Essayez !

– Non. Je ne sais pas ce qu'est la peur. L'égarement, comme vous dites. Je ne suis jamais mal à mon aise, et j'aime plutôt les situations du genre de celle que vous décrivez. Je suis une bagarreuse. »

A son tour, Korovine croisa les bras. Il appuya la semelle de sa chaussure contre le mur, comme elle-même se tenait la première fois, chez Marie Vassilieff.

Il lui demanda de quelle ville polonaise elle venait. Elle répondit : « Varsovie. » Il voulut savoir si elle était en France depuis longtemps. Elle dit : « Assez. » Il l'interrogea sur son travail. Elle répondit que la guerre le lui avait enlevé. Il voulut savoir quel était ce travail. Elle dit :

« Vous n'avez pas besoin de cette information pour peindre.

– Je voudrais vous dessiner dans un cadre qui vous soit naturel », objecta-t-il.

Elle promena un regard moqueur sur les murs de l'atelier.

« J'aime les bateaux, et rien ici n'inspire la navigation. J'aime aussi les grands espaces, et Paris est une ville ridiculement étroite. Il faudrait partir loin.

– J'ai vu chez vous la photographie d'un transatlantique.

– *Le Malte*. Il rallie Marseille à Buenos Aires en vingt-sept jours. La vie à bord est un paradis maritime. Avez-vous déjà voyagé sur un bateau ?

– Non », dit Lev.

Il pensait à Buenos Aires. A l'Argentine. A Félix, qui s'y rendait souvent.

« Je n'aime pas spécialement voyager, poursuivit Galea. Je préfère revenir souvent qu'aller parfois. Vous saisissez la différence ?

– Parfaitement », dit Lev.

Il se décolla du mur.

« Pourquoi l'Argentine ?

– A cause de mon travail. »

Elle lui adressa un sourire lumineux qui coupait court à de nouvelles questions et rompait aussi avec la verdeur de leurs escarmouches. Lev s'approcha de la porte.

« Maintenant, je vais vous peindre.

– Alors pourquoi sortez-vous ?

– Le temps que vous vous déshabilliez.

– Dans cette sorte de situation, j'aime plutôt que les hommes me regardent.

– Je ne suis pas là pour cela.

– Vous ferez comme je voudrai », répondit-elle sèchement.

Et aussitôt, comme pour faire fondre le bloc de glace qu'elle venait de poser entre eux, elle s'appuya légèrement contre lui et émit une sorte de feulement tout en promenant sa chevelure sur son visage. Lev songea à ce que Juan Gris lui avait dit la veille : il y avait en effet deux manières de voir la tache. Il fut brièvement tenté de recourir à celle qui lui paraissait désormais la plus simple, mais Galea avait déjà bloqué la route.

Elle était près du poêle, et elle dit :

« L'argent. »

L'indignation empourpra le visage de Lev.

« Cela se règle après.

– Pas toujours.

– Comment avez-vous fait avec Gris ?

– Il me paiera plus tard. »

Elle fixait le sol, butée.

« Je ferai semblablement, rétorqua froidement Korovine.

– Avec quoi ? »

Elle lui jeta un regard hautain et balaya l'atelier avec la même morgue.

« Gris, au moins, a des toiles. C'est une forme de garantie. Vous, vous n'avez qu'une bestiole. »

Elle montra les caméléons.

« … Et rien d'autre. »

Il alla vers le lit, ramassa le manteau de velours et le lui tendit.

« Je vous remercie d'être venue jusqu'ici.

– Et le temps perdu ?

– J'ai huit sous.

– Je vaux beaucoup plus. »

Elle fit ce qu'il attendait : elle renvoya le manteau sur le lit.

« Repliez-le, je vous prie. Et montez le poêle. »

Il laissa le manteau en boule sur le matelas et ne toucha pas au poêle.

« Vous ferez deux toiles. Vous m'offrirez celle que je choisirai. »

Elle ôta le pull en angora.

« Je ne veux pas de vos huit sous. »

Une lavallière fermait le col du chemisier. Les manches s'enfonçaient dans une robe-manteau auburn qui descendait jusqu'à mi-cuisses.

Lev se tourna vers la vitre.

« Je préfère que vous me regardiez, dit-elle. C'est mieux élevé. »

Il replaça le chevalet devant la fenêtre et commença à préparer ses couleurs.

« Vous voyez ! Nous allons redevenir bons amis ! »

La robe était fermée par quatre boutons de nacre. Elle les défit.

« Vous devriez me parler. C'est plus confortable. »

Lev demanda :

« Que faisiez-vous en Argentine ?

– J'ai déjà répondu à cette question. Il m'en faut une autre.

– Quel âge avez-vous ?

– En deçà de trente ans, une femme peut répondre. J'en ai vingt-huit. »

La robe-manteau rejoignit le trois-quarts sur le lit. D'un mouvement ample, Galea dénoua la lavallière et glissa les bras hors du chemisier. Elle portait une combinaison en satin noire ornée d'un liséré de dentelle de Calais incrustée. Lev apprêtait ses pinceaux.

« Le plus joli moment quand une femme se déshabille, voyez-vous, c'est lorsqu'elle lance ses bras par-dessus tête pour ôter sa combinaison. Regardez donc. »

Elle croisa les mains sur les bretelles de la combinaison, les prit entre deux doigts et leva souplement les bras. Elle apparut en soutien-gorge et porte-jarretelles, noirs tous deux, le premier lacé sur le devant par un ruban de soie.

« Libérer la poitrine est aussi quelque chose de tout à fait extraordinaire. Un sentiment de grande liberté que les hommes ne peuvent pas comprendre. Personnellement, je n'aime pas les armatures et les bonnets. Je n'aime pas non plus les lignes que les dessous laissent sur le corps. Mes sous-vêtements sont toujours d'une grande qualité. »

Elle porta deux doigts à l'extrémité du lacet-ruban et interrompit son geste.

« Maintenant, trois questions se posent. La première est relative. Me souhaitez-vous totalement nue ou un peu seulement ?

– Totalement, répondit Lev.

– Pour cela, finalement, vous me donnerez vos huit sous. »

Comme Lev glissait la main dans sa poche, elle inclina le visage et lui sourit comme à un enfant.

« Ce n'est pas le moment… Nous verrons cela plus tard. Venons-en plutôt à la deuxième question : êtes-vous de ceux qui préfèrent voir le haut disparaître avant le bas, ou bien êtes-vous partisan du contraire ?

– Comme vous voudrez. »

Galea tira sur le lacet-ruban. Elle avait une petite poitrine, les aréoles presque mauves, la peau légèrement ambrée.

Le soutien-gorge échoua sur le lit.

« Nous en arrivons au plus compliqué, dit-elle en refermant les mains sur ses épaules. C'est une question de pure esthétique. Et là, je vous demanderai de vous retourner. »

Lev obéit. Il entendit un léger froissement.

« Rien n'est plus inélégant qu'une femme debout se contorsionnant pour enlever sa culotte. Et ça, je ne veux pas que vous voyez. »

Il perçut ses pieds nus marchant sur le parquet. Quelques secondes plus tard, elle lui dit qu'il pouvait se retourner. Il remarqua tout d'abord les vêtements soigneusement pliés sur le lit. Puis elle, les bras le long du corps, droite devant le mur. Elle avait un corps parfait. Les hanches pleines, la cheville d'une exquise finesse, les clavicules légèrement saillantes, et deux fossettes attendrissantes sur le ventre, au niveau de la taille. Une lueur amusée éclairait son regard.

« Maintenant, vous pouvez me demander ce que vous voulez. »

Il attendit. En cet instant si essentiel pour lui, il craignait même ses propres paroles. Qu'un mot maladroit la précipitât dans des colères nouvelles, qu'un brusque emportement la conduisît à se rhabiller, qu'elle refusât de faire le seul geste qui lui importait maintenant. Il roulait un crayon entre ses mains, n'osant ouvrir la bouche.

« Souhaitez-vous que je m'asseye encore sur cet affreux tabouret ?

– Non », dit-il.

Il se décolla de la fenêtre, fit un pas de côté et ajouta :

« Je veux seulement que vous posiez vos mains sur vos épaules et que vous fassiez un tour sur vous-même.

– Et puis encore ?

– Et puis nous verrons. »

Elle posa les mains sur ses épaules, libérant son corps, et tourna sur elle-même. En haut de la fesse gauche, à la base du rein, légèrement au-dessus de l'os iliaque, Lev découvrit une figure exactement semblable au calligramme de Guillaume Apollinaire. Une bouche tatouée sur la peau.

« Regardez le mur et reculez vers moi. »

Il n'approcha pas. Il ne voyait ni la rondeur de la fesse, ni la cuisse. Seulement cet ovale bleuté, parfaitement tracé, guère plus large qu'une pièce de monnaie, qui n'était pas le signe d'une blessure, une cicatrice quelconque, mais bien la marque que Félix portait au bras, indélébile dans le ruissellement du sang.

« Ne bougez pas », dit-il.

Il ne voulait pas qu'elle fût témoin de son trouble.

Il revint derrière son chevalet, strapassa la silhouette au hasard, à grands coups de crayon malhabiles, ne se souciant aucunement des traits informes qu'il ne regardait même pas. Son attention était exclusivement dirigée sur le tatouage.

« Revenez vers le mur », commanda-t-il.

Il n'osait pas encore approcher d'elle, voir et effleurer le dessin sur la peau. Il partirait de plus loin. Il n'avait qu'une certitude : elle n'était pas la jeune femme qu'il avait aperçue dans le taxi de Félix puis à la Peau de l'Ours. Le reste, tout le reste, était à découvrir.

« Regardez-moi, dit-il. Croisez les mains sur la poitrine.

– Mes seins ne vous intéressent donc pas ?

– Pas seulement.

– Puis-je vous poser une question ?
– Bien sûr, dit-il.
– Où sont vos autres toiles ? Il n'y a rien, ici…
– Elles sont vendues. »
Il lui expliqua qu'il avait beaucoup exposé avant guerre et que les quelques marchands qui se trouvaient encore à Paris lui achetaient régulièrement ses œuvres.
Elle ricana :
« Huit sous chacune ?
– Un peu plus. »
Il fit la première boucle du lacet qu'il comptait glisser sous ses pas :
« Les cotes ont beaucoup baissé depuis la guerre. Et moi, je n'ai pas peint pendant longtemps.
– Pourquoi ? demanda-t-elle.
– Je me suis engagé. »
Il attendait une question qui ne vint pas. Il resserra le nœud du lacet.
« J'ai été blessé. A Sainte-Marie-aux-Mines. »
Il l'observait attentivement. Elle n'avait pas cillé. Il dessina un serpentin et, revenant à son visage, ajouta :
« J'étais dans une unité de camouflage. L'animal que vous avez vu sur le mur est l'emblème de cette unité. »
Elle voulut le regarder mais il ordonna :
« Ne bougez pas ! »
Il ne la quitta plus du regard, laissant aller son crayon au fil d'un rien. Elle avait trébuché dans le piège. Elle l'observait sans le voir. Il savait qu'il lui suffirait de se pencher sur la toile pour qu'elle recherchât les dessins exposés.
« Un caméléon », lâcha-t-il.
Il considéra son coup de crayon. Elle tourna la tête vers le mur.

« Je vous ai demandé de ne pas bouger. »

Elle fixait les caméléons sans se soucier de ce qu'il lui avait dit.

« Vous avez déjà vu un caméléon ? »

Elle ne répondit pas. Il vint vers elle et montra les dessins.

« Doré sur fond rouge. »

Mais il regardait le tatouage. Bleu presque noir. Cendre et poussière. Ils étaient troublés tous deux. Lev avait une longueur d'avance.

« Décroisez vos bras et placez-vous de trois quarts. »

Il posa sa main sur la taille, pour l'aider. La tache était un peu rêche sous sa paume.

« C'est ainsi que je vous voulais tout à l'heure : égarée. Vous voyez bien qu'il vous arrive d'être troublée. »

Il était certain, maintenant, qu'elle avait connu Félix.

Il retourna derrière le chevalet.

« Pourquoi êtes-vous troublée ?

– Cela ne vous concerne pas. »

Elle lui jeta un regard dur dans lequel il y avait aussi l'expression d'une surprise mal dissimulée.

Il trempa un pinceau dans un cadmium profond et fit trois ronds sur la toile.

« On peignait les caméléons sur le sommet des leurres pour les reconnaître si l'ennemi reprenait nos lignes. Quand c'étaient des arbres, on les creusait dans le bois. Tout petits pour que les autres ne les remarquent pas. On les repérait à la jumelle.

– Vos souvenirs de guerre ne m'intéressent pas, lâcha- t-elle abruptement. Quand aurez-vous fini ?

– Je ne sais pas encore.

– Je veux voir votre tableau. »

Il s'attendait à cela. Il répondit qu'il ne montrait jamais une œuvre en cours.

Il traça d'autres figures, des formes qui ne ressemblaient à rien. Ils ne parlaient plus. Le poêle épuisait ses quelques boulets dans une respiration misérable. Bientôt, il ferait froid. Lev ne craignait pas la réaction de Galea lorsqu'elle découvrirait le fruit de son travail. Elle se moquerait, l'humilierait, et il lui dirait tout.

Mais ce ne fut pas lui qui reprit le cours de la conversation. Alors qu'ils n'avaient pas échangé une parole depuis d'interminables minutes, elle dit qu'elle avait connu un homme qui avait été muté dans cette unité dont l'emblème, elle s'en souvenait maintenant, était un caméléon.

Lev demanda :

« Comment s'appelait-il ? »

Elle tourna légèrement le visage vers lui. Il ne lui reprocha pas d'avoir bougé. Elle répondit :

« Il s'appelait Félix. »

Elle ajouta un nom. Lev serrait fortement le manche d'un pinceau entre ses doigts, si fortement qu'il le brisa.

« Que faisait-il ?

– Il avait beaucoup d'activités.

– Savez-vous lesquelles ?

– Certainement. A la guerre, il était chauffeur.

– Et hors de la guerre ? »

Elle ne répondit pas.

« Il était votre amant ? »

Elle ne put contenir une exclamation étouffée, comme si cette suggestion n'avait aucun sens. Lev n'ajouta rien, attendant. Mais il n'y avait rien à attendre : Galea ne ponctua ce mouvement d'humeur d'aucun mot.

« J'ai connu un Félix, reconnut-il. Il était chauffeur.
– Alors c'est le même. »
Sans prévenir, elle s'assit sur le tabouret.
« Mon manteau », demanda-t-elle.
Il le mit sur ses épaules. Il ne l'observait pas comme le modèle qu'il n'avait jamais regardé, ni comme la femme qu'il ne regardait plus. Elle-même ne le considérait plus comme le peintre qu'elle était venue voir.
« A Paris, Félix pilotait un taxi, dit-il.
– Cela arrive.
– Il venait souvent par ici… A Montparnasse…
– Cela arrive aussi.
– Il me parlait beaucoup d'une femme.
– Il ne parlait jamais des femmes.
– A vous peut-être, mais pas à moi.
– Je l'ai connu mieux que vous, et depuis plus longtemps.
– Comment pouvez-vous dire cela ?
– Parce que vous savez qu'il était taxi, mais vous ignorez tout le reste.
– De quoi parlez-vous ? »
Elle ne répondit pas. Une colère montait sourdement en Lev. Il dit :
« Cette femme s'appelait Mareva.
– Je ne connais pas de Mareva.
– Elle était brune…
– Je ne connais pas de Mareva ! répéta Galea en criant presque.
– Cette femme s'appelait Mareva, répéta Lev, et Félix n'a pas cessé de me parler d'elle. »
Il s'écarta du chevalet.
« Il a mis onze heures pour mourir, et pendant onze heures, il a murmuré ce nom à mon oreille : Mareva. J'ai besoin de savoir qui elle est et où elle se trouve.

– Cherchez donc, dit Galea.
– Où est-elle ?
– Je ne le sais pas.
– Vous mentez.
– Je mens toujours. C'est un charme. »
Elle tourna son visage vers lui. Elle souriait.
« Depuis quand connaissiez-vous Félix ? demanda-t-il.
– Depuis très longtemps.
– Lui aussi est allé en Argentine.
– Bien sûr.
– L'avez-vous connu là-bas ?
– Que vous importe ? »
Korovine laissa tomber ses pinceaux.
« J'ai fini, dit-il.
– Alors nous restons bons amis ? »
Elle était redevenue celle de la première heure.
« Prenez vos vêtements et partez.
– Ce n'est pas du tout mon intention. »
Il fouilla ses poches et sortit les huit sous. Il les jeta sur le lit.
« Je n'en veux pas. L'argent ne m'intéresse que s'il y en a beaucoup. Montrez-moi votre œuvre. »
Il hésita un court instant, puis prit rageusement la toile par son cadre et la plaça dos à la fenêtre. Il croisa les bras et attendit. Galea était plantée devant les traits et les figures, nue, interloquée, sans colère cependant. Il s'attendait à un autre pugilat qui eût tourné court car il ne voulait plus, il ne voulait plus rien, il avait perdu cette partie, il souhaitait seulement qu'elle décampât pour le laisser en paix.
Mais elle lui proposa autre chose. Son visage s'éclaira soudain. Elle partit d'un éclat de rire, un rire grandiose qui se prolongea longtemps, tourna et tourna

dans la pièce comme une succession de gifles, et Lev Korovine, sonné, demeurait là, les poings crispés, battu, sans défense possible. A la fin, elle vint vers lui. Il recula jusqu'à la fenêtre, mais elle s'approcha encore, elle ne tendit pas les bras, elle ne voulut pas l'étreindre, elle balaya sa poitrine d'un mouvement de cheveux, comme elle avait déjà fait, et elle dit :

« Baisez-moi s'il vous plaît. »

Pendant quelques semaines, ils parurent inséparables. Ils allaient dans les cafés ensemble, ils dormaient chez elle. Lev ne la quittait pas.

Ils se vautraient dans l'amour. Une animalité faite de fureur, où les rapports de force présidaient encore. Il la prenait, elle le griffait, il la frappait, il mordait et embrassait le tatouage, elle se dégageait, saisissait ses poignets pour qu'il la prît devant, étreinte et embrassée, en souvenir d'autres fureurs qui lui restaient insupportables. Elle accrochait ses jambes à ses hanches, l'enserrait avec ses bras. Ils se battaient. Lev attendait que Galea trébuchât enfin, livrant une bribe de ses mystères, le passé, l'avant-guerre, Félix.

Mais elle ne s'abandonnait pas. Il usait de séductions, il la menaçait de violences, elle l'incitait à poser de nouveau des questions qu'elle avait cent fois entendues et auxquelles elle apportait les mêmes réponses.

Félix ? Un ami.

L'Argentine ? Un pays.

Le tatouage ? Un tatouage.

Elle l'abandonnait sans cesse sur un chemin dont elle fermait l'horizon, le dévisageant avec un splendide sourire qui parachevait sa victoire et clouait ses défaites. Pour elle, il s'agissait d'un jeu. Pour lui, d'une torture.

Les autres ne l'aimaient pas. Apollinaire, qui soignait une congestion pulmonaire entre son appartement du boulevard Saint-Germain, l'hôpital et le café de Flore, quittait la table lorsqu'elle approchait. Modigliani ne lui adressait pas la parole. Max Jacob la raillait. Tous s'éloignaient lorsque le hasard prétendait les faire s'asseoir à son côté.

Au Dôme, un soir d'ivresse, Chloé intercepta un petit bristol que Galea avait tenté de faire passer à un homme qui lui plaisait. Chloé le tendit à Lev, disant :

« Tu ne peux pas accepter cela. »

Au dos du carton, Galea avait inscrit son nom et son adresse. Lev empocha le bristol. Il se moquait absolument de l'inconnu auquel il était destiné. Côté pile, il avait seulement remarqué un autre nom et une autre adresse.

Ivre d'un peu de coco et de trois gorgées de stout, Galea chantonnait pour elle-même. Lev épiait ses borborygmes, songeant que la stout valait mieux que la coco, l'alcool étant plus propice que la poudre à l'oubli de soi.

« Cette femme est insupportable », gronda Chloé.

Galea plaisantait avec un permissionnaire qui la mangeait des yeux et apprêtait ses mains. Le destinataire du bristol observait la scène avec hauteur. Dans un coin éloigné, Modi toussait.

« Cesse avec elle, poursuivait Chloé. Elle t'humilie. »

Les mots effleuraient Korovine, légers comme des feuilles mortes. Il posa une main sur le poignet de Chloé. Son regard bleu marine passa sur elle, assez loin. Il fuyait l'intimité qui eût pu les réunir encore.

« Chasse cette personne. Qu'elle s'en aille ! »

Il raffermit son empreinte. Le permissionnaire commandait deux bières. Lev acquiesça d'un hochement de tête appuyé. Lui-même n'avait pas les moyens d'une telle prodigalité. Il songeait que le moment venu, il enverrait le soldat sur d'autres fronts féminins et récolterait les fruits de sa générosité.

« Viens avec nous, disait Chloé. Change de table.

– Je veux qu'elle soit ivre », grommela Korovine.

Il avait bu lui-même plus que de coutume. Un sourire immobile éclairait son visage. Il avait la lèvre rieuse.

« Une bière encore, je l'emmène et je la fais parler.

– Tu n'obtiendras rien. »

Chloé se leva. Deux places plus loin, Galea ne cessait pas de rire. Korovine n'ignorait pas ce que les autres pensaient : ce rire qui coulait comme une cascade coulait à ses dépens. Il se tenait au plateau de la table, les mains posées bien à plat, les coudes en équerre, prêt à se dresser pour l'emmener.

Galea leva son verre dans sa direction, le tint quelques secondes à hauteur d'œil puis le vida d'un trait. Elle repoussa le permissionnaire d'une brusque bourrade. Il ne l'intéressait pas. Elle préférait encore subir le seul pouvoir que Lev avait sur elle : celui de leurs joutes, cette chose entre eux qu'ils se disputaient.

Elle se rapprocha d'un siège. Elle tendit la main à Lev. Il ne la prit pas.

« Tes amis ne m'aiment pas », grogna-t-elle.

La bière emportait les toniques dans ses bulles.

« Ils quittent les tables où je suis, ils ne m'adressent pas la parole, ils me boudent… »

Le permissionnaire s'était éloigné.

« Maintenant, tu me portes tort, poursuivit Galea d'une voix glacée. Je voulais devenir modèle. Gris ne m'a pas présentée, et tu ne feras rien pour moi. »

Elle gloussa et ramena sa main dans un manchon de fourrure.

« Tu es beau, dit-elle, et cela apporte à nos jeux. Si je ne te désirais pas, je serais partie depuis longtemps. »

Elle se pencha.

« Embrasse-moi. »

Il respirait ce parfum à la violette qui tantôt l'enivrait tantôt l'empoisonnait. Il ne bougea pas.

« Prends-moi dans tes bras, penche ton visage, je t'offre mes lèvres.

– Non, dit-il.

– Contre un secret ? »

Derrière le flou du regard, mouillé par les alcools, dansait la lueur des autres jours.

« Tu ne diras rien », fit Lev.

Il se leva. Elle tenta de le retenir, mais il se libéra d'une brusque secousse. Il passa devant la table de Modigliani. Dedo le saisit à la manche et siffla :

« *E una ruffiana !* »

Lev se dégagea. Il sortit sur le boulevard. L'air frais du printemps l'apaisa. Il tourna le bristol entre ses doigts et descendit vers la Seine. Il marcha dans les rues jusqu'à la place Saint-Augustin. Il suivit le boulevard Haussmann puis la rue Pasquier, qu'il descendit sur la droite. Il pénétra sous un porche, traversa une cour noire et emprunta un petit escalier. Au quatrième, une porte était entrouverte. Il la poussa. Un couloir étroit s'ouvrait devant lui. Il débouchait sur un vestibule rond cerné à mi-hauteur par des vitres au verre épais et opaque. De lourdes tentures tombaient des barres circulaires en cuivre qui couraient à hauteur de plafond. Des banquettes recouvertes de velours sombre et d'une multitude de coussins épais étaient alignées le long des murs. Elles formaient comme un matelas unique. Le milieu de cette pièce était totalement dégagé. Il n'y avait ni table ni guéridon. Un tapis orné d'arabesques évoquant des silhouettes nues occupait tout l'espace.

Un rideau dissimulait le départ d'un couloir. Il s'ouvrit soudain sur une personne toute grise qui poussa un cri en voyant Lev. Lui-même effectua un retrait de quelques pas. Ils se considérèrent un court instant sans savoir quels mots choisir, Lev pour demander ce qu'il n'ignorait plus, l'autre pour indiquer que c'était fermé. Finalement, ils décidèrent de ne rien dire, se contentant de s'observer et d'attendre que l'un des deux ouvrît la bouche.

La femme n'était absolument pas le genre de personne que Lev s'était attendu à trouver en ce lieu. Elle était plutôt petite, d'un âge assez confortable, portant de gros bas de laine, une blouse ample et des chaussons éculés. Elle tortillait l'extrémité d'un fichu qui dissimulait une chevelure blanche et bouclée, contrastant singulièrement avec l'étroitesse d'un visage tout sec. Les pommettes, parcourues de veinules bleuâtres, frémirent un peu. Un filet de voix fit son chemin entre deux lèvres exceptionnellement fines.

« La maison est fermée. »

Lev demanda s'il pouvait revenir. La femme le pria de répéter, et il répéta.

« Encore, s'il vous plaît.

– Je voulais savoir si je pouvais revenir.

– Une dernière fois, s'il vous plaît. »

Il refit. La femme hocha la tête et dit :

« Vous venez de Russie, peut-être de Roumanie, à mon avis les deux, donc de Bessarabie.

– Comment savez-vous ? demanda Lev avec quelque étonnement.

– L'accent, jeune homme. Aucun ne m'a jamais trompée. Si tout était à refaire, je me mettrais dans les langues. »

Elle exhiba un chiffon qu'elle tenait roulé en boule dans la main droite.

« … Au lieu que ce soit le ménage du matin au soir, comme si le ménage apportait à d'autres qu'à ceux qui paient pour voir tout en propre… Quel intérêt pour moi, pouvez-vous me dire ?

– Aucun, concéda Lev.

– A part les sous », soupira la gentille personne.

Elle porta ses mains aux hanches, observa mieux le visiteur et demanda :

« Avec une tournure comme la vôtre, qu'est-ce qui vous pousse dans les bras d'endroits comme celui-ci ? Vous n'avez pas la mine.

– C'était seulement pour visiter.

– Profitez de ce que j'avais oublié de fermer l'huis », répliqua la dame du ménage.

Elle s'écarta.

« Comme ça, ce sera pour pas cher. »

Lev dépassa le rideau et s'enfonça dans le couloir.

Il poussa la première porte. C'était une chambre, sobre et d'assez bon goût. Les murs étaient chaulés. Le lit s'ornait d'une couverture à motifs rappelant le tapis du vestibule. Une table supportait une lampe dont le pied était en cuivre.

Lev se retira et poussa une deuxième porte, en face de la première. Il se retrouva dans une chambre identique à celle qu'il venait de quitter.

La troisième porte ouvrait sur un univers plus complexe. Une chambre, toujours. Mais le lit était plus petit. Le sol était fait d'un carrelage froid. Un lavabo s'appuyait au mur, à droite de l'entrée. De part et d'autre de la glace qui le surmontait, pendaient des lanières de cuir. Deux bracelets métalliques reliés par une chaîne étaient accrochés à un portemanteau.

Lev revint dans le couloir. La dame du ménage l'attendait, sourire aux lèvres et poings sur les hanches.

« Il y en a deux autres. Vous voulez les visiter ?

– Non merci.

– L'une est semblable à une salle de classe avec des petits pupitres, et la dernière est une sorte de cage. Comme dans un zoo…

– Connaissez-vous Galea ? s'enquit Lev.

– Je ne connais que la poussière. »

La femme afficha une expression navrée.

« C'est cette Galea qui vous a donné l'adresse ? »

De la poche de son manteau, Lev sortit le bristol intercepté au Dôme. Il y jeta un bref regard et le tendit à la gentille personne.

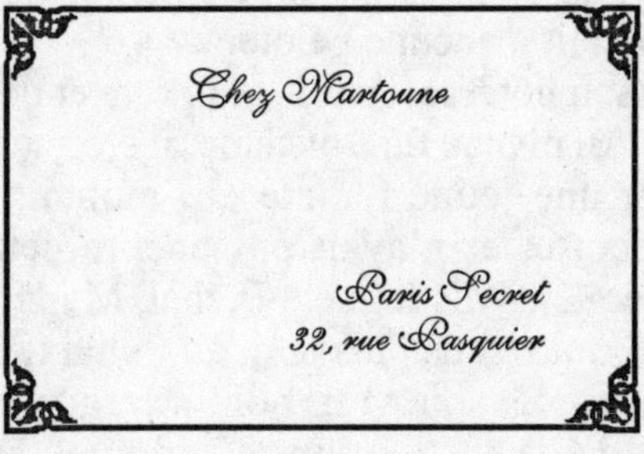
Chez Martoune

Paris Secret
32, rue Pasquier

« C'est bien ici. C'est même la carte de la maison… Décrivez-moi votre Galea. »

Korovine dressa un portrait précis et détaillé de la jeune femme.

« On n'a pas ça ici, déclara la dame du ménage.

– Alors pourquoi aurait-elle cette carte dans son sac ?

– Un monsieur qui la lui aura laissée… Suivez-moi. »

Ils revinrent dans le vestibule.

« Regardez là-dedans… Il y a toutes les cartouches disponibles. »

Lev reçut un petit livre contenant les photographies des pensionnaires du bordel. Elles étaient sept. Très jeunes pour la plupart. Posant dans des tenues pour le moins légères, certaines exhibant leur as de pique – comme eût dit Apollinaire. Mais Galea était absente du catalogue.

Korovine rendit le livre. La dame du ménage l'épousseta machinalement.

« Je peux quelque chose d'autre pour vous ?

– Rien », répondit Lev.

Il ne savait si la satisfaction qu'il éprouvait devait l'emporter sur la déception qui affleurait aussi, en d'autres cercles de sa conscience. Il était rassuré que Galea ne fût pas la pierreuse qu'il avait entrevue un court instant, et déçu de devoir lâcher un fil qui ne l'avait conduit à aucune pelote.

Il salua son hôtesse, referma la porte et descendit les escaliers. Au niveau du troisième, il s'effaça pour laisser passer une jeune femme qui montait. Elle était brune, accorte, et n'avait pas encore cette autorité qu'admireraient Mistinguett, Fréhel, Marlène Dietrich et Colette, douze ans plus tard, au Sphinx.

Martoune, de son vrai nom Marguerite Marthe Césarine, darda sur Lev un regard aigu, esquissa un sourire tentateur et disparut dans les étages, portée par Heure bleue, de Guerlain.

Il s'était fixé un but, il avait défini l'occasion, il ignorait la date.

Ce fut le 26 juin.

Ce jour-là, pour la troisième fois consécutive, la Grosse Bertha bombarda Paris.

Au premier hurlement des sirènes, Lev Korovine fonça vers la rue des Archives. Les boulevards, les artères, grandes ou petites, étaient vides. Il courait sous des fracas multiples, coudes au corps, et il souhaitait que les Krupp s'acharnent sur Paris comme ils l'avaient fait en mars, lâchant leur mitraille de sept heures à midi sans guère d'interruptions. Il lui fallait du temps.

Il ne la croisa pas sous le porche, et pas plus dans les escaliers. Il frappa à la porte du troisième. Elle n'était pas là. Elle avait probablement rejoint ce garage où elle se réfugiait pendant les bombardements.

Il prit du recul, se plaquant contre le mur du couloir, puis il se précipita, le bras gauche ramené sur le ventre. La douleur fila de l'épaule au centre du dos. Mais il n'avait pas le choix, il n'avait pas le temps, et il recommença. A la troisième tentative, la porte céda. Il entra.

Il n'était jamais venu chez Galea lorsqu'elle était absente. Jamais non plus elle ne l'avait laissé seul rue des Archives. Il ressentait une grande excitation qui troublait ses gestes, développant une maladresse inhabituelle. Il éprouvait une satisfaction un peu perverse à se trouver là alors qu'il n'avait pas à y être, l'interdit se doublant d'une menace plus grande encore que celle liée à la possible irruption de Galea, qui le surprendrait alors dans la pire des postures.

Les fenêtres vibraient aux chocs sourds du bombardement. Les sirènes hululaient, recouvrant les salves de la défense antiaérienne, évidemment inutile. Toutes ces fureurs se mariaient bizarrement avec le parfum suave de violette qui imprégnait l'appartement.

Lev s'approcha des buffets sur lesquels étaient empilés, entassés, alignés, collectionnés les objets les plus hétéroclites. Il les débarrassa des coquillages, des verres dépareillés, des éventails et des nombreuses curiosités qui s'y trouvaient. Il cherchait un sens à chacune. Mais les tabatières, qu'elles fussent en corne ou en métal, les ombrelles, les pince-nez, les lorgnons, les jumelles de théâtre, les gyroscopes, les dominos, les boussoles, les montres d'officier... rien de tout cela ne révélait de secret particulier. Et pas davantage un pistolet de poche à répétition semi-automatique, une fonte d'ordonnance en cuir verni, trois balles de calibre 8 à pointe d'acier que Lev glissa dans sa poche sans savoir si elles avaient appartenu à Félix.

L'intérieur des buffets recelait mille autres curiosités, des cornes d'appel, une canne-siège, des jambières, une demi-douzaine de crispateurs, des fixe-moustaches... Tout cela rejoignit le reste, au centre du tapis. Lev ne se souciait même pas de repérer les emplacements d'origine. Il ne comptait pas ranger, mentir, dissimuler la fouille. Il ne tendait pas l'oreille pour mesurer, d'après l'espacement des tirs, si le bombardement touchait à sa fin. Il était assis au milieu de son grenier miniature. Son seul souhait, c'était que la Grosse Bertha lui laissât le temps nécessaire pour achever sa tâche.

Il tournait et retournait chaque objet, s'exaspérant des vibrations qui secouaient l'immeuble, comme le frissonnement d'une colonne vertébrale. Le souffle des obus, le choc des projectiles s'abattant non loin sur la terre, le tac-tac régulier des batteries d'artillerie, la stridence des sirènes et le tremblement des fondations remontant jusqu'à lui le conduisaient à redoubler d'ardeur. Il secouait les boîtes, ouvrait les éventails à la recherche de signes et de cachettes.

Il découvrit une canne à lame poignard qui l'intrigua. Il l'observa, puis passa dans la chambre.

Cette pièce était faite pour l'amour. Y pénétrant cette fois-là dans un état d'esprit qui n'était pas celui des autres jours, Lev se fit la réflexion qu'il entrait dans le boudoir d'une courtisane. Les lampes chichiteuses aux abat-jour à fanfreluches, les guéridons bas, les coussins de velours et les tapis épais inspiraient les chuchotis, les rapprochements, les confidences et les lents déshabillages.

De la pointe de la canne à lame poignard, Lev vida le petit linge des tiroirs, défit les robes et les chemisiers pendus dans les armoires, éjecta les bottines de leurs boîtes. Dans le tiroir d'une commode aux ferrures métalliques, il découvrit enfin ce qu'il cherchait : deux grosses enveloppes pleines de paperasserie.

Il en jeta le contenu sur le lit. L'une enfermait des photos ; l'autre, des lettres. Korovine observa l'ensemble une première fois, très vite. Photos souvenirs, lettres courtes. Félix en était absent.

Il regarda plus attentivement : Galea, de face, de dos et de profil. Très jeune et un peu moins, posant devant des paysages vagues, peut-être l'Argentine, ou des villes du Sud... Avec ce front très bas, fermé, qui l'avait frappé la première fois. Le plus étonnant venait de ce qu'elle était toujours seule sur les photos : sans homme, sans amie, sans parents. Elle souriait à qui tenait le folding sans que son visage traduisît une intimité, une expression tendre ou amoureuse.

De nombreux clichés la représentaient allongée sur le pont d'un bateau, sans doute *Le Malte*, encadré dans la pièce voisine. Il n'y avait rien à voir de plus, et donc rien à dire.

Les lettres étaient insignifiantes. Reçues de proches, en Argentine ou ailleurs. Emanant de correspondants qui narraient leurs emplois du temps, l'état du soleil, la pluie, les nuages... Elles ne traduisaient que des rapprochements de circonstances. Mais entre elles, oubliée comme par mégarde, il y avait une page arrachée d'un catalogue. Une page ne comptant que quelques lignes. Lev les lut puis les relut avec une stupeur croissante :

> *Des amis se sont réunis, il y a dix ans, pour former une collection de tableaux et surtout garnir, orner les murs de leurs logis. Les belles œuvres du passé étant presque inaccessibles, ils se laissèrent aisément persuader, jeunes la plupart et fondant espoir en l'avenir, de faire confiance à des artistes jeunes aussi ou récemment découverts. Il leur semblait honorable de courir les risques que comportent les choses nouvelles.*

Lev revint dans la première pièce. Il repoussa du pied les objets épars qui encombraient le sol. Il tourna l'une des chaises vers le corridor et s'assit là, espérant maintenant que l'accalmie des tirs signifiait la fin prochaine du bombardement.

Quatre ans après, malgré la guerre et ses blessures, malgré Félix et la peinture perdue, il se rappelait très bien quelle manifestation les mots du catalogue présentaient : la vente de la Peau de l'Ours.

Elle le découvrit au milieu de ses meubles éventrés. Au premier coup d'œil, il comprit qu'elle savait exactement de quoi il retournait. Même s'il l'avait voulu, les mensonges ne l'eussent sauvé de rien : elle n'y eût pas cru. Ils étaient face à face pour une épreuve de vérité au terme de laquelle ils se quitteraient sans doute pour ne plus se revoir. Elle le considérait avec une rage qui dilatait sa bouche et accélérait son souffle. Ses cheveux étaient ramenés en un chignon à demi défait qui accroissait encore la sauvagerie de son regard, la méchanceté du rictus.

Il était assis sur la chaise. Il ne bougeait pas. Il dit :

« Je suis allé rue Pasquier.

– Chez Martoune ?

– Qui est Martoune ?

– Une dame qui se monte. »

Elle dissimula brusquement la fureur dont elle était la proie sous un masque qui se voulait tout à la fois supérieur et méprisant. Le front étroit, la lèvre mauvaise, l'œil brillant de traits contenus, elle rappela à Lev une jeune fille qu'il avait connue dans son enfance. Il dit :

« A Kichinev, j'ai été l'amant d'une fille assez séduisante. Elle était vive, drôle, et en même temps c'était une mauvaise personne. Quand on la connaissait bien, on découvrait la moisissure derrière les richesses. Elle avait un front comme le tien, qui traduit souvent la petitesse des caractères. Mais elle était capable de sourire avec autant de bonheur que toi. Grâce à cela, elle trompait son monde.

– Pourquoi as-tu fouillé chez moi ? » coupa Galea en faisant un pas à l'intérieur de la pièce dévastée.

Lev se leva, la saisit par le bras et la projeta au fond de la pièce.

« Cette fille était un poison comme tu l'es toi-même... Lorsque je t'ai vue la première fois, j'ai aussitôt pensé à elle.

– Tu l'as peinte ? railla Galea.

– J'ai fouillé chez toi avec un grand plaisir.

– Tu as trouvé ce que tu cherchais ?

– Peut-être. »

Un voile de méfiance passa dans le regard de Galea.

« Pourquoi ne m'as-tu jamais dit que tu étais à la Peau de l'Ours ? »

Lev sortit la préface du catalogue de la vente. Il commença de lire : *Des amis se sont réunis, il y a dix ans, pour former une collection de tableaux...*

Il replia le papier et le jeta sur la table.

« Ce texte a été écrit par André Level, le gérant de l'association. Il n'a été diffusé qu'en un seul endroit : hôtel Drouot, salles 6 et 7, le 2 mars 1914. »

Galea ricanait doucement.

« Tu y étais, ajouta Lev. Tu accompagnais Félix. Tu connais la jeune femme qui était avec lui. Celle que je cherche depuis trois ans. »

Il avait jeté cet hameçon-là un peu au hasard. Galea reculait jusqu'à la chambre.

« Que faisais-tu à la Peau de l'Ours ?

– Et toi, rue Pasquier ?

– J'ai intercepté le carton que tu as fait passer au Dôme.

– J'étais soûle.

– Tu as tes habitudes rue Pasquier ?

– Pas le moins du monde ! »

Elle glissa ses mains dans le chignon qui bascula soudain, et ses cheveux furent sur ses épaules. Elle s'appuya à la fenêtre de la chambre.

« Cessons nos guerres, dit-elle soudain d'une voix très basse. Viens. Après, nous rangerons. »

Elle darda sur lui un regard brillant. Il songea qu'elle se contenait merveilleusement, qu'elle était bien capable, après qu'ils se furent rejoints au lit, de lui enfoncer la lame de sa canne-poignard entre les deux omoplates.

Il la dévisagea avec un immense écœurement.

« Je n'ai plus besoin de toi, dit-il avec calme. Je sais tout.

– Rien », répliqua-t-elle.

Elle inclina le visage en un mouvement d'invite. Il n'y répondit pas.

« Tu as vu Martoune, et alors ? Tu crois peut-être que je suis une fille ?

– Cela expliquerait tes dessous en soie et cette douche offerte par un banquier.

– Tu me prends pour qui ?

– Tu avais cette carte dans ta poche…

– Hasard.

– Je n'en crois rien. »

Elle s'approcha de lui et tenta de caresser son visage avec ses cheveux, comme elle avait fait la première fois. Il la repoussa brutalement.

« Je veux seulement savoir pourquoi tu étais à la Peau de l'Ours.

– Je n'y suis pas allée. J'attendais dans la voiture. »

Elle planta ses poings à la taille, et un clou dans la poitrine de son amant.

« Félix était avec une fille. Mais ce n'était pas celle que tu cherches. »

Elle souriait. Son visage était lumineux.

« Elle s'appelait Eve. Pas Mareva. »

Il fit un pas dans sa direction. Elle secoua doucement la tête et précisa :

« Tu pourrais me frapper, me jeter par terre, que je ne t'en dirais pas plus. »

Il prit son poignet et le broya dans sa main. Elle souriait toujours. Elle était d'une fierté insoutenable. Il lâcha son bras et attrapa son manteau noir. Il se fraya un passage parmi les objets éparpillés au sol. Il ne se retourna pas sur le pas de la porte. Il savait qu'il lui faudrait se contenir, que sa volonté devait le guider : il ne reverrait pas cette femme.

Il ne la revit plus, en effet. Pendant des semaines, il fit des tours et des détours pour ne pas passer rue des Archives. Les lieux qu'il avait fréquentés avec Galea ne le troublaient pas lorsqu'il s'y rendait car, ne l'ayant jamais aimée, il n'éprouvait nul regret de l'avoir perdue. La rue des Archives seule l'attirait. Il savait qu'au-delà du porche, en haut des escaliers, se trouvait un secret qu'il n'avait pas su découvrir. Il savait aussi que l'instant était passé, que la chance, s'il s'agissait de cela, avait tourné. Pendant trois ans, il avait cherché une femme qui n'était pas celle dont Félix avait murmuré le nom, pendant onze heures.

Il suivait les nouvelles de la guerre. Les Alliés avaient considérablement desserré l'étau qui enfermait les plaines du Nord. Partout, les Allemands refluaient. Désormais, on parlait moins d'eux que d'une ennemie plus meurtrière encore qu'on ne savait pas combattre : la grippe espagnole. A Paris, elle tuait quatre cents personnes chaque jour. Les enterrements se succédaient. Il y avait embouteillage dans les cimetières. Les gazettes accordaient autant d'importance à ce nouveau fléau qu'à la victoire, désormais inéluctable. D'un côté, on comptait les jours. De l'autre, on comptait les morts.

Un mardi d'automne, Lev se rendit au Flore. Guillaume Apollinaire ne s'y trouvait pas. On ne l'avait pas vu depuis trois jours. La concierge du 202 boulevard Saint-Germain n'était pas dans la loge. Lev gravit les premiers étages conduisant au perchoir du poète. Au quatrième, la rampe de fer forgé disparaissait, et l'escalier lui-même se rétrécissait. Encore un degré, et on parvenait à une volée de marches plus étroites encore. Elles s'arrêtaient net devant une porte dépourvue de palier.

Lev tira le cordon. Ce faisant, il se tourna vers le mur opposé au battant afin qu'Apollinaire le reconnût dans le judas creusé sur la paroi d'en face. Cette astuce lui permettait d'identifier ses créanciers et de laisser la porte fermée s'il souhaitait éviter les désagréments. Mais le battant s'ouvrit aussitôt. Jacqueline Apollinaire était en robe de chambre. Elle dit que Guillaume était malade.

« Je peux entrer ? » demanda Lev.

Elle ne bougea pas. Elle était en proie à un égarement d'enfant.

« Le médecin est venu ? »

Elle acquiesça. Elle dit qu'il avait diagnostiqué une grippe.

« Depuis quand ?

– Dimanche.

– Il n'a pas bougé depuis ? »

Elle secoua la tête.

Lev la repoussa doucement. Il suivit l'enfilade de couloirs tortueux qui passaient entre les pièces. Il traversa celle où Guillaume recevait autour d'une cheminée, se hâta le long d'un étroit corridor encombré de livres et de tableaux, passa dans le bureau, où une petite table disparaissait sous les statuettes africaines.

Des toiles de Picasso et d'autres de Matisse étaient appuyées le long des plinthes. Un escalier minuscule conduisait à une terrasse de poche que Guillaume avait aménagée avec son ordonnance. Il y jardinait. Il y regardait les toits de Paris. Il jouait avec les oiseaux.

La chambre était là, ouverte sur les cheminées qui montaient dans le ciel enfumé. Le poète était allongé sur le lit. Il avait la peau sombre, presque noire. Lev lui prit la main. Elle était brûlante. Dans le regard fixé sur lui, un regard immobile, pétrifié, incrédule, il lut la peur que Guillaume avait exprimée rue Delambre, chez Foujita. Lui qui avait vu s'abattre la mitraille sur tous les fronts, qui avait entendu miauler les obus approchant, lui qui avait regardé la guerre en face sans jamais fuir ou se voiler le regard, était terrorisé par l'assaut de la maladie.

Pas une seconde Lev ne douta de la certitude qui s'était emparée de son ami : il allait mourir. Lorsqu'il passerait par le boulevard Saint-Germain, la prochaine fois, ce serait dans le même équipage que ceux qu'on portait en terre, couchés dans des cercueils posés sur des corbillards noirs, et les mêmes bruits parviendraient à ses voisins : le grincement des roues, le hennissement des chevaux.

Que lentement passent les heures
Comme passe un enterrement.

Et ce fut ainsi. La dernière fois que Lev vit Guillaume Apollinaire, le 9 novembre 1918 dans l'après-midi, il reposait sur son lit, revêtu de son uniforme, le képi près de la tête que la grenaille avait ouverte. Un voile le recouvrait. Des centaines de fleurs étaient penchées sur lui. Deux bougies brûlaient sur les tables.

Un nœud s'était défait dans l'air. Peut-être la paix qui frappait aux portes des nations. Autre chose montait en Korovine, comme le sanglot d'un monde. Guillaume Apollinaire, officier-poète, ne serait pas présent le jour de l'armistice.

Ils étaient là, auprès de lui, les peintres, les poètes, les écrivains qu'il avait aimés, penchés eux aussi sur l'ombre de leur jeunesse. La toile de leur histoire était bien grise. Il y avait un trou au premier plan, entre les teintes des commencements, celles de la guerre et des amours, les blessures, la vie. Ils avaient composé le fond ensemble. Guillaume était l'ami de toutes les couleurs. Il fallait y mettre du noir, désormais.

Ils l'accompagnèrent dans sa boîte sans musique. Elle était recouverte d'un drapeau. Une section d'infanterie rendit les honneurs. C'était deux jours après l'armistice. Dans toutes les rues de Paris, les cloches sonnaient encore. A Saint-Germain, à la Bastille, devant les murs du Père-Lachaise, les foules en délire hurlaient : « A bas Guillaume. »

Ce n'était pas Guillaume Apollinaire.

C'était Guillaume II.

L'empereur, pas le poète.

Quelques semaines après la mort d'Apollinaire, le commissaire Zamaron surprit Korovine chez lui, au dernier étage de l'immeuble de la rue Joseph-Bara. Il se tenait assis sur son lit, un bloc non loin, un crayon dans une main, *Alcools* dans l'autre. Il espérait que la force des mots jointe à la douleur qu'il éprouvait depuis la disparition de son ami précipiterait ses doigts sur la page, l'aiderait à tracer des arabesques, une figure, une représentation de son âme. Il voulait peindre sa détresse pour lui ôter du poids.

Le flic s'empara du livre. Il alla à la fenêtre, et, mains derrière le dos, regardant la neige qui tombait sourdement, il récita le début d'un poème :

J'ai eu le courage de regarder en arrière
Les cadavres de mes jours
Marquent ma route et je les pleure

Il promena son regard dans l'atelier et constata :

« Il n'y a plus rien. »

Il était venu avant la guerre. Parmi les toiles qui se trouvaient là, il avait choisi les deux qu'il avait accrochées dans son bureau.

« J'ai monté tous vos étages pour vous proposer un exercice. Avez-vous du café ?

– Non, répondit Lev.
– De quoi vivez-vous ?
– De ce que je peux. »

Le commissaire invita Korovine au café de l'Observatoire, très fréquenté par les Russes. Lev but un chocolat et mangea un œuf et du pain. Zamaron se contenta d'un café crème. Pour la première fois, Lev songea qu'il ressemblait à Utrillo.

« On connaît le prix de la boucherie, énonça froidement le policier. Ça doit tourner autour des huit millions de cadavres. Plus vingt millions de blessés. Ça fera du monde en moins à la Conférence de paix.
– Ajoutez les spartakistes, grommela Lev.
– Ils ne comptent pas. C'est des bolchevistes. »

Le commissaire s'anima.

« Les casques à pointe ont mis quatre ans pour perdre la guerre et deux semaines pour l'emporter sur les rouges. Heureusement qu'on n'en avait pas dans nos troupes ! On aurait subi la pâtée en moins de deux ! »

Korovine ne voulut pas s'aventurer sur ce terrain.

« Comme cadeau de nouvel an, pétilla Zamaron, il fallait l'oser ! Fonder le parti communiste boche un 1er janvier ! Et ils nous font la galette moins de deux semaines plus tard ! L'insurrection de Berlin ! Pan ! Pan ! Vive la fève ! »

Le flic minuscule singeait les troupes gouvernementales, qui avaient écrasé le soulèvement en deux jours.

« Ça prouve qu'il leur restait encore des forces ! Remarquez, tant qu'ils se bouffent entre eux, on est tranquilles !...
– Rosa Luxemburg et Karl Liebknecht, c'était un double assassinat, répliqua froidement Lev.
– Ils les ont arrêtés et tirés comme des lapins, c'est pas niable, reconnut Zamaron.

– Alors ne le niez pas. Dites-moi pourquoi vous êtes venu chez moi.

– Si vite ? Alors qu'on n'a même pas débroussaillé le terrain des politesses matinales ? »

Lev ne répondit pas.

« Voulez-vous obtenir la nationalité française ? »

Il ne s'attendait pas à cette question. Il répondit que cela ne le dérangerait pas.

« Vous n'en avez jamais fait la demande ?

– Non.

– Voulez-vous que j'y pense pour vous ?

– Ce n'est pas ce qui m'importe le plus, répondit Lev.

– Je sais », répliqua le petit policier.

Il sortit une photo de la poche de son manteau et la montra. Lev reconnut Félix. Il se tenait devant la façade d'un grand magasin. Il portait une casquette. Une cigarette pendait à ses lèvres.

« Voilà ce qui vous importe le plus, n'est-ce pas ?

– Certainement.

– Vous l'appeliez comment ?

– Félix.

– C'était une identité provisoire.

– Il ne s'appelait pas Félix ?

– Pas plus qu'il n'était taxi. »

Korovine ne sut que dire. La stupeur l'empêchait d'ouvrir la bouche. Le commissaire Zamaron lui présenta deux autres photos de son ami. Sur la première, il était pris de face ; sur l'autre, de profil. Il tenait un morceau de carton sur lequel était inscrit un numéro.

« Ces deux photographies viennent de chez nous, dit le flic. Votre ami était un julot. Il employait des filles. »

Lev était abasourdi.

« Il n'était pas bien gros. Il n'en avait certainement pas plus de cinq ou six, et elles l'aimaient bien. Il les traitait avec respect. Il les emmenait promener le dimanche, il leur offrait du parfum…

– Mais pourquoi faisait-il croire qu'il était taxi ?

– Parce qu'il voulait sans doute le devenir. »

Mille questions se pressaient dans la tête de Lev. Il n'en posa aucune. Il savait que le flic avait raison : il se souvenait de l'étrange curiosité avec laquelle Félix avait observé *Le Bordel d'Avignon*, chez Picasso.

« J'ai une autre nouvelle, et elle n'est pas meilleure que la première.

– La première est surprenante plutôt que mauvaise, repartit Lev.

– La deuxième vous paraîtra franchement ahurissante.

– Je vous écoute.

– Là aussi, il ne s'agit pas d'écouter mais de voir.

– Alors montrez.

– Il faut une préparation psychologique… Soit vous assenez pour surprendre, soit vous ménagez pour annoncer. Les deux méthodes ont du bon, mais elles ne s'emploient pas dans les mêmes circonstances. Les malfaiteurs écopent de la première, les témoins, de la seconde. Et dans la vie, la problématique reste invariable : il n'y a que des malfaiteurs ou des témoins. Dans quelle catégorie vous rangez-vous ?

– Venez au fait, grommela Lev.

– Pas ici », répliqua le commissaire.

Il s'était levé. Il avait payé. Son manteau reposait déjà sur ses épaules. Il vérifia dans la glace la position de son galurin et entraîna Lev dans les mouillures de la neige fondue.

« Etes-vous prêt à affronter l'ombre, le nauséeux et le mal confortable ?

– Certainement, répondit Lev.

– A briser les scellés d'une chasse gardée ?

– Quelle chasse ? s'exaspéra Korovine. De quoi me parlez-vous ?

– De quelques œuvres planquées dans le noir des sous-sols.

– Soyez moins elliptique, gronda Korovine. Je ne comprends rien à vos propos.

– Marchons.

– Pour aller où ?

– Chez vous.

– Pourquoi cela ?

– La clé de votre mystère s'y trouve. »

Lev laissa échapper un rire incrédule. Le commissaire se haussa sur ses ergots de *policeman*.

« Pour l'heure, vous me blessez. J'enrage, mais je n'insiste pas : dans moins de deux heures, vous en pincerez pour moi. Vous direz que je suis le plus grand lampion de la préfecture.

– Vous avez une piste ?

– J'en ai deux.

– Qui nous conduisent où ?

– L'une à l'autre, à mon avis. »

Lev renonça à comprendre. Zamaron n'était pas Galea. Il finirait par savoir.

A son grand étonnement, comme ils atteignaient le boulevard, le commissaire pointa le doigt sur une cimaise à laquelle il était loin d'avoir songé. Le flic voulut savoir si Lev se souvenait du locataire qui l'avait précédé au dernier étage du phalanstère de la rue Joseph-Bara.

« Evidemment.

– L'avez-vous bien connu ?

– Assez, mais pas plus. »

Sur un point au moins, il partageait une histoire semblable avec le peintre Pascin. Celui-ci aussi avait été chassé par l'assemblée des familles. Cela se passait non pas à Kichinev mais à Bucarest, en Roumanie. Pascin n'avait pas peint une amoureuse mais plusieurs. Non la sienne mais celles de toute une ville. Il était l'amant de la patronne du plus grand bordel de Bucarest. Il avait exercé ses talents de peintre et de dessinateur auprès des filles de la maison. Lorsqu'il avait découvert les œuvres de son fils, Marcus Pincas l'avait prié de s'éloigner et, surtout, de changer de nom. Ainsi Julius Mordecaï Pincas était-il devenu Jules Pascin.

« Etes-vous arrivé à Paris avant lui ? questionna Zamaron.

– Quelques semaines plus tôt. Il venait de Vienne.

– C'était le plus riche d'entre vous… » compléta le commissaire.

Korovine pensait à tout autre chose.

« … Il travaillait pour un journal allemand qui lui versait près de quatre cents francs par mois. Un généreux, cet homme-là. Il avait toujours une cour derrière lui. Il payait tout.

– Où est-il ? demanda brusquement Lev.

– Avant la guerre, en Belgique et en Angleterre. Maintenant, s'il faut se fier à la rumeur, quelque part sur le vaste continent américain.

– En Argentine ?

– Peut-être en Argentine. »

Des brumes prenaient forme dans l'esprit de Lev. Elles s'assemblaient en nuages, et ces nuages lui indiquaient une direction à suivre.

« Pourquoi m'avez-vous parlé de Pascin ?

– Je l'aimais beaucoup, figurez-vous. Il était légèrement obsédé, ce qui n'était pas pour me déplaire. Quand elle l'exposait, Berthe Weill le mettait toujours dans un coin pour ne pas choquer les clients de passage. »

Bien qu'il en connût toute la réalité, ce n'était pas cette image que Lev conservait du peintre bulgare. Il le voyait comme un homme certes très entouré, amis, femme et maîtresses, mais néanmoins profondément isolé, enfermé dans une tragédie dont il ne possédait pas la clé. Lorsqu'il arrivait au Dôme, Pascin n'était pas seul à pousser la porte. Il n'était pas seul non plus à s'asseoir, à commander et à rire. Mais la plupart du temps, il était ailleurs. Eloigné des frasques de ses bandes. Payant pour tous, et même pour les inconnus sans le sou des tables voisines dont il dérobait subrepticement les notes. Le roi de fêtes dont il s'excluait avec politesse, assis à l'angle d'une table, portant melon noir, costume noir et écharpe blanche, d'une extrême élégance, vérifiant d'un coup d'œil les verres de chacun – excessif, outrancier, fornicateur, apatride, déraciné, timide, inquiet.

Il se distinguait des peintres de la petite communauté car il était le seul à qui les illustrations rapportaient des appointements réguliers. Le seul aussi à franchir régulièrement les frontières pour inaugurer des expositions qui lui étaient consacrées. Le seul enfin dont la vie était à ce point marquée par les pensionnaires de tous les bordels du monde. C'était à cela précisément que pensait Lev. Du rapport existant entre Félix, barbeau-taxi, Galea et la maison de la rue Pasquier, Pascin et sa maîtresse de Bucarest.

Il posa la question au commissaire Zamaron. Lequel

grignota une espèce de ricanement avant d'abandonner une partie du morceau.

« Nous y voilà », fit-il.

Il stoppa net ses croquenots dans le ruissellement du caniveau.

« Nous allons tirer un autre coin du voile. Etes-vous prêt ? »

Lev dit que oui. Zamaron vérifia d'après l'expression du visage. Il glissa une main dans la poche plastron de sa veste et en sortit une deuxième photo.

« Elle vient pareillement de nos services », commenta-t-il brièvement.

Et il ajouta, après que Korovine eut marqué sa stupeur par un raidissement de tout son être :

« C'est ce qu'on appelle un haut-le-corps. »

Le numéro n'était pas le même, et il n'y avait qu'un cliché la montrant de face. Sans fard, telle que Lev lui-même ne l'avait jamais vue. C'était comme si, photographiée au saut de ses humeurs, elle n'avait pas eu le temps de revêtir les masques de séduction dont elle s'affublait pour se promener sur les chemins de l'existence. Le regard était marqué par une violence mise à nue. Etroit, très court, obtus, comme le front.

« Ceux qui l'ont interrogée me l'ont décrite comme pugnace, têtue, rancunière et n'aimant rien que l'argent. Ça ne se voit pas aussitôt, et il faut même soulever bien des jupons pour découvrir ces dessous-là.

– Travaillait-elle pour Félix ? balbutia Lev.

– Pas “pour”. Avec. »

Et comme Korovine se refusait encore à voir tous les détails du tableau exposé devant lui, le petit flic précisa :

« Votre ami Félix était un dos d'azur. Et elle, une

marloupine. Ils faisaient des affaires ensemble. Ne vous l'a-t-elle jamais laissé entendre ? »

Il considérait Lev avec curiosité.

« Elle refusait de répondre à mes questions.

– Cela se comprend ! » s'écria le commissaire en obliquant dans la rue Joseph-Bara.

Zamaron tirait sur la manche de Korovine. La colère le faisait zigzaguer.

« Votre bonne amie, ignorez-vous où elle est présentement ?

– Je n'ai plus de nouvelles.

– En voulez-vous ?

– Non, répondit Lev fermement.

– Je vous en donnerai quand même ! »

Ils passèrent devant Mme Salomon. Elle les regarda comme deux doux dingues échappés d'un indiscernable lointain.

« Votre abbesse a pris le bateau ! Elle vogue sur les mers ! Elle compte la galette ! »

Au coin de la rue d'Assas, le petit flic réalisa que ses pas l'avaient mené trop loin. Sans lâcher Lev, il fit demi-tour et remonta vers le numéro 3.

« Pascin vous a-t-il laissé des œuvres, des cartons à dessins ou des valises ? »

Korovine dit que non.

« Alors nous ne monterons pas. Nous descendrons. »

Il avisa la dame Salomon. Elle était campée devant sa porte, poings aux hanches et mèche en bataille. Zamaron se grandit sur ses pointes. L'Auvergnate en fit autant.

« C'est vous la pipelette ?

– Si j'ai une tête de pipelette, vous avez un air de bec de gaz.

– Flicadart, rectifia Zamaron, et gradé s'il vous plaît.

– A vous voir passer avec mon locataire, j'avais bien compris que vous étiez une sorte d'escargot de trottoir.

– Dévoué à la préfecture. C'est un trottoir de luxe. Vous voulez ma carte ?

– La bobine suffit. C'est pour quoi ?

– Visite de cave.

– On a la distinction qu'on peut.

– Il me faut une lampe à alcool et la sérénité. Je ne veux pas être dérangé.

– Personne n'aurait d'idée aussi bête ! »

Mme Salomon chercha Lev du regard. Il était resté en retrait, appuyé au coin de son esprit, buvant les nouvelles récentes.

« Je présume que c'est votre cave que monsieur veut visiter ?

– Vous présumez comme il faut, répondit Zamaron.

– Je vais vous chercher la lumière qui vous manque. »

Le commissaire ne releva pas l'offense. Lev s'approcha.

« Que va-t-elle faire en Argentine ? demanda-t-il.

– Voyager.

– Et puis ?

– Nouer des relations.

– Dans quel but ?

– Cette dame fait du commerce, déclara le flic en tirant la lèvre. Un genre d'import-export. Elle prend la marchandise à l'arrivée des trains, elle la dégrossit, elle la nourrit, elle la vêt, et elle l'embarque. Elle vend de la Bretonne ! De la Polonaise ! Du mignon tout tendre qu'elle traque derrière les frontières pour l'embarquer jusqu'au sud de l'Amérique ! Parce que l'Argentine, c'est ça, jeune homme ! Vous ne le saviez pas ?

– La marchandise... » tricota Lev

Il n'ajouta rien. Il avait compris.

Le flic avait ouvert les malles de Pascin. Il en fouillait le contenu. La lampe à alcool diffusait une clarté jaunâtre qui creusait les aspérités de la voûte. Lev observait. Il ne comprenait pas où Zamaron voulait en venir. Le petit homme regardait soigneusement les œuvres que le peintre bulgare avait entreposées dans la cave avant de quitter la rue Joseph-Bara : des petites filles peintes à l'aquarelle ; des caricatures de bourgeois, crayon ou plume ; Hermine David, la lèvre rouge, l'œil fuyant ; des danseuses de french cancan ; des couples grotesques ; des spectateurs à Bobino ; des jeunes femmes vêtues, nues, allongées sur des sofas ou debout face à des hommes les observant… Il y avait quelque chose de terriblement déplacé à regarder ainsi les œuvres d'un peintre en son absence. Une cave n'est pas une galerie. Lev se tenait à l'écart, appuyé à la pierre. Il suivait les gestes de Zamaron. Celui-ci sortait les dessins des malles, les glissait sous la lumière de la lampe à alcool, commentait, replaçait.

Que cherchait-il ?

« Une œuvre, naturellement !

– Mais quelle œuvre ?

– Vous la verrez si je la trouve. »

Tout en fouillant, le commissaire se tressait sa propre

couronne. Il expliquait que cette affaire lui tenait d'autant plus à cœur qu'elle était la seule, en deux décennies de carrière, qui fît appel à ses compétences de flic autant qu'à celles du collectionneur. Qui se terminerait peut-être par un double hommage rendu aux deux branches maîtresses sur lesquelles sa vie s'appuyait : la carambouille et l'artistique.

« C'est pour cela que je vous aime, dit-il en adressant un sourire heureux à Korovine. Grâce à vous, mes gratouillis schizophréniques vont finir sous mes chausses. Loin de la tête. Guérison assurée ! »

Il brandit le dessin d'une jeune femme occupée à lacer ses souliers.

« Mon drame, cher peintre et ami, c'est que je n'ai jamais acheté une seule œuvre de Pascin. Exposer ses mômignardes à la préfecture ? Impossible. Au Quai, on aime les bordels, mais seulement quand on les ferme. A regarder, c'est indélicat. Quant à acquérir autre chose de Pascin, il n'en est pas question : chacun de ses traits me ramène à la cuisse et à la chair.

– Vous exagérez.

– Ma nature est chaude.

– Quelle œuvre cherchez-vous ?

– Un dessin… Sur carton, il me semble. Un des rares que Pascin se refuse absolument à vendre.

– Que montre-t-il ?

– Deux femmes. »

Le petit flic se tut. Il referma le couvercle de la malle qu'il avait ouverte, se saisit d'une autre, la dernière, qu'il plaça au milieu de la pièce. Il approcha la lampe à pétrole.

« L'ultime chance », fit-il.

Les gonds grincèrent. Zamaron se frotta les mains.

« Au travail. »

Lev vint derrière lui.

« Figurez-vous que j'ai une grande mémoire artistique. Il me suffit de voir pour me souvenir. Dans l'atelier que vous occupez présentement, j'ai repéré quelque chose qui devrait vous intéresser. C'était en 13, je crois… Du temps où Pascin habitait là. L'hiver 13, si mes souvenirs sont justes. Veuillez repasser devant moi. »

Lev obéit.

« N'oubliez pas que je suis flic. J'aime lire sur les visages des témoins ou sur ceux des malfaiteurs le malheur ou le bonheur né du résultat de mon travail. »

Il observait un dessin avec une certaine satisfaction. Il hocha doucement la tête et sortit la photo de Galea de sa poche plastron. Il la mit à côté du dessin.

« Très fort, murmura-t-il pour lui-même. Grande mémoire. Un pif de maréchal ! »

Il regarda Lev.

« Je vais devenir votre meilleur ami.

– Montrez-moi…

– Mon esprit vaut mieux que n'importe quelle oreille du sieur Bertillon, se félicitait le commissaire. Admirez le travail. »

Il tendit le carton à Lev. Celui-ci le prit et se baissa vers la lampe à alcool. Dans l'ombre de la cave, sous le regard très fier du flic Zamaron, il vit deux femmes. L'une était assise sur un canapé. L'autre se tenait debout derrière elle, une main posée sur l'épaule de la première. Plume et crayon gras. Fond d'aquarelle. Format 22 × 26 cm.

« Je ne sais rien de plus, commenta le petit policier. Ni de quand date la peinture, ni où elle a été faite. A votre avis, faut-il voir là une grande ressemblance, ou est-ce la même personne ?

– La même.
– Et la deuxième ?
– La même », répéta sourdement Lev Korovine.
Le regard brouillé, il considérait, interdit, les silhouettes, les vêtements, les traits des deux femmes.
L'une était Galea.
L'autre était Mareva.

Pendant longtemps, il traîna boulevard Malesherbes, numéro 3, compagnie des Chargeurs réunis. Il se plantait devant la vitrine, tournait le dos au navire qui exhibait ses trois cheminées. Il surveillait qui entrait, qui sortait. Parfois, il poussait la porte à tambour et s'aventurait sur la moquette épaisse d'un espoir de voyage.

Il n'avait pas les moyens.

Il se contentait d'effleurer les comptoirs d'acajou, de noter des horaires, des villes d'escale – Bilbao, Porto, Ténériffe, Dakar, Rio, Montevideo.

Il observait la clientèle. Il cherchait le macrotin. Il voulait qu'on lui dise ce qu'il ne pourrait découvrir seul.

Le soir, à l'issue de ses pérégrinations, il passait par la rue Pasquier. Mais le bordel avait été fermé.

Du côté de la préfecture, les nouvelles n'étaient pas meilleures. Après enquête, le commissaire Zamaron avait refermé le dossier Mareva : la jeune personne était inconnue des services de l'hygiène, des douanes et de la maréchaussée.

A la fin de l'hiver, Korovine donna son congé de l'atelier de la rue Joseph-Bara. Il entreposa ses quelques biens à côté de ceux de Pascin, dans la cave.

Il gagna les ports d'où partaient les bateaux pour l'Argentine. Il traîna sur les embarcadères du Havre, de Bordeaux, de Marseille, à Hambourg, à Anvers. Il connaissait les jours et les heures des arrivées et des départs des navires pour Buenos Aires. Il passait d'un port à l'autre dans les wagons des trains. Pendant de longs mois, sa vie fut rythmée par les horaires des bateaux de la compagnie Sud-Atlantique. Il parcourut en tous sens les quais de la traite des blanches. Il y perdit les dernières légèretés de sa jeunesse, celles que la guerre n'avait pas incendiées. Il cherchait une femme, il en rencontra dix, cent, mille, qui comptaient en pesos des années de trottoir.

Il chargeait et déchargeait les marchandises. Lorsque les souffrances de son dos l'empêchaient de porter les caisses, il vendait des têtes de caméléon sur fond rouge. On les lui achetait comme une aumône.

Il connut bientôt tous les marloupattes venant en remonte en France afin d'y quérir de la marchandise nouvelle. Il n'éprouvait rien pour ces faux protecteurs, comme, d'ailleurs, il n'éprouvait rien pour les grisettes qui les accompagnaient ou pour d'autres qui, avant guerre, eussent suscité sa compassion. Il ne se révoltait pas contre ce monde-là, si paisible, si inoffensif, vierge en quelque sorte comparé aux dévastations de la guerre. On crevait au front. On tapinait sur les trottoirs de Buenos Aires. Là-haut, on avait tout perdu, même la vie. En bas, on gagnait de quoi se vêtir. Les généraux en armes envoyaient leurs hommes au feu, et lorsqu'ils refusaient de mourir déjà, ils les précipitaient face à des pelotons d'exécution qui les crevaient pour l'exemple. Les dariolets lançaient leurs femmes sur d'autres trottoirs. Nul souteneur n'atteignait en puissance, en immoralité, ceux qui commandaient au front. Dans le détestable, il n'y avait pas pour Korovine de différence mesurable entre un bordel et un champ de bataille. Il y avait perdu la vie. Si ce n'était la vraie, c'était l'idéale. Il connaissait les basses-fosses du monde. A ses yeux, les galons des souteneurs valaient ceux de tous les maréchaux d'Empire.

Onze heures contre lui.

Korovine ne pouvait tuer son ami une autre fois.

Il cherchait Mareva dans l'œil des filles embarquées. Il y lisait l'espoir, la révolte domestiquée, la résignation. Il les suivait le long des quais. Parfois même, il les devançait. Il sortait un bloc et un crayon de son long manteau noir, s'appuyait contre un ponton d'amarrage et attendait une manière d'inspiration.

Il mettait des noms sur les visages. Félix en barbeau, le costume clair, la cravate soigneusement nouée, une jeune fille, cousette ou modiste, attentive et aux petits soins pour ce Père Noël qui l'avait emporté sur tous les autres grâce à des chapeaux, des bas de soie qui n'étaient que des bons pour plus tard, les premiers jetons d'un investissement rentable.

Il imaginait Mareva, en larmes peut-être, comme les autres, après que Félix eut dit qu'il était marié.

Il imaginait aussi Galea, à la réception. Mère maquerelle dévouée. Epouse de Félix, mais seulement pour affaires. A la douane de Buenos Aires, elle jouait la cousine des pampas venue chercher la jeunesse de France. Et la jeunesse roulait. Elle s'accommodait de tout. Les pleurs se tarissaient. En Argentine, la vie était bien douce. On pouvait même envoyer de l'argent aux familles. Finalement, il ne fallait pas se plaindre.

Lev posait des questions. Il apprit ce qu'il voulait

savoir : dans le monde du trottoir, les passants ne sont jamais anonymes.

Félix avait six filles. Deux à Buenos Aires, deux dans le Nord, une à Mar del Plata, une à Tucuman. Elles ne le détestaient pas. Il avait le cœur tendre. Et une moralité : en 1912, il avait abandonné Galea, le commerce et l'Argentine, pour devenir taxi à Paris. Il avait quitté le pays d'au-delà des mers avec Mareva. Il l'avait enlevée du quartier chic de Palermo. Elle n'était pas revenue là-bas.

S'il avait été persuadée qu'elle y fût encore, Korovine eût embarqué comme passager clandestin. Mais après deux ou trois cents jours passés dans les ports, sur les quais, les ponts et les décharges, il n'ignorait plus rien de la vie des filles d'Argentine. Mareva ne s'y trouvait pas. Ou si elle s'y trouvait, c'était sous un autre nom.

Quel nom ?

Même son identité restait incertaine. Lev cherchait Mareva. Mais Galea lui avait assuré que la femme qui accompagnait Félix à la Peau de l'Ours ne s'appelait pas ainsi. Eve. Pas Mareva.

Il n'avait aucune chance de la retrouver. Il ne peindrait plus jamais.

Un matin, il posa les pinceaux de sa recherche et s'allongea dans un nœud de cordes, face au large. Il s'était enveloppé dans le manteau noir de son pays, et il regardait venir la mer. Plus tard, mêlée au ciel, elle deviendrait un linceul. Il voulait que ce fût comme Guillaume : inéluctable et rapide. Il se disait qu'il aurait pu faire en sorte que cela vînt plus vite encore, mais tous ses sens s'y refusaient. Son corps se cabrait à la seule figuration d'une violence. C'était à cause de la guerre. Il ne concevait pas sa propre image abîmée de quelque façon que ce fût. Ni le visage bleui, la tempe creusée, le ventre gonflé. Pas de sang. Pas de dislocation. Comme un sommeil. Il l'observerait descendre vers lui, très doucement. Il eût souhaité étreindre Chloé fortement contre lui, et il eût fermé les yeux, murmuré un nom en trois syllabes, onze heures ainsi, en paix, dans la paix.

Mais c'était le ciel, et la mer, plus loin. D'un gris à mourir. D'un gris infini. S'il avait peint cette toile-là, un artiste allongé auprès de sa vie finissante, dans un port, en hiver, il eût choisi ce fond-là. Un lavis très mouillé, dense, d'une sombre clarté, comme une œuvre de Turner.

Lev se rappelait qu'il faisait presque nuit quand son père avait troué puis jeté par la fenêtre le portrait de la jeune fille de son pays, et qu'il était allé le chercher, sachant que cet homme serait toujours celui qui avait voulu détruire son art, l'art, que toutes les petites raisons du monde, les mesquineries d'une famille ou des hommes ne valent jamais qu'on s'attaque à cela, l'art, une manière de dire et de parler. Il ne pouvait plus dire, ni parler. La guerre avait réussi là où son père avait échoué. Il y avait au fond de lui, au fond mais débordant de partout, un poids qui avait gonflé faute de pouvoir être traduit, qu'il n'était pas parvenu à sortir de lui-même, et ce poids avait pris toute la place, envahissant ses nerfs, son sang et ses cellules, l'étouffant finalement car trop lourd pour rester supportable.

Lev savait quelle œuvre il eût réalisé s'il avait pu. Il ne doutait pas que la chose fût sortie de lui. Un nu. Un nu couché.

Lorsque le gris ardoise vira au noir, il avait faim, il avait froid, il ne bougea pas. Il entendait le mouvement des vagues. Cela lui rappelait les soupirs de la mer Noire, celle de son enfance.

Il ferma les yeux sur ceux d'Apollinaire. Il resta avec Guillaume le temps que les couleurs s'éclaircissent de nouveau. Son visage était mouillé. La neige descendait doucement sur la terre. Il serait enseveli. Comme les sols retournés dans les champs de la Marne. Mais ce serait autrement puisqu'il n'éprouvait pas le besoin de se couler à la glaise, face en elle, pour ne pas voir les déchirures du corps qu'aucun obus, aucun shrapnel n'atteindrait. Ce serait seulement les tendres flocons d'une mort en temps de paix.

D'après ce qu'il sut plus tard, calculant le temps écoulé entre le début de ses rêveries moribondes et le moment où il reprit connaissance, il était resté un jour, une nuit et la moitié d'un autre jour allongé sur le nid de cordages. Il ne comprit pas aussitôt où il se trouvait, mais rien n'était comparable et il ne confondit pas le lit d'hôpital de naguère et la souple couche de cet après-midi-là.

C'était une pièce assez vaste, tout en bois, rose depuis les rideaux jusqu'aux coussins des deux sièges, les draps, la couverture, la petite table sous la fenêtre, le plafond peint. Il y régnait une odeur de réglisse et de nougat. La mer apparaissait sur la droite, un mur de rochers sur la gauche.

Lev était nu entre les draps. Il se leva. Un poêle allumé répandait une douce chaleur dans la pièce. Il s'entoura le corps d'une serviette et ouvrit la porte. Le froid le saisit aussitôt, mais il resta sur le seuil. Il se trouvait dans un cabanon bâti sur la plage. D'autres constructions du même genre apparaissaient plus loin, dans un brouillard sali et pâle. Le port se profilait à l'horizon. La corne d'un navire invisible trouait le silence. Il n'y avait pas un mouvement sur la plage.

Lev referma la porte. Une quinte de toux le courba vers le sol. Il s'assit sur une chaise, reprit sa respiration. Un trouble le saisit. Il s'affaissa, brûlant soudain. Il ne voulut pas revenir sur le lit pour ne pas être trouvé là, dans une dépendance qu'il jugeait insupportable.

Du regard, il chercha ses vêtements. Il ne les trouva point. La fièvre l'assaillit de nouveau. Il demeura sur la chaise, d'abord raide et bien droit.

Lorsqu'elle revint, plus tard dans l'après-midi, elle le trouva enveloppé dans la serviette, le visage enfoui au creux de son coude replié, sur la table, ayant replongé dans les limbes d'une demi-conscience.

Il en émergea le surlendemain. Elle ne lui posa aucune question. Il fit montre d'un silence comparable. Elle ne lui demanda pas comment il s'était retrouvé sous la neige, allongé sur des cordages trempés. Il ne l'interrogea pas sur ce qu'il vit tout d'abord de son corps, avant le visage, le sourire, l'expression, avant même la voix et le geste qu'elle eut pour lui, se penchant, attentive, sur son front brûlant : le bras gauche coupé à hauteur de l'épaule. Ils ne se confièrent rien de leur histoire. Ni Mouna ni ses trois amies, qui logeaient dans les cabanons de la plage. Ils admirent que chacun d'eux portait une blessure, celle-ci les réunissant avant toute chose. Ils étaient à la fois hors du monde et en lui, incapables de se trouver au milieu d'une géométrie quelconque, mais sur les bords, ne voulant à aucun prix rejoindre les centres.

Mouna allait de son cabanon à celui des autres. Elle avait abandonné sa maison à Lev, le temps qu'il retrouvât ses forces. C'était la sienne car elle se trouvait être la première après le chemin de halage, et que Lev étant lourd, elles l'avaient déposé là après l'avoir porté. Elles considéraient cependant qu'il était leur ami à toutes. Le sacrifice consenti par Mouna valait celui de ses trois amies : elles avaient modifié leurs horaires et leurs habitudes afin de pouvoir poursuivre leur travail en dépit d'un lit en moins. Elles se relayaient à son chevet, aimables et joyeuses. Il se laissait faire. Indifférent à lui-même, il acceptait d'être porté dans un sens plutôt que dans un autre. Les jeunes filles appartenaient au monde de Félix, à celui de Mareva. Lev comprenait qu'il n'y échapperait pas. S'il s'était laissé choir face au large, sous la neige, c'était parce que rien ne l'appelait plus, sinon cela peut-être, et encore ne s'agissait-il pas d'un choix : il était comme une poussière aspirée par un courant d'air. Tous les chemins s'étaient fermés devant lui. Même la volonté qu'il avait eue de rester avec Guillaume.

Elles le soignèrent. Elles le nourrirent. Jusqu'à ce jour de janvier 1920 où, par des chemins de hasard, lui parvint une lettre de Chloé. Elle écrivait qu'elle avait envoyé des mots semblables dans tous les ports d'Europe. Il fallait qu'il revînt à Paris. Dedo était malade. Dedo était très malade.

Korovine dit à ses amies qu'il allait partir. Elles demandèrent où, il répondit : « Paris. » Elles ne connaissaient pas Paris. Elles rêvaient d'y aller. Il les emmena.

Le 22 janvier, il débarqua gare du Nord. C'était par cette gare qu'il était arrivé de Russie, quinze ans plus tôt. Par cette gare encore qu'il était revenu du front, après Sainte-Marie-aux-Mines. Il s'y trouvait pour la troisième fois.

Il descendit aussitôt vers Montparnasse. La ville avait changé à l'inverse de lui-même. Elle avait gagné les couleurs qu'il avait perdues. Elle était claire sous la neige, lumineuse et tranquille. Malgré le froid, les passants n'arboraient plus les mines fermées et moroses qu'ils avaient en temps de guerre, lorsque la vie serpentait entre les files d'attente, le couvre-feu et les inquiétudes. On entendait des trompes et des klaxons, des rires d'enfants, des exclamations, aussi. Korovine découvrait ce qui avait manqué pendant quatre ans : le bruit. La vivacité sonore des jours ordinaires.

Il traversa le jardin du Luxembourg, sortit par les grilles de Vavin, remonta par Notre-Dame-des-Champs et s'enfonça dans la rue de la Grande-Chaumière. Plus loin, il aperçut la silhouette de Soutine qui s'engouffrait sous le porche d'un immeuble.

Il suivit.

Il grimpa les escaliers jusqu'à l'étage où vivait Modigliani. La porte était ouverte. Salmon et quelques autres parlaient à voix basse près de la fenêtre. Les conversations cessèrent lorsqu'il entra. Il salua l'assemblée d'un petit signe de la tête et stoppa à quelques pas du lit. Jeanne Hébuterne était assise sur le matelas, jambes pendantes. Un homme était penché par-dessus un corps allongé. Korovine entendit une toux rauque et déchirante. Il fit un pas. Kisling quitta le petit groupe. Il vint vers Lev. La stupeur imprimait un pli longitudinal sur son front.

« Tu es là, dit-il dans un souffle… Tu es rentré… Il faut que tu voies Dedo. »

Korovine ne pouvait bouger. Il ne regardait ni Kisling ni les autres, mais seulement le lit où, blanche, hiératique, penchée vers le malheur, Noix de Coco écoutait le médecin prononcer son diagnostic.

« On les a découverts ensemble, chuchotait Kisling. Elle était recroquevillée contre lui pour lui donner un peu de chaleur. Modi avait perdu connaissance. »

Des boîtes de conserve traînaient dans l'atelier. Le poêle tirait, chauffé à blanc. Une femme que Korovine ne connaissait pas enfournait des boulets dans la gueule du Godin. Cependant, la pièce était glaciale : la chaleur n'avait pas encore gagné les murs.

Le médecin se détourna.

« Il faut l'emmener à la Charité. Tout de suite. »

Il y eut un mouvement dans l'atelier. Lev s'approcha du lit. Dedo avait les yeux clos. Il était blanc, exsangue. Il murmurait des mots incompréhensibles, italien et français mêlés. Il serrait convulsivement la main que Noix de Coco avait glissée entre les siennes. Son souffle, lent et irrégulier, se brisa soudain sur une quinte de toux qui déforma les traits, soufflant les joues, la bouche, les yeux.

Cette toux rauque et déchirée chassa Lev. Il descendit les escaliers en courant. Il croisa Max Jacob qui montait et à qui il ne parla pas. Le poète se retourna. Korovine dégringola les marches, glissa sur le trottoir enneigé et se réfugia dans le jardin du Luxembourg, assis, transi, devant le bassin gelé. Il fixa la fontaine, stalagmite boursouflé qui lui apparut comme une tête, une cariatide, ces sculptures que Modigliani s'épuisait à tailler dans la cour de la cité Falguière. *Cara Italia !* A la vitesse du vent, quelques images se présentèrent à Lev, aussitôt chassées par d'autres : Dedo la première fois, lorsqu'ils poussaient la carriole ; Dedo plus tard, à la terrasse des cafés, dessinant avec la grâce d'un prince ; Dedo offrant cent sous à un clochard de la rue ; la salve d'honneur tirée sur toute la longueur du front pour fêter l'entrée en guerre de l'Italie, un jour de 1915… Les visions venaient à Korovine comme des sourires. Elles provoquèrent une chaleur sur ses joues, une tiède caresse qui gerça aussitôt. Les larmes. Lev en avait oublié la saveur salée depuis qu'il avait quitté son pays.

Il se leva lorsque tombèrent des flocons épais qui s'amassèrent peu à peu alentour. Il shoota dans la neige, les racines sous la neige, frappant l'infernale nature, le destin sans hasard. Il lui paraissait normal que Dedo fût atteint après Apollinaire. Que lui-même, avec le reste et le reste du reste, fût amputé du peu que l'insupportable sort lui avait laissé. Il devait comprendre que la guerre n'était pas seulement au front. Elle était partout.

Il se jura que si Modigliani mourait, il se laisserait emporter par les tempêtes les plus violentes, ne combattrait aucun élan, aussi abject fût-il. Il accepterait ce qui lui serait donné.

Il descendit vers la Seine, rue Jacob, à l'hôpital de la Charité. Dedo était à l'agonie. Il réclamait sa fille, née quelques mois plus tôt, et son autre enfant, que Jeanne portait encore. Il demandait ses amis, et ses amis étaient là. Il voulait partir sous le regard des siens, accablés et muets. Ils l'entouraient, incapables de le secourir ou d'aider Noix de Coco, pétrifiée par le chagrin. Nul ne remarquait Lev, qui ne remarquait pas les autres. Tous étaient comme une main repliée s'efforçant de retenir au creux de la paume un filet d'air, une coulée de sable, l'espoir que Modi resterait là, parmi eux, parce qu'une méningite tuberculeuse, forcément, n'est pas mortelle dans tous les cas.

La main s'ouvrit pour toujours le 24 janvier à 20 h 50. Jeanne n'était pas là. Lev accompagna son ami italien jusqu'à la morgue de l'hôpital. Il regarda sans l'aider Kisling prendre le masque mortuaire de Modigliani. Le lendemain, il resta dans un coin de la pièce toute blanche. Les fleurs arrivaient, les couronnes, les peintres de la Ruche et de la cité Falguière, les amis du Dôme et de la Rotonde, Jeanne, ravagée, blanche comme la chaux, qui s'allongea sur le corps de son amour et refusa de s'en défaire. Des télégrammes furent déposés au pied du lit, envoyés de France et d'Italie. Chloé vint le matin, revint l'après-midi, et le soir. Elle voulut rester avec Lev, mais il refusa. Il était comme avant, sauf que la mer l'avait enseveli tout à fait, une plaie vive de part en part, brûlé, fendu, noyé.

On emmena Jeanne avant la nuit. Chez ses parents, rue Amyot. Korovine n'apprit que plus tard pourquoi elle n'était pas à l'enterrement de Dedo. Ou plutôt, il l'apprit aussitôt mais il ne le retint pas. C'était au-delà de ses forces. De ce qu'il pouvait admettre et entendre.

On emmena Jeanne avant la nuit. Elle et l'enfant qu'elle portait. A trois heures du matin, comme Paris dormait, et Modi aussi, et comme elle considérait que sa vie était finie, Noix de Coco prit son ventre dans la coupole de ses mains, tangua doucement jusqu'au salon avec cette démarche rendue chaloupée par neuf mois de grossesse, ouvrit la fenêtre, ne regarda rien, ne poussa aucun soupir, enjamba la rambarde et sauta dans le vide. Elle s'écrasa, elle et son enfant, cinq étages plus bas, au pied de l'immeuble.

Au matin, un homme qui poussait une carriole découvrit le corps brisé, disloqué, sans vie. Il le prit dans ses bras, demanda le concierge, remonta les cinq étages. Le père Hébuterne ne voulut pas de sa fille chez lui.

« Elle habite rue de la Grande-Chaumière. »

L'homme redescendit, déposa son fardeau dans la carriole et l'emporta jusqu'à la rue de la Grande-Chaumière. On fit un lit. On mit des fleurs.

Jeanne n'était pas à l'enterrement de Dedo.

On traversa tout Paris, de l'hospice de la Charité jusqu'au Père-Lachaise. La foule était immense. Une collecte fut organisée parmi les peintres afin que l'enfant née quelques mois plus tôt, l'enfant orpheline de Jeanne et d'Amedeo, pût vivre. Chacun donna une toile. Lev voulut offrir les œuvres que tous avaient peintes longtemps auparavant, dans l'atelier de Foujita. Cela lui fut refusé. Alors il fit ce qu'il savait faire : un caméléon.

Le soir de l'enterrement, il dormit chez Chloé. Le lendemain, il rejoignit Mouna et ses amies. Il voulait rester là. Loin de Montparnasse et des terres qu'il avait tenté de conquérir. L'infinie saloperie avait brisé sa vie. Même en temps de paix, elle continuait à lui faire la guerre. Il rendait les armes.

Je ne suis pas un honnête homme, heureusement.

Alfred Jarry

Ainsi commença-t-il dans le métier.

Il vécut quelques semaines avec les filles du Havre dans des hôtels de la rive droite. Elles travaillaient sur les boulevards depuis la tombée du jour jusqu'au milieu de la nuit. Elles se campaient au croisement de Saint-Denis et de Sébastopol, une sur un trottoir, trois sur l'autre, à cent mètres de distance. Elles arpentaient, abordaient, suivaient, faisaient, encaissaient.

Korovine ne s'occupait pas de leur activité. Il ne recevait pas d'argent d'elles. Elles lui offraient l'hôtel et l'invitaient à dîner. Il était capable d'imaginer Félix dans le rôle qu'elles voulaient lui voir jouer, mais, pour autant, ne s'y voyait pas lui-même. Il se contentait de l'acceptable, un sordide à sa mesure. Il suivait les filles à distance et se montrait lorsqu'un quidam semblait devenir menaçant.

Quand elles en eurent assez de ces trottoirs-là, il les emmena au Palais-Royal et au bas des Champs-Elysées. Il découvrit un médecin pour les auscultations et les certificats. Il choisit pour elles les chambres où montait la clientèle. Lorsqu'elles furent harponnées par des barbillons à la dégaine chaloupée, avec bagues et perlouzes apparentes, il proposa de les ramener au Havre, dans les cabanes du bord de l'eau.

Mais elles avaient pris goût à la capitale. Elles ne voulaient plus rentrer. Mouna, surtout, qui avait découvert que son bras coupé rapportait plus sur les trottoirs des villes que sur les quais des ports : là-bas, il était faiblesse ; ici, il se parait des couleurs monnayables de la curiosité et de l'insolite.

Elles n'étaient cependant pas assez robustes, même à quatre, pour se défendre seules. Et comme elles se refusaient à dépendre d'un homme qui ne fût pas Lev, il dut leur trouver des maisons.

Il retourna rue Pasquier. Le bordel avait rouvert ses portes. Il tomba sur la dame du ménage qu'il connaissait. Il dit qu'il voulait présenter quatre filles à la patronne. La femme le considéra avec étonnement. Elle demanda :

« Vous vous êtes fait placeur ? »

Il dit que non. Il ne savait pas ce qu'était un placeur. Elle ne lui donna aucune explication. Elle se contenta de le toiser avec un léger mépris. Puis elle lâcha :

« Vous n'aviez pas l'allure ! »

Il ne répondit pas. Elle insista :

« Je n'avais pas l'impression que vous étiez du même monde.

– Peut-être », éluda-t-il.

Dans son regard, il lisait plus encore qu'une condamnation : une déception. Elle le fixait avec tant de dédain qu'il finit par perdre patience. Il dit que les hommes étaient peut-être tous du même monde, qu'il suffisait certainement de circonstances particulières pour qu'ils se dévoilent.

« Quelles circonstances ?

– Elles sont personnelles à chacun.

– Et pour vous ?

– La guerre », se justifia-t-il.

Il voulait aller vite. Elle le contra subtilement :

« Pour les filles qui travaillent ici, il s'agit d'un genre de guerre.

– Un genre n'est pas la guerre.

– Pour le genre masculin, cracha-t-elle avec mépris.

– Taisez-vous ! »

Il avait crié.

Elle esquissa un sourire un peu supérieur.

« Ces affaires-là, c'est la patronne. Le soir seulement. »

Il tourna les talons.

Il revint après onze heures.

Côté nuit, l'endroit ne ressemblait pas à ce qu'il était côté jour. Dans la courette, plusieurs lanternes brillaient à hauteur du quatrième étage. Les mêmes lampes étaient allumées dans l'escalier. Elles conduisaient à la porte que Lev avait déjà poussée deux fois.

Elle s'ouvrit ce soir-là sur le visage trop maquillé d'une femme qu'il n'avait jamais vue là. Il n'avait pas remarqué non plus que le couloir était bordé d'une lourde tenture noire qui glissait sur un rail, découvrant une table circulaire derrière laquelle cette femme revint s'asseoir après lui avoir ouvert la porte. Elle portait une robe fourreau recouverte de paillettes bleues. Un boa lui mangeait le cou et le bas du visage.

Elle demanda au visiteur s'il était déjà venu, à quoi Lev répondit, sans mentir vraiment, que c'était la première fois.

On le fit passer au salon. Trois demoiselles attendaient. Deux d'entre elles étaient allongées sur les banquettes courant le long des murs. Elles portaient chacune un déshabillé d'une sombre transparence, des bas, une jarretière en ruban et un nœud éclatant dans les cheveux. La troisième était assise au centre du tapis, jambes croisées. Un foulard était noué autour de ses yeux. C'était son seul vêtement.

« Nous nous apprêtions à jouer à colin-maillard, dit la plus jeune des deux personnes installées sur les coussins de la banquette.

– Moi, c'est Alice, dit sa compagne.

– Moi, Pomme, annonça la première.

– Il ne faut pas m'oublier », fit celle qui avait pris place sur le tapis.

D'un mouvement souple, elle se leva et ôta son bandeau. Elle avait l'œil clair et la peau noire.

« Je m'appelle Rêve.

– Elle vient de Dakar, précisa Alice.

– Mon père a donné son sang pour la France. Il en est mort. Si je suis là, j'ai des excuses. »

Celle qui s'appelait Pomme s'enroula autour de Lev. Il ne fut pas insensible au crissement de la soie de son déshabillé joint au parfum suave qui se dégageait d'elle.

« Nous aimons les hommes, murmura-t-elle en lui effleurant l'oreille d'une bouche peinte en rouge. C'est pourquoi nous avons choisi cette manière de gagner nos misères. »

Alice, qui avait entendu le dernier propos, s'insurgea :

« Elle grince ses charlataneries pour que monsieur la choisisse !

– Et elle aura la commission ! » ricana Rêve.

Alice se planta devant Korovine.

« C'est très simple. Vos doigts touchent, vos sens décident, et celle que vous emportez dans sa chambre dénoue le ruban.

– Je veux voir votre patronne », dit Lev.

Presque aussitôt, la porte donnant sur les profondeurs de la maison s'ouvrit dans un feulement doux. Une femme à peine plus âgée que les pensionnaires apparut. Sans un regard pour Lev, elle déclara :

« Vous ne savez pas mettre monsieur à l'aise. »

Monsieur comprit que l'inconnue avait surveillé la scène à travers un œilleton percé au vilebrequin dans le mur adjacent.

« Notre ami n'a pas du tout envie de jouer à colin-maillard avec vous. »

Elle jeta un regard lourdement maquillé sur le visiteur.

« Ce que souhaite monsieur, c'est jouer avec moi. Il vient de vous le dire. »

Korovine n'avait pas reconnu la jeune femme qu'il avait entrevue une première fois dans un escalier et qui, sans qu'il le sût encore, croiserait sa route pendant tant d'années. Elle portait ce soir-là une robe noire, stricte et longue, fermée sur la gorge par un laçage qui laissait entrevoir un dessous en mousseline. Ses cheveux, relevés en un chignon aux mèches légères, dégageait un cou légèrement empâté. Elle n'était pas particulièrement belle. Ni plus charmante qu'une autre. Elle avait cependant une manière de parler, de poser ses gestes et ses regards qui trahissait une autorité indiscutable que les filles, d'ailleurs, ne discutaient pas. Depuis que leur patronne avait fait irruption dans le salon de rendez-vous, elles ne bronchaient plus. Elles se contentaient d'adresser à Lev des sourires aguicheurs, des mines toutes professionnelles qu'elles exhibaient comme les témoignages d'un rôle parfaitement tenu.

Marguerite Marthe Césarine, Martoune pour les habitués, adressa un sourire sévère au nouveau venu, poussa la porte conduisant au couloir et disparut après avoir prié ces demoiselles de se remettre en place pour un nouveau colin-maillard. Comme Korovine hésitait sur la conduite à tenir, elle l'apostropha autoritairement :

« Je croyais que vous vouliez que nous jouions ensemble ! »

Ils ne suivirent pas le couloir, plongé dans un vieil or échappé des appliques surmontant les portes. La maîtresse des lieux obliqua immédiatement à gauche et s'effaça devant Lev. Celui-ci pénétra dans une pièce minuscule pourvue d'une table, de deux chaises et d'un fauteuil crapaud. L'endroit baignait dans une lourde pénombre inspirant secrets et confidences. Les lampes diffusaient des halos étroits qui tombaient sur les bibelots, les livres, la table derrière laquelle Lev fut prié de s'asseoir.

« Venons-en à nous, dit la jeune femme en prenant place face à lui, sur une chaise semblable à la sienne. Vous permettez que je fume ? »

Avant que son interlocuteur eût formulé une réponse, elle avait piqué le cylindre d'une cigarette à l'extrémité d'un tube d'ambre, battu un briquet, inspiré une première fois puis une seconde, recraché deux volutes qui goudronnèrent le plafond mouluré.

« Vous n'avez pas l'allure de ceux qui viennent par chez nous », dit-elle en le dévisageant avec une curiosité feinte mais une amabilité de bon aloi.

Son visage se ferma brusquement.

« Si vous étiez de la Sûreté, je pourrais vous présenter tous les papiers de la maison… Ils sont en règle.

– Ce n'est pas la question.

– Je ne l'ignore pas. Si telle était la question, la Sûreté, figurez-vous que je la reconnais de loin… Mais où est la question ?

– Je voudrais aider quatre amies… »

Korovine s'était lancé. Elle se pencha vers lui, l'observant par en dessous.

« … Quatre filles seules qui ne savent pas comment se débrouiller.

– D'où viennent-elles ?

– Du Havre.

– Vous les avez ramassées là-bas ?

– Ce n'est pas précisément le mot qui convient », objecta Lev.

Il allait s'expliquer, mais Martoune lui coupa la parole :

« Je connais le baratin. Vous dites que c'est au Havre pour faire exotique. La vérité, c'est que vos quatre donzelles viennent de la porte Saint-Martin ou de la République. Au mieux, d'un bal musette de la rue de Lappe.

– Pas du tout.

– D'une gare, alors… Montparnasse ou Saint-Lazare… Un zigard avec qui vous êtes de mèche vous les a envoyées. Il les avait repérées au Havre. Elles n'avaient pas d'argent, il leur en a donné, elles avaient faim, il les a invitées au restaurant, après quoi, faux papiers, direction Paris, vous êtes à la gare, vous les hébergez et vous venez me trouver pour que nous partagions. Vrai ?

– Faux.

– Tant mieux, fit la maquerelle. J'aime les voyages, mais je les préfère sans étapes. »

D'une pichenette nerveuse, elle jeta sa cendre au hasard sur le bureau.

« Aujourd'hui, les recruteurs tiennent des registres de commerce ! Et ces messieurs de la préfecture vérifient les allées et venues de nos demoiselles !

– Je ne suis ni membre de la Sûreté ni recruteur.

– Certains drôles sont spécialisés dans la négresse ou la créole. Vous, si je comprends bien, c'est la Havraise ? »

Korovine avala sa salive. Il ne prononça pas un mot.

Martoune écrasa sa cigarette dans un cendrier placé près d'un coquillage rose éclairé de l'intérieur.

« La première fois qu'on vend de la marchandise, on a toujours un peu honte. »

Elle se leva, fit pivoter un tableau accroché au mur et colla son œil dans le petit orifice qui apparut sur la paroi. Elle observa ses pensionnaires puis reprit sa place, de l'autre côté de la table.

« Vos petites, quel âge ? »

Il le dit.

« Elles sont brunes, blondes, grandes, petites ? »

Il le dit encore. Lorsqu'il les eut décrites aussi précisément que possible, Marthe Césarine prit un cahier dont elle tourna rapidement les pages. Elle réfléchit quelques instants et proposa trois établissements dont le sien.

« Je ne peux en loger qu'une. Mais je connais deux autres maisons qui cherchent. Elles y seront très bien.

– J'irai voir, dit Lev.

– Vous avez de la conscience !

– De l'amitié, plutôt.

– Qu'est-ce qui coûte plus cher ? La conscience ou l'amitié ? »

Il n'avait pas compris.

« Le tarif, pour les placeurs, c'est trois cents francs par femme. Quatre cents pour une négresse. Moitié à la livraison, moitié trois semaines plus tard. »

Korovine ne pouvait parler.

« Si elle déplaît dans les quinze jours, je vous la renvoie. Vous gardez l'acompte. Convenons d'une date, voulez-vous ? »

Elle leva sur lui un regard sans âme. Elle rencontra un masque blanchâtre. Korovine quitta son siège. Marthe Césarine émit un rire sarcastique.

« Je vous attendais, figurez-vous. Et depuis longtemps. »

Il pivota vers elle.

« Pour quelle raison ?

– Je connais votre histoire. Elle ne peut se conclure que dans des endroits du genre de celui-ci.

– Qui vous a parlé de moi ? questionna Korovine avec une violence soudaine.

– Vous ne l'ignorez pas. »

Elle effleura sa nuque d'une main chaude :

« Savez-vous où elle se trouve ?

– En Argentine », répondit sèchement Lev.

On entendit un rire dans le couloir. Comme Lev posait la main sur la poignée de la porte, Marthe Césarine le retint par la manche.

« Laissez mes filles rejoindre les chambres », chuchota-t-elle.

Mouna fut engagée comme sous-maîtresse rue Pasquier. Elle remplaça la dame de l'antichambre, partie en Arabie féconder les bordels du petit-fils du dernier descendant de la dynastie hachémite, Hussein ibn Ali.

Deux de ses compagnes trouvèrent une place dans une maison de la place Blanche. La dernière du quatuor revint dans sa ville natale. Elle se fit recruteuse. Elle envoyait de jeunes cœurs à Paris. Mouna les recevait. Elle les plaçait ici ou là. Lorsque la petite se plaignait, il incombait à Korovine de chercher mieux ailleurs.

Il découvrit la carte parisienne des bordels de la rive droite. Il connut bientôt toutes les maisons de passe de l'Opéra, les garnis de Belleville, les bousingots de Saint-Denis, les claques de la Bastille, les bobinards de Pigalle. Et les maisons très discrètes où les belles de jour de la plaine Monceau se débarrassaient de leurs soieries pour jouer les canailles.

Il ne franchissait jamais la Seine pour ne pas approcher de Montparnasse. Il fuyait les ombres du Bateau-Lavoir. Il avait coupé avec ses racines. Il n'était d'aucun milieu. Rien ne le définissait plus. De même que nulle école n'avait pu s'approprier sa peinture, ni les marlous, ni les entremetteuses, ni les maîtresses ne pouvaient dire : « Il est des nôtres. » Il n'avait de connivence qu'avec les filles. Il écoutait les misères des vendeuses, des modistes, des arpètes condamnées au trottoir pour vivre et pour manger, mais jamais ne leur parlait des siennes. Il les sortait des hôtels à matelots pour les diriger vers des lieux moins rudes, renvoyait les mineures à leur ancien chez-soi, raisonnait les macs qui punissaient leur capital en le faisant fructifier dans des maisons à cinquante passes par jour. Tout cela avec une impassibilité glacée. En chacune de ces filles, Korovine voyait Mareva. Il avait renoncé à la chercher par la peinture. Seules les dames des bordels le rapprochaient des couleurs de sa vie.

Un soir de printemps, plus d'un an après la mort de Modigliani, il se rendit chez Alfredo, un restaurant italien de Montmartre. Il y venait parfois pendant la guerre. Lorsqu'il arriva, le bistrotier rangeait ses tables. Il raconta à Lev que la veille, un peintre avait organisé une bacchanale chez lui. Il avait convié des artistes et des modèles de Montparnasse. Il avait offert à boire, et encore à boire. Il avait commandé des plats, une profusion de viandes, de spaghettis – un gavage pour chacun. Lorsqu'un nouveau venu se présentait, l'artiste se levait, saluait, cherchait une place, exigeait des tables en plus, des plats en plus, des vins en plus.

« Ils chantaient en dix langues, disait l'Italien. Dans la bande, il y avait une fille avec qui tu es venu autrefois…

– Chloé », dit Lev.

Ce fut comme un souffle : il eut soudain envie de la voir.

« Vient-elle souvent ? demanda-t-il.

– Jamais. »

Tard dans la nuit, le peintre avait entraîné toute sa

troupe à la Belle Poule, rue Blondel, au milieu magnifique des filles prostituées. Puis il avait été au Vase blanc, Chez Merry, à Maison-Rouge.

« Ils ont fait la fête toute la nuit. Ce matin, le quartier a la gueule de bois. »

A la Belle Poule, on décrivit à Lev un prince oriental entouré de sa cour, filles des rues, filles de couleur, filles des bars. Il portait un costume bleu et un melon rabattu sur les yeux. On ne se souvenait pas de Chloé.

Chez Merry, une serveuse avec encore des paillettes dans le regard parla d'un homme timide qui s'était assis dans un coin du bar, avait dessiné quelques visages avant de retrouver la ronde de ses amis. Un homme avec un accent. Il avait jeté sous la table les portraits qu'il avait esquissés, comme s'il s'agissait de petites choses sans importance.

Lev demanda à voir les dessins : on avait tout jeté.

A Maison-Rouge, on esquissa le portrait d'un homme au regard lourd et noir, assis entre deux femmes dont l'une portait des cheveux courts, coupés à ras sur le front. L'autre avait un œil qui foutait le camp vers le ciel.

Lev savait qui étaient les deux femmes. La première était Lucy Krogh, l'épouse d'un artiste norvégien qui habitait Montparnasse. La deuxième était la femme du peintre. Aucune n'était Chloé. Le peintre était Jules Pascin.

De tous ses anciens compagnons, c'était celui qu'il souhaitait le moins rencontrer. Depuis longtemps, il lui eût été facile de savoir s'il était rentré, de découvrir son adresse, d'aller le trouver pour lui poser la question qu'il avait enfouie au fond de lui-même, très loin, ensevelie sous les activités nouvelles, seules capables de l'éloigner des cauchemars anciens, de la cave de la rue Joseph-Bara. Mais ce fut plus fort que lui. Immensément plus fort. Il commença de hanter les lieux où il pourrait croiser Pascin. Alfredo, la Belle Poule, Chez Merry, Maison-Rouge. Il y vint le soir, la nuit, à l'aube. Il ne le cherchait pas pour Chloé. Il le cherchait pour lui-même.

Il le rencontra, mais ailleurs. Un matin, très tôt, ou une nuit, très tard, il poussa la porte de la Lanterne verte, un établissement de la Goutte-d'Or. Il venait proposer à la patronne de prendre à son service une jeune Normande. Le seuil franchi, il se retrouva dans l'ambiance très libre d'un bordel sans chambres. Les serveuses allaient et venaient entre les tables et les mains, à demi nues. Les hommes commandaient. Elles répondaient à la demande. Champagne pour les uns, étreintes pour les autres. Souvent, les deux. La fornication avait lieu dans l'ombre de tables éloignées. Il en coûtait quarante sous. Le quart revenait à la direction. Le reste, c'était pour le service.

Aussitôt entré, Lev vit Pascin. Le peintre dessinait, assis à une table. Il était coiffé de ce melon noir penché en avant que tout Vavin connaissait. La cigarette vissée au coin de la lèvre. Le cheveu dru, le teint mat, l'œil plus tiré qu'avant la guerre, la paupière lourde et bistrée, chaleureux cependant, et le geste aussi sûr. Il avait le regard empli d'une tristesse à peine discernable.

Lev s'appuya à une colonne, près de la porte. Il repoussa gentiment une serveuse qui lui proposait de le suivre au fin fond de ses dessous de dentelle. Son dos épousait la courbe du pilastre. Il regardait de biais, invisible au regard de Jules Pascin. Il était comme paralysé. Depuis combien de temps n'avait-il pas vu cela : un peintre au travail ?

Pascin était embusqué non loin d'une grisette qui finissait d'approcher un lascar à barbe. Il ne la quittait pas du regard. Il dessinait à l'aide d'allumettes qu'il trempait alternativement dans un verre d'eau et dans une tasse, où croupissait sans doute un fond de café. Il ne vérifiait pas son trait, exclusivement attentif à la fille qu'il avait choisie comme modèle et qui, à l'évidence, n'en savait rien. Sa paupière ne battait même pas tant il était curieux de son sujet. La jeune personne était nue jusqu'à la taille. Elle n'avait d'yeux que pour le client qu'elle convoitait. Elle prit sa main et la posa autoritairement sur sa poitrine. L'autre rit et s'approcha. Pascin froissa la feuille et la jeta sous la table. Elle alla en rejoindre d'autres, roulées pareillement en boule. Il hésita un instant, craqua un bâton d'allumette, chauffa son papier, dilua le marc de café avec de l'eau de Seltz. Puis, pour la plus grande déception de son observateur invisible, il replia son bloc et se leva de table. C'est alors qu'il aperçut Korovine. Son regard marqua un doute, une interrogation, puis s'ouvrit sur une lueur gaie. Il vint à la rencontre de Lev et lui tendit la main.

« Est-ce un hasard ? demanda-t-il

– En quelque sorte, répondit Korovine.

– Fêtons cette incroyable rencontre », suggéra le peintre.

Il précéda Lev dans le petit jour montant. Il s'assit à la première terrasse, commanda six croissants et deux coupes de champagne.

« Qu'as-tu fait, Lev Korovine, depuis tout ce temps ?

– La guerre.

– Et puis ?

– C'est à peu près tout. »

Lev retourna la question. En quelques mots, Pascin dit qu'il avait beaucoup voyagé. Londres, Cuba, l'Amérique.

« Pourquoi es-tu rentré ?

– Je n'étais parti que pour fuir la guerre. Après quelques mois passés au loin, l'Europe manque.

– Tu as beaucoup peint ?

– Et toi ?

– Non, fit brièvement Lev.

– On m'a dit », opina Pascin.

Il héla le garçon et commanda une nouvelle tournée. Korovine tenta de refuser.

« Tu es mon invité, objecta le peintre. Dans nos pays, quand l'un offre, l'autre prend. Le champagne au petit déjeuner, c'est une tradition remarquable. Il faut la perpétuer. Et puis nous ne fêtons pas seulement nos retrouvailles. »

Il posa sur son vis-à-vis un œil sombre où dansait comme un rêve.

« Avant-hier soir, j'ai couché avec Lucy Krogh. »

Il leva sa coupe.

« Un anniversaire ! »

Lorsqu'il eut félicité son gosier puis son estomac, il ajouta :

« La première fois, c'était il y a dix ans. Elle était modèle. Ça arrive. Aujourd'hui, elle est mariée et mère de famille. Ça arrive aussi, mais c'est plus compliqué. »

L'histoire troubla Lev car elle ajoutait le hasard au hasard. Avant la guerre, Pascin avait habité l'atelier qu'il avait occupé rue Joseph-Bara. Après son départ, il avait été loué par Lucy et Per Krogh. C'était en revenant chercher ses affaires dans la cave que Pascin avait revu Lucy.

« Un coup de foudre. Trois comme ça, ça n'existe pas. »

Il commanda deux nouvelles coupes. Les bulles, cette fois, l'arrimèrent à sa mélancolie coutumière. Le regard devint plus doux, plus tendre. Il alluma une cigarette, promena une main aux ongles très longs sur la manche de sa veste. Il se désespérait de la situation nouvelle : il avait épousé Hermine David en Amérique, Lucy avait un petit garçon qu'elle ne voulait pas abandonner ; après cette première fois, il savait qu'elle serait indispensable à sa vie. Comment organiser tout cela ?

Il se rinça des tournées précédentes.

« Je dois t'annoncer une autre nouvelle… Les Américains m'ont naturalisé. Je suis juif, bulgare et yankee… Ça me donne une touche moderne. Je pense que Lucy n'a pas été insensible à cela.

– Comment va Montparnasse ? questionna Lev.

– Rupin. J'y passe mais je n'y reste pas. Libion a vendu, Foujita est riche, Kisling a fait un héritage et Vlaminck dit du mal de tout le monde. »

Korovine voulait encore savoir comment vivaient ses compagnons d'hier, mais Pascin, lui, ne s'intéressait qu'à Lev :

« Où habites-tu ?

– L'hôtel.

– L'hôtel, c'est toujours provisoire.

– Tu as une adresse, toi ?

– J'en cherche une… Pourquoi ne reviens-tu pas à Montparnasse ?

– C'est une histoire ancienne, répondit évasivement Lev.

– L'art n'est jamais une histoire ancienne », objecta Pascin.

Il posa gentiment sa main sur celle de Korovine.

« Toi, moi et les autres juifs de l'Est, nous sommes pareils. Nous n'appartenons pas à une école. En Amérique, j'ai essayé de faire cubiste. J'ai tout brûlé. Je n'aime pas les lignes, et je n'aime pas l'ordre. Après, à Cuba, j'ai dessiné des paysages. Moi ! Des paysages ! »

Il s'esclaffa et vida son verre.

« Je suis revenu au portrait. Les nègres. J'adore les nègres. Quand je suis rentré en France, j'ai retrouvé ma passion première. Les filles. Toi, c'est pareil. Hier, tu peignais, aujourd'hui, tu ne peins plus. Demain, tu y reviendras. »

Le champagne l'animait. Tout au contraire, il plongeait Lev dans une sourde morosité. Il repoussa le quatrième verre. Une question lui brûlait les lèvres, mais il savait que s'il la posait, c'en serait fini de la petite paix qu'il avait découverte avec Mouna et ses amies.

« Accompagne-moi à Vavin, proposa Jules Pascin.

– Non.

– Nous irons au Dôme. Je t'inviterai à déjeuner chez Baty. On reviendra le soir. »

Lev eut un geste brusque. Pascin l'interpréta comme une volonté de partir.

« Tu es mon invité, se récria-t-il. Je te convie aussi à rester.

– Alors ne parlons plus de Montparnasse.

– Accordé. Dis-moi seulement si tu gagnes ta vie et comment. »

Lassé, Korovine abandonna la partie :

« Je place des filles qui se font payer pour ouvrir les cuisses.

– Ainsi agissons-nous avec nos modèles, commenta Pascin.

– Pas toujours.

– Moi, si. Je suis une sorte de maquereau. Je les aborde, je les fais monter, elles se déshabillent, je les allonge sur un canapé, je leur demande de prendre des poses suggestives, je les peins, je les baise, je vends mon travail. Est-ce mieux ?

– Différent.

– Je passe pour un pornographe. C'est mon style et ma mauvaise réputation. »

Il revint à Lucy Krogh : il l'aimerait passionnément. A Hermine David : il ne l'abandonnerait jamais. A son travail : il le jugeait navrant. Au champagne : il fallait de nouvelles coupes.

Ils délaissèrent leur table pour une autre, une deuxième, une troisième, l'arrière-salle d'un restaurant de la rue de Navarin, un banc double, square de Montholon, où ils firent une sieste en hommage aux labeurs du matin. Ils s'éveillèrent avec une solide gueule de bois. Pascin, parce que Lucy n'était pas là ; Korovine, parce que son compagnon l'entraînait irrésistiblement vers les fantômes qu'il voulait fuir.

« Allons dissiper nos brouillards », suggéra le Bulgare.

Il emmena Lev dans des maisons où il n'avait jamais mis les pieds, des demi-bordels où les filles proposaient d'aller à l'hôtel pour quelques pièces, c'était donné. Mais Pascin ne montait pas. Il dessinait. Chaque fois, il demandait du papier au serveur et fabriquait des teintes avec les liquides qu'il découvrait sur place. Ses crayons, ses pinceaux improvisés, souvent son doigt, glissaient sur la feuille, l'effleurant seulement. De ces empreintes à peine caressées, surgissaient les silhouettes et les visages des passantes ou des filles assises non loin.

Pascin dessinait et buvait. Korovine buvait sans dessiner. Il se penchait parfois et, discrètement, ramassait les feuilles que le peintre jetait. Il les glissait dans les poches de son manteau noir.

Peu à peu, chacun dans sa tristesse, les deux hommes s'étaient réfugiés dans le silence. Celui-ci les rapprochait, indicible. Ils partageaient une force et une ardeur. Chacun cherchait quelque chose. Le besoin de peindre pour l'un, le besoin des femmes pour l'autre. Ils se rejoignaient dans le mélange de ces deux genres.

Chez lui, Pascin peignait Lucy et seulement elle. C'est ce qu'il exprima plus tard, alors qu'ils longeaient le cimetière du Père-Lachaise pour se rendre dans un entrepôt où un orchestre battait la mesure sur l'air des noctambules. Il peignait cette femme vers laquelle il était incroyablement attiré. Peut-être était-ce physique, ou dû à une insensible résistance qu'il devinait chez elle et qui mettait à nu et à vif d'anciennes douleurs d'enfant, des manques que Lev Korovine ne pouvait que comprendre car il souffrait des mêmes.

« L'abandon, dit Pascin. Oiseau terrible. C'est aussi la blessure de Soutine… Tous les juifs d'Europe centrale. »

Il hocha la tête, comme une plainte, et ajouta :

« Nos histoires et nos vies d'artiste sont faites de cela. Je sens l'abandon chez Lucy. Déjà, j'ai mal. »

Ils arrivèrent devant l'entrepôt. Sous une carcasse métallique ouverte sur l'avant et sur l'arrière, un orchestre de jazz américain donnait le *la* à une troupe de danseurs amateurs. De longues planches posées sur des tréteaux faisaient office de tables. Les convives s'asseyaient face aux musiciens. Ils battaient des mains, épousant les accents de la musique.

Pascin tira Lev par la manche et le conduisit auprès de l'orchestre. Un grand Noir soufflait dans un saxophone. Un autre lui donnait la réplique, se déchaînant sur une batterie qui vibrait à l'unisson.

Le peintre adressa quelques gestes au percussionniste qui sourit, fit oui de la tête et, soudain, étouffa l'ensemble de ses instruments. Il se leva tandis que Pascin se frayait un passage entre les cymbales. Sous l'œil stupéfait de Lev, sans même ôter son melon, déboutonner sa veste ou desserrer sa cravate, le Bulgare se mit à gesticuler sur les notes du saxo, frappant des pieds, des mains, sur les leviers et les pédales comme si, depuis toujours, il avait tenu la partie de batterie dans des orchestres américains.

Lev lui faussa compagnie. Il rentra dans la chambre minuscule qu'il occupait au deuxième étage d'un hôtel de la rue Quincampoix. Il déplia soigneusement les dessins de Pascin. Il les lissa du plat de la main. Il les observa longtemps sous la lampe. Une joie mauvaise s'était emparée de lui.

A trois heures du matin, il héla un taxi et se fit conduire rue Pasquier. Il entra dans le petit salon contigu au couloir où Mouna officiait. La jeune femme était assise sur sa chaise, occupée à ses comptes. Les derniers clients du bordel s'apprêtaient à échanger les dentelles d'une nuit câline contre un fauteuil de conseil d'administration ou une charge de notaire. Le rideau noir était tiré. Dans le couloir, on percevait les adieux de ces messieurs et les saluts joyeux de ces dames. Il y avait des pas, des bruissements, une sourde hypocrisie perceptible aux soupirs de soulagement poussés par les filles lorsqu'elles se retrouvaient seules.

Korovine écoutait les murmures de la maison close tandis que Mouna tirait un trait sur vingt-sept clients dont neuf nouvelles têtes, solde largement positif ce soir-là.

Elle fila dans le bureau de Martoune pour lui siffler la bonne nouvelle. Lev s'empara d'une feuille, d'un stylographe, et écrivit deux lettres qu'il signa et cacheta.

Lorsque Mouna revint dans le petit salon, il se leva.

« On se raccompagne ? » demanda-t-elle.

Il accepta. Elle ne lui demandait plus, comme au début, s'il voulait bien la ramener chez elle. Il l'avait fait. Il n'était pas monté. Elle l'avait alors tenu de son bras unique, exprimant une tristesse dont il avait aussitôt compris la particularité. Ils n'avaient jamais reparlé de cette fois-là, la seule où une ambiguïté s'était glissée entre eux. Mais depuis, Lev faisait toujours en sorte que la jeune femme ne considérât pas son handicap comme une gêne entre eux, gêne dans leurs rapports quotidiens, gêne dans cette autre relation qu'elle avait suggérée ce soir-là. *On se raccompagne* signifiait qu'on se rendait ensemble au bas de chez l'un ou de chez l'autre, mais qu'on ne montait pas.

Dans la rue, il lui expliqua ce qu'il attendait d'elle. Elle ignorait qui était Foujita et où se trouvait la salle Drouot. Mais elle accepta de faire ce qu'il lui demandait. Elle comprenait que quelque chose de plus important avait pris le pas sur ses préoccupations habituelles. Lorsqu'ils se séparèrent, elle dit :

« Tu n'es avec nous que le temps d'autre chose.

– Je ne sais pas », répondit Lev.

Elle lui effleura la joue de sa main unique.

« C'est parce qu'on t'a sauvé de la mer, sur le port ?

– Non.

– Pourquoi, alors ? »

Ils n'avaient jamais parlé de son histoire.

« J'ai longtemps cherché quelqu'un, bredouilla-t-il. Je la trouve dans chacune d'entre vous. Je vous aime pour cela. »

Elle lui adressa un sourire attendri.

« Ne t'éloigne pas de nos vies. »

Elle disparut dans l'aube d'un porche.

Il n'avait pas reparu salle Drouot depuis la vente de la Peau de l'Ours. C'était quelques mois avant la déclaration de la guerre. C'était l'époque où les marchands allemands achetaient les œuvres cubistes. C'était la dernière fois qu'il avait vu Mareva et Félix ensemble.

Il vint sanglé dans un impeccable costume trois-pièces. Il portait un panama Guyaquil et une canne-parapluie à fourreau télescopique en bois sur laquelle il s'appuyait désormais lorsque son dos le faisait souffrir. Il s'était rasé de près, parfumé avec une fragrance lilas. Il avait piqué un gardénia à sa boutonnière et une perle à sa cravate. Il portait des chaussures bicolores. Il s'était rapiécé l'âme avec ces atours cousus sur ce qu'il n'était pas mais qu'il souhaitait qu'on vît de lui. Pour que, rebutés par une telle apparence, ses anciens amis se détournent à tout jamais. Qu'ils refusent sa main.

Mouna lui avait dit que la vente de ses tableaux commencerait à quinze heures. Il vint deux heures plus tard. Il n'avait pas voulu assister à la dispersion des œuvres que ses amis avaient peintes pour lui trois ans plus tôt. Il souhaitait seulement connaître le montant de la vente, toucher l'argent et réaliser le projet qui lui était venu en regardant les dessins de Pascin.

Dans le couloir, il aperçut une silhouette qu'il reconnut aussitôt. Chloé. Chloé à peine changée. Elle se tenait de profil, devant une fenêtre. Elle était rayonnante dans une longue robe blanche, un collier de fausses perles glissant de tous ses rangs sur sa gorge dénudée. Elle était plantée sur des talons hauts et fins.

Lev approcha doucement. Il apercevait la peau brunie par le soleil du mois de mai, le cou nerveux, le double accent des omoplates, pareilles aux ailes d'un cygne. Chloé avait perdu ce masque de pauvreté que Lev ne découvrait plus sur aucun visage. Elle avait gagné, elle aussi, un port de tête, une allure, une élégance nouvelle. Une sorte de réflexe, comme un automatisme de la pensée, le conduisit à la voir comme elle était la première fois, de profil, la main gauche sur la joue, avec cette tache de soleil qu'il avait confondue avec une autre.

Elle leva le visage vers lui. Elle lui sourit. Il approcha encore. Elle ne regardait que ses yeux. Ni le Guyaquil, ni la canne-parapluie. Lorsqu'il fut à deux pas, elle dit :

« Nous en sommes à deux cent cinquante mille francs. »

C'était près de trois cents fois le salaire mensuel d'un employé.

« Ce n'est pas fini ? demanda Lev.

– Il reste une toile. »

Elle l'entraîna vers la salle.

« Nous parlerons après, souffla-t-elle. Aujourd'hui, c'est comme ton anniversaire. »

Il avait à peine posé le pied dans l'allée centrale qu'il comprit de quel oubli monstrueux il était responsable. Aussitôt, une brusque violence monta en lui. Il ne chercha ni à reconnaître ni à saluer. Il ne vit pas combien l'assistance avait changé depuis la dernière fois, les peintres étant moins rupins désormais que différents dans l'aisance, et les bourgeois plus ouverts, prêts à pactiser avec cette canaillerie mieux vêtue, capable, enfin, de bonnes manières. Il vit à peine Max Jacob venir à lui, les bras ouverts ; Kiki, rouge de joues, de lèvres et d'ongles, lui lancer de frénétiques baisers tandis que quelques-uns s'interrogeaient muettement sur la tenue nouvelle d'un immigré qu'on n'avait jamais vu qu'en triste et en noir.

Korovine était aveugle à ce spectacle. Au-delà de la foule des marchands, des amateurs et des collectionneurs, il avait reconnu l'œuvre que le commissaire-priseur mettait à prix : le portrait de Mareva peint par Modigliani. Dans la lettre que Mouna avait portée à Foujita, il avait indiqué que le peintre devait confier les tableaux et les papiers qui s'y rapportaient à la jeune femme pour qu'elle fît mettre les œuvres en vente à Drouot. Il avait oublié de faire retirer le Modigliani.

Il dit :

« Non. »

Et se lança dans l'allée centrale. Il fendit la foule, s'aidant de la canne-parapluie. Son visage était fermé. Lorsqu'on ne s'écartait pas assez vite, il promenait son stick de droite à gauche, sévèrement, au niveau des jambes. Le brouhaha provoqué par son entrée dans la salle recouvrait peu à peu les propositions jaillies du public.

Il cria que nul n'avait le droit de vendre cette œuvre. Et le silence descendit bientôt sur Drouot tandis qu'il approchait du podium sur lequel frappait le marteau du commissaire-priseur.

« La toile m'appartient ! »

Lev se débarrassa d'une main qui tentait de le saisir à l'épaule. Il reconnut Leopold Zborowski.

« Stoppez cette vente ! »

Il était arrivé devant l'estrade.

« Avez-vous un acte de propriété ? gronda le commissaire-priseur.

– Mon nom suffit. Je m'appelle Lev Korovine.

– Vous n'êtes pas propriétaire.

– C'est un mensonge !

– Les propriétaires des toiles mises en vente aujourd'hui sont tous identifiés et ont tous donné leur accord. Les papiers ont été signés le 6 janvier 1918.

– Les peintres m'ont offert ces œuvres.

– C'est exact », fit une voix étrangère.

C'était Soutine.

Dans le tohu-bohu général, l'officier ministériel consulta ses documents. Lev ne le quittait pas du regard.

« Il est écrit que la vente doit être effectuée à votre profit. Pas que vous êtes propriétaire des œuvres.

– C'est un vol !

– Faites silence ou j'ordonne votre évacuation !

– Un vol ! clama de nouveau Lev Korovine. Une tromperie ! »

Le commissaire-priseur adressa un signe à deux hommes proches de l'estrade. Ils se mirent en mouvement vers le perturbateur. Celui-ci les vit et recula de quelques mètres. Les turbulences cessèrent. Il y eut comme une paix armée.

L'huissier montra le chevalet sur lequel était posé le portrait de Mareva peint par Amedeo Modigliani.

« Mise à prix, dix mille francs ! » clama le commissaire-priseur.

Il portait des bacchantes qui tombaient sur les pointes de son faux col. Il surveillait la salle comme un principal vérifie la bonne tenue d'une classe de bagnards échappés de Cayenne.

« Dix mille cinq cents ! reprit-il après que son regard eut capté un pouce dressé dans les rangs intermédiaires.

– Douze mille ! fit quelqu'un.

– Treize mille !

– Quinze mille ! » s'écria Lev.

La salle frémit. Quelqu'un proposa seize mille. Lev monta à vingt mille. C'était la cote supérieure d'un Modigliani.

« Vingt-deux mille ! clama une voix.

– Vingt-cinq mille ! » annonça Lev.

Le silence était total dans l'assemblée

« Trente mille !

– Trente-cinq mille ! »

Le commissaire-priseur leva son marteau d'ivoire.

« Quarante mille !

– Quarante-cinq mille », jeta froidement Lev.

Il y eut un nouveau murmure dans l'assistance. Un souffle. Le carré des peintres, à droite de l'estrade, était plongé dans un conciliabule qui cessa à l'instant où le commissaire-priseur s'apprêtait à monter l'enchère.

« Cinquante mille », proposa une voix douce.

C'était Foujita. Lev lui jeta un regard acéré et lança :

« Cinquante-cinq mille !

– Cinquante-sept mille ! »

Kisling avait pris la relève du Japonais. Korovine monta encore :

« Soixante mille !

– Soixante-trois mille ! »

Max Jacob tendait ses deux mains, huit doigts dressés. Par gestes, il intima à Lev l'ordre de se taire. Mais Lev n'avait pas compris. Il proposa soixante-cinq mille francs.

« Soixante-six mille ! » lança-t-on du fond de la salle.

Comme Lev se retournait pour voir qui avait parlé, il se heurta à Chloé. Elle venait du groupe des peintres.

« Ils se cotisent pour toi, dit-elle. Ne monte pas l'enchère ! »

Elle était un peu essoufflée.

« Soixante-sept mille ! cria Max Jacob.

– Soixante-sept mille ! répéta le commissaire-priseur. Qui dit mieux ?

– Soixante-dix mille !

– Soixante-quinze mille ! jeta Foujita de sa voix douce.

– Quatre-vingt mille ! »

Lev écarta Chloé pour chercher l'amateur parmi l'assistance. Il le découvrit à gauche de l'allée centrale, coincé entre un chapeau à plumes vertes et le crâne luisant d'un marchand américain : c'était Martoune. Elle s'était déguisée en bourgeoise. Elle portait une veste trois-quarts à larges revers et une robe plissée crème maintenue à la taille par une ceinture en flanelle. Elle agita une main joyeuse en direction de Korovine, fit un « O » avec ses lèvres puis répéta, très calme :

« Quatre-vingt mille francs.

– Quatre-vingt mille ? » questionna le commissaire-priseur.

Il leva son marteau. Lev regarda le groupe des peintres.

« Quatre-vingt-trois mille ! » annonça Kisling.

Il s'était approché de l'estrade. Il fouillait la salle du regard.

« Quatre-vingt-dix mille ! »

Lev tenta de se frayer un passage parmi la foule. Il voulait parler à Martoune. Mais il n'en eut pas le temps. Le commissaire s'apprêtait à adjuger la toile. Le carré des peintres ne répondait plus.

« Cent mille ! fit-il.

– Tu n'as pas les moyens ! cria Chloé. Abandonne !

– Cent dix mille ! lança Martoune.

– Cent cinquante mille ! riposta Lev.

– Cent soixante-dix mille !

– Cent quatre-vingt mille ! »

Les enchères ne se jouaient plus qu'entre Martoune et Lev Korovine. La salle paraissait pétrifiée. Jamais une œuvre de Modigliani ne s'était vendue si cher. Les visages se tournaient alternativement de l'un à l'autre. Les peintres étaient les seuls à mesurer l'enjeu de cette bataille de chiffres qui volaient par-dessus les épaules des marchands et des collectionneurs.

« Deux cent mille », fit Martoune.

Lev se pencha vers Chloé.

« Combien a rapporté la vente des autres toiles ?

– Deux cent cinquante mille francs. »

Il se tourna vers l'estrade. Il leva le bras et s'écria :

« Deux cent cinquante mille francs ! »

Un grondement parcourut l'assistance. On eût dit le souffle d'une tempête. Lev était très calme. Au-delà des visages, il apercevait la face souriante de Martoune. Elle lui lança une œillade, se dressa sur la pointe des pieds et, s'adressant au commissaire-priseur, dit, lentement et sans trace de nervosité :

« Trois cent mille francs. »

Le marteau de l'officier ministériel tomba sur le pupitre.

En quatre pas, Lev fut sur l'estrade.

« Descendez d'ici ! » ordonna un huissier.

Comme il ne bougeait pas, les deux hommes qu'il avait appelés approchèrent.

« Laissez-le », fit une voix féminine.

C'était Chloé. Elle s'approcha de l'estrade et tendit la main à Lev.

« Viens avec nous. »

Lev sauta dans l'allée centrale. Il se précipita vers l'entrée, bouscula bras et épaules et retrouva Martoune dans le couloir.

« Pourquoi avez-vous fait cela ? demanda-t-il.

– Vous ne devriez pas vous fâcher. C'est un beau cadeau que nous avons offert à votre défunt ami. »

Elle se voulait charmante et généreuse. Elle était insupportable. Korovine leva ses poings à hauteur de son visage.

« Je devrais vous battre.

– Je ne suis pas contre, minauda la jeune femme. Mais pas ici. »

Elle montra la foule qui s'échappait par les portes.

« Ce n'est pas leur genre. Le nôtre, peut-être, mais ils n'apprécieraient pas.

– Pourquoi ? répéta Lev.

– J'aime cette toile », répondit la maquerelle.

Elle lui jeta au visage une bouffée de tabac douceâtre. Il écarta le fume-cigarette.

« Le tableau était à moi.

– Il ne l'est plus. »

Elle souriait.

« Je compte ouvrir un nouvel établissement à Montparnasse. Quelque chose de grand luxe. Le Modigliani y sera très à son aise.

– Vous êtes une voleuse.

– Et vous un marloupin. Nous sommes du même monde.

– J'en doute, répliqua Korovine.

– Pourquoi cela ?

– Parce que vous êtes étrangère à l'univers de la peinture.

– Vous aussi, d'après ce qu'on m'a dit. »

Elle glissa la tige d'ambre du fume-cigarette entre ses lèvres.

« Maintenant, nous faisons un peu le même métier, n'est-ce pas ?

– Plus encore que vous ne le croyez », répliqua sèchement Lev Korovine.

Il tourna les talons, fermé sur sa colère.

Il délimita un périmètre compris entre les boulevards Saint-Michel, Edgar-Quinet, Montparnasse, la place de Rennes, le palais du Luxembourg. Il chercha pendant six mois. Son choix se porta finalement sur un petit immeuble haut et étroit situé en haut du boulevard Raspail.

Il fallut un trimestre pour obtenir les papiers nécessaires, dix mois pour achever les travaux de transformation. Le 2 janvier 1923, 13, passage d'Enfer, le Caméléon ouvrait ses portes. Lev avait repris le nom d'un café littéraire et artistique qui avait fermé quelques mois auparavant.

Le rez-de-chaussée était composé d'une pièce tout en longueur donnant sur les pavés du passage. Les murs étaient laqués noir, recouverts d'œuvres achetées par Lev à des artistes inconnus qui les vendaient aux terrasses du Dôme et de la Rotonde. Un bar occupait l'un des angles du fond. Il était d'ébène. Six tabourets hauts ceinturés de cuivre faisaient face à un zinc dépoli. Des tables basses, noires comme les murs, des fauteuils anglais, noirs comme les tables, reposaient sur des tapis profonds dont les arabesques évoquaient des caméléons dorés sur fond rouge. Le soir, des lampes aux abat-jour vieux jaune diffusaient une clarté apaisante et tranquille.

Au-delà du bar, sur toute la largeur de la pièce, quatre marches conduisaient à d'anciennes caves réunifiées sous une voûte en pierre. Il n'y avait pas de sièges, pas de tables, seulement un piano à queue, une piste de danse marquée par un large quadrilatère en chêne brun. Des niches creusées dans les parois permettaient de recevoir les verres des danseurs.

Entre la pièce du passage et son prolongement voûté, face au desk du bar, un escalier en colimaçon menait aux étages. La main courante se perdait dans un couloir étroit sur lequel ouvraient huit chambres de part et d'autre. C'était d'anciens appartements dont Lev avait fait abattre les murs pour remonter des cloisons nouvelles. Les pièces étaient toutes de mêmes dimensions et meublées pareillement : lit, lavabo, miroir, guéridon. Tissus lourds mais sobres, fenêtres occultées par des tentures. Pas d'instruments ni d'artifices humiliants, pas d'œilletons creusés dans les murs, pas de règlement affiché.

Le couloir était parcouru de cimaises supportant d'autres œuvres signées par d'autres artistes pas plus connus que ceux du rez-de-chaussée.

Le dernier étage se composait de deux pièces seulement. L'une, exposée au nord, était très vaste. C'était un atelier. Le sol et les murs en étaient blancs. Les pinceaux, les chevalets, les toiles, les bidons d'essence étaient neufs et encore inutilisés. Lev ne comptait pas s'en servir. Il voulait seulement que d'autres en profitent.

Il s'était attribué la chambre contiguë à l'atelier. Une pièce de trois mètres sur cinq équipée du lit et de la table qu'il possédait rue Joseph-Bara. Rien d'autre. Il avait suspendu l'écharpe de ses blessures et le manteau de son pays à une patère fixée derrière la porte. Il les voyait, il les effleurait chaque soir et chaque matin lorsqu'il se retrouvait là, dans cette chambre où nul n'avait le droit d'entrer et qui seule le rassurait – tout comme naguère sa main trouvait un réconfort dans les plis habituels de la poche gauche de son manteau noir.

En bas, Mouna était au bar. Elle s'occupait de tout dans la maison. C'était elle qui avait engagé le pianiste noir, sergent démobilisé du corps expéditionnaire américain, devenu le maître des ballets du Caméléon. Montparnasse fox-trottait à la cadence de sa main gauche. Il battait la mesure de l'autre main, dirigeant de l'index ses compatriotes qui soufflaient dans des cuivres. On dansait dans la salle voûtée. Kiki, bien en jambes, sans rien dessus ni dessous, poussait des cris, des goualantes, des avantages aussitôt repris, entraînant les chœurs et les danses dans des hourvaris qui duraient jusqu'à l'aube. Elle ne chantait que soûle. Sa copine Thérèse Treize lui soufflait à voix très haute des paroles qu'immanquablement elle oubliait. Depuis ce jour éloigné où Lev l'avait rencontrée sur un banc de la gare Montparnasse, elle était devenue le modèle préféré des peintres de Vavin. Tous l'avaient couchée sur leurs toiles. Ces toiles commençaient à courir le monde. Kiki devenait une vedette.

Chaque soir, les sourcils peints aux couleurs de la robe qu'elle portait, elle entraînait ses amis. Ils étaient peintres ou sculpteurs, modèles, mannequins chez Poiret ou chez Doucet. Ils allaient pieds nus sur les trottoirs. Ils portaient d'étranges accoutrements, des maquillages remarquables. L'un d'eux était déguisé en cow-boy. Un autre était un Indien authentique. Ils parlaient haut. Ils riaient beaucoup. Ils multipliaient les fêtes de toute nature, les provocations, les jeux. Ils sortaient tête haute des sinistres nuits de la guerre.

Ils avaient appelé à eux les artistes du monde entier, et les peintres, les écrivains, les poètes avaient répondu sans regimber. Les Allemands revenaient. Il y avait des Américains à la Closerie des Lilas. Des Scandinaves chez Gertrude Stein. Des Russes derrière les volants des taxis. Les académies de peinture proliféraient. De nouveaux cafés succédaient aux anciens. Les bals avaient repris. On se pressait chez Bullier, qui renouait avec la fête après avoir fabriqué des uniformes pendant la guerre. On dansait dans les ateliers, sur le marbre des hôtels particuliers, les hommes déguisés en clowns, en pitres, en officiers, en dompteurs, en femmes, et les femmes devenues louves, dames du monde, déesses grecques ou romaines, putains françaises. Les peintres construisaient d'admirables décors qui formaient les paysages de ces nuits ruisselant de cris, d'alcool, de gaieté, de bonheur de vivre. Ou de revivre.

Il y avait des têtes anciennes et des têtes nouvelles. Les visages avaient pris du gras. Les femmes portaient des bijoux qui n'étaient pas en toc. Les hommes avaient des vernis et des faux cols. On ne buvait plus de cafés crème mais des porto-flip ou des alcools américains qui donnaient de l'accent à l'ivresse. Les rapins d'hier côtoyaient la noblesse du jour. Devant les bars, les Ballot, les Bugatti, les Citroën attendaient les rois des fêtes. Les peintres avaient échangé leurs charrettes à bras contre des automobiles qui filaient droit vers l'avenir.

Appuyé, impassible, au comptoir du Caméléon, Lev Korovine observait ce Montparnasse d'après la guerre auquel lui-même n'échappait pas.

Un soir, entra Soutine. Depuis qu'un collectionneur américain lui avait acheté les œuvres stockées par

Zborowski au fond d'un grenier, le Lituanien s'était transformé en gravure de mode. Lorsqu'il avait touché son premier argent, il s'était rendu au Dantzig. Soigneusement imbibé, il avait appelé un taxi. Il avait dit :

« A la mer. Tout de suite. »

Il avait soigné sa gueule de bois sur les bords de la Méditerranée. Deux mois plus tard, il était de retour.

Il souleva son Borsalino, se dirigea vers le bar où il agita les mains, commanda trois *Kiss me quick* qu'il but d'un trait, un verre d'eau dans lequel il fit fondre du bismuth en quantité, avala en grimaçant et se tourna vers Lev.

« Tu as vu ma cravate ? »

Elle jaillissait, imposante, du col d'une chemise à fleurs.

« Place Vendôme, mon vieux ! J'en ai quarante pareilles ! Et mes mains… Regarde ! »

Il les savait belles. Chaque fois qu'il venait au Caméléon, il aimait à les montrer. Il était aussi très fier de ses ongles. Ils étaient exceptionnellement bien coupés, d'un blanc cassé, légèrement brillant.

« Touche ! C'est doux comme une assiette ! »

Il prit la main de Lev et la promena sur le dos puis dans la paume.

« Je me les fais tripoter par une femme ! Une manucure ! Elle me crème tous les doigts ! »

Il arborait un sourire d'ange.

Lev lui offrit un quatrième *Kiss me quick*. Voyant Soutine, il se voyait lui-même. Ayant brusquement grandi, changé, mué. Emballé tout comme l'autre dans un impeccable costume crème, pochette assortie au décor, lavallière piquée d'une perle. Avec une raideur cependant, une distance sur toutes choses inconnue du Lituanien dont les expressions n'avaient pas changé depuis la cité Falguière.

« Daneyrolles fouille les poubelles pour retrouver mon œuvre. »

Daneyrolles était le chauffeur de Zborowski.

« Je les découpe avant de les jeter, et eux ils les recherchent, recollent les morceaux et les vendent comme du Soutine. Qu'est-ce que tu en penses ?

– Tu as fait du chemin. Avant, tu accomplissais ce travail-là toi-même.

– Rectification ! J'achetais des vieilles toiles parce qu'elles étaient plus douces au pinceau, et quand je les avais crevées, je les recousais à l'aiguille. Mais je ne les vendais pas ! »

Mouna apparut au bas des escaliers. Elle portait une longue robe en guipure sur laquelle elle avait passé une chemise blanche dont une manche manquait. Elle vint vers Soutine. Elle ne l'avait pas connu dans son époque de misère. Elle prétendait que cet homme portait sa richesse aussi naturellement qu'un barbillon cousu de fil blanc. Elle assurait qu'un trimestre suffirait pour le dégrossir, et qu'en six mois elle l'aurait transformé en un *very beautiful gentleman*.

Soutine en avait accepté l'augure.

Mouna passa derrière le bar, se pencha et ramena un bidon opaque sur le comptoir.

« Je vous ai trouvé la marchandise, fit-elle au peintre. Vous avez la seringue ?

– Pourquoi une seringue ? » demanda Korovine.

Il ne surveillait rien ni personne en matière de goûts personnels, mais il avait interdit le trafic sous toutes ses formes.

« C'est pour mon bœuf », déclara Soutine.

Il brandit une seringue privée d'aiguille.

« Quand il m'embête, je le pique.

– Il peint l'animal, compléta Mouna. On l'a choisi aux Halles. Il est tout écorché.

– C'est Zbo qui l'a payé, et Daneyrolles qui l'a livré, expliqua Soutine. Je l'ai pendu dans l'atelier. Je le peins depuis huit jours. Quand les chairs deviennent noires, je balance du sang frais dessus. Mais il pue, ça attire les mouches et il y a du monde chez moi ! »

Lorsqu'il parlait de son travail, ses traits se déformaient, il oubliait les bonnes manières et redevenait l'ami de la Ruche et de la cité Falguière.

« Les mouches, ça ne dérange personne. C'est l'odeur qui pose problème. Les voisins ont envoyé la Santé publique. Ils ont voulu prendre le bestiau. Je leur ai expliqué, et on s'est arrangés. Ils m'ont appris ce qu'il fallait faire.

– Un petit coup de formol ! rigola Mouna en montrant le bidon. Ça rend les cadavres tout durs, mais après, ils ne sentent plus rien du tout ! »

Soutine déposa le produit à ses pieds. Lorsqu'il se releva, il se heurta à Pascin. Les deux hommes ne se connaissaient pas. Lev les présenta. Les traits généralement fermés du Lituanien s'éclairèrent d'une lueur horizontale qui se voulait un sourire.

« J'admire votre peinture ! dit-il en s'inclinant pour saluer.

– Et moi la vôtre.

– Ce sont vos filles, surtout. Elles m'excitent terriblement.

– Mes filles ? » riposta le Bulgare.

Il posa les mains sur ses hanches et se dressa d'un bon demi-centimètre.

« Mais je vous interdis de vous exciter sur mes filles ! Ma peinture n'est pas faite pour cela ! »

Il montra l'escalier.

« Si c'est ce genre d'art qui vous intéresse, vous n'avez qu'à monter !

– Excellente idée », fit Soutine.

Il acheva son cinquième *Kiss me quick*, ramassa sa bonbonne et s'en fut vers l'escalier en colimaçon qui menait à l'étage.

Pascin attrapa le bras de Lev.

« J'ai un cadeau pour toi. Viens demain à la maison. Il y aura quelques amis, mais nous nous mettrons dans un petit coin. »

Il retrouva le groupe de ses admiratrices.

Lev leva le regard en direction de l'escalier. Le premier étage servait de lieu d'accueil pour ceux qui se découvraient en dansant, et de bordel pour ceux qui préféraient régler. Dans un cas comme dans l'autre, Korovine ne s'occupait de rien. Les filles et Mouna se débrouillaient.

Une partie de la clientèle venait pour le premier étage. Il y avait les habitués. Les autres buvaient et dansaient dans les caves du fond. Lev Korovine les regardait. Il ne s'offrait jamais un verre. Il ne se mêlait pas à ses amis de jadis, qui dansaient la biguine ou le fox-trot. Il restait près du bar et observait le ballet des filles, entre la pièce ouvrant sur le passage d'Enfer et le bordel du premier étage. Il était présent chaque soir. Et chaque soir, après la fermeture, il montait chez lui, traversait l'atelier désert où un jour viendraient des artistes qu'il ne connaissait pas encore, s'enfermait dans sa chambre et ôtait les oripeaux de ses nouvelles manières. Il s'allongeait sur le matelas qu'il avait conservé de la rue Joseph-Bara, attendait que le souffle et la vision de la guerre eussent fait le lit de ses cauchemars habituels, puis il s'endormait après avoir attaché ses chevilles dans les lanières d'Amedeo Modigliani.

Les fêtes de Pascin étaient des bacchanales. Qu'il envoyât ou non des invitations aux mille et un convives qui constituaient sa garde rapprochée, tout ce que Paris comptait de noctambules semblait se donner rendez-vous chez lui lorsqu'il ouvrait ses portes.

36, boulevard de Clichy. Cinq étages sans ascenseur.

Quand il s'y rendit, assez tard dans la soirée, Lev tomba sur d'innombrables cailloux blancs semés dans l'escalier. Campé sur le palier du premier, Granowski, le cow-boy de Montparnasse, faisait une démonstration de tir rapide à une paire de gambettes sans bas, énamourée et prête à bouillir : il sortait deux pistolets de ses fontes, faisait clic-clic, rengainait, dégainait, à répétition.

Korovine passa entre les balles.

Des couples étaient appuyés à la rampe, un verre à la main. Des solitaires tentaient d'expliquer aux voisins, mécontents sur les pas des portes, que mieux valait renoncer à dormir ce soir-là et rejoindre les artistes en fête.

Lev montait. Il avait l'impression de gravir les flancs d'un volcan. La lave jaillissait de plus haut, mais les incandescences étaient partout répandues. Au troisième, Kiki dansait devant une grappe d'admirateurs. Elle avait les sourcils rouges, les ongles bleus, les jambes nues, des escarpins aux talons trop fins qu'elle ôta, lança à un photographe américain dont elle s'était entiché. Celui-ci les récupéra d'une main pour les balancer aussitôt dans la cage d'escalier où ils se perdirent, beaucoup plus bas. Comme Lev passait à l'étroit, entre le mur et la danseuse, celle-ci lui prit la main et la plaqua sur ses yeux. Elle entonna le refrain d'une rengaine qu'elle chantait souvent au Caméléon :

Il mit la main sur mes deux yeux.
Cré nom de Dieu, qu'ils sont vicieux !
Ah ! le maladroit... Ah ! le maladroit !
Il ne mettra jamais la main, jamais la main
Au bon endroit.

Un groupe compact se pressait à l'entrée de l'atelier. Lev se fraya un chemin entre les confettis, les sifflets à roulette, quelques déguisements. Il se retrouva dans une pièce haute et vaste. Des couples dansaient au son d'un phonographe à aiguille. Dans l'embrasure d'une fenêtre, deux femmes se battaient mollement. Elles passèrent sur le balcon ceinturant l'appartement, et se poursuivirent au grand air. L'une était Aïcha, le modèle noir préféré de Pascin. Lev ne connaissait pas l'autre.

La chambre comptait un lit sur lequel se vautraient des formes indiscernables, certaines alanguies par quelques soupirs d'opium, d'autres en reptation, tendant vers des buts que Lev choisit d'ignorer.

Il revint dans l'atelier. Kiki avait abandonné le couloir. Elle présentait l'un de ses anciens amants au photographe américain avec qui elle partageait un appartement rue Campagne-Première.

« Tu dois l'aider, disait-elle. Il a un talent fou. »

Le jeune homme considérait l'Américain avec d'autant plus d'amitié que dans l'axe de son regard juvénile, un peu au-delà de son vis-à-vis, brillait une perle sans doute plus importante qu'une carrière de photographe.

« Alphonse Tourpe, disait l'Américain. Il a une agence. Il faudrait…

– Pardonnez-moi », sourit le jeune homme.

Il s'appuya sur un stick de bambou sombre, s'approcha de la demoiselle qui avait égayé son regard. Lev s'éloigna au moment où l'apprenti photographe s'inclinait devant l'inconnue, disant :

« Je suis Blèmia pour le prénom, Borowicz pour le nom, Boro pour la signature. »

Korovine avisa Pascin. Il se trouvait près du buffet. Il était reconnaissable à son melon qui, c'était méritoire, tenait encore sa place. Le Bulgare était penché vers Lucy Krogh. Son visage était tendu, un peu pâle ; le regard, presque suppliant. Il semblait vivre un drame tout intérieur rendu plus vif encore par les feux de la fête. Lucy dissimulait son malaise derrière la frange de ses cheveux noirs, coupés à la garçonne. A trois pas, Hermine David, la femme de Pascin, dansait au bras d'un fort des Halles qui s'était fait un petit nom dans les Arts & Lettres en figurant jadis l'Honneur et la Patrie pour les peintres pompiers. Per Krogh embrassait Thérèse Treize à pleine bouche, sans remords apparent. Lucy ne s'intéressait absolument pas à la scène. Elle essayait de faire taire Pascin. Mais le peintre, s'il ne parlait plus, la dévisageait avec un regard empreint d'un tel désespoir qu'il valait certainement les paroles les plus tragiques. Lucy ne pouvait se dérober, coincée à bâbord par les danseurs, et à tribord par une longue planche sur laquelle les vivres et les alcools avaient été rassemblés : charcuterie, légumes crus, sardines fraîches, caviar, cognac et vins en bouteilles, cruches et bonbonnes.

Lev s'éloigna du buffet. Des applaudissements et de nouvelles acclamations recouvrirent la rumba et les cris. On fêtait l'apparition de Guilli-Guilli, prestidigitateur tunisien et grand habitué du carrefour Vavin. Il portait une longue robe de soie jaune brodée de dessins multicolores. Il stoppa net devant un régime de bananes qui descendait du ciel, suspendu à une solive. Il prétendit le transformer en un carrosse d'or tiré par six chevaux où prendraient place tous les convives de la fête qui se transporteraient ainsi chez Nasséra, où on faisait du couscous, du loukoum et du jazz. Guilli-Guilli fut si bien félicité qu'il n'eut pas même besoin de lancer ses dés : on le croyait sans certificat. Il se rabattit sur les vins et le cognac.

Lev n'était venu là que pour rencontrer Pascin. Ce n'était pas le jour. Il voulut fuir. Hélas, l'entrée était doublement occupée : les admirateurs de Guilli-Guilli, qui attendaient que le magicien leur revînt après avoir consommé l'alcool nécessaire à la bonne résolution de ses tours, devaient faire face à l'assaut imprévu d'une grosse caisse, d'un cor de chasse et d'un trombone qui prétendaient égayer un peu cette soirée morose. Les deux groupes se chamaillaient gentiment, les uns tentant d'occuper encore la place que les autres voulaient prendre.

Lev se replia sur le balcon. Ce faisant, il tomba sur la seule personne qu'il fuyait systématiquement depuis qu'il était revenu à Montparnasse, et qu'il n'avait pas encore rencontrée car elle ne mettait pas les pieds au Caméléon.

Chloé était appuyée à la rambarde. Elle tenait un verre de cognac à la main. Au premier coup d'œil, Lev vit qu'elle était légèrement soûle. Elle regardait la rue, en bas. Sans tourner la tête, elle le saisit au poignet et dit :

« Reste un peu avec moi. »

Elle avait les bras nus. Un frisson dansait sur sa peau. Cette vision émut Lev.

« Chagrin d'amour », dit-elle.

Depuis qu'il s'était approché, elle n'avait pas levé le regard vers lui.

« Un sculpteur sans grand talent mais avec des mains que j'aime. Quand on s'attache aux mains d'un homme, c'est foutu pour toujours. »

Elle haussa tristement les épaules. Lev ôta sa veste et la posa sur ses épaules.

« On peut oublier les yeux. Un regard, c'est fugace. C'est comme une neige fondue. Les mains, ça tient. »

Il lui demanda si elle avait posé pour ce sculpteur. Elle dit que non. Elle vida son verre d'un trait et le lança joliment dans le vide : sa main s'était élevée par-dessus la rambarde et avait décrit un geste très pur, aussi naturel qu'un doigt époussetant une mèche.

« Je ne pose plus. Je danse de nouveau. »

Lev ne fit pas de commentaire. Il ne voulait pas emprunter avec elle la route qui conduisait au précipice de ce qu'on a fait et qu'on fait depuis. C'était pour cette raison-là qu'il l'avait évitée depuis si longtemps. Il ajusta sa veste sur les épaules de la jeune femme et dit :

« Je dois partir. »

Il fit un pas en arrière. Elle se tourna vers lui et reprit son poignet.

« Ta veste ?

– Je te la laisse. »

Elle avait les yeux agrandis, un peu troubles. Le maquillage s'enfuyait, comme à la fin des nuits. Le passage des années avait marqué son visage d'une profondeur nouvelle qui l'embellissait. Elle avait perdu la vivacité des jeunes filles pour retrouver la gravité des petites filles sérieuses.

Elle siffla :

« Je ne veux pas de ton habit de maquereau ! »

Elle jeta la veste. Elle lui prit l'autre poignet. Il eût facilement pu se libérer, mais au prix d'une brusquerie qui lui faisait horreur.

« On m'a dit que tu avais ouvert une maison pour les filles.

– Ça s'appelle un bordel, répliqua froidement Lev.

– C'est grâce à ce bordel que tu peux t'acheter tes costumes de richard vulgaire ? »

Il portait ce soir-là une chemise légère et des souliers de peau. Ainsi que des boutons de manchettes en perles nacrées qui brillèrent à ses poignets lorsqu'elle les tourna.

« Tu n'avais pas autant de colifichets du temps de ton manteau noir.

– Personne... Montparnasse ne ressemble plus à Montparnasse. Apollinaire et Modigliani nous ont emportés avec eux. »

Il pensa qu'elle abandonnerait ses mains. Mais elle les conserva. Non loin, éclata l'accent aigu d'un cor de chasse bien en bouche.

Brusquement, elle se laissa aller contre lui. Il garda les bras raidis le long du corps. Elle se reprit.

« Raccompagne-moi », dit-elle dans un souffle un peu désespéré.

Elle se baissa, ramassa la veste et la lui tendit. Il la remit sur ses épaules.

« Le maquereau et son modèle », grinça-t-elle

« Chacun sa nuit d'amour », dit Pascin en lui ouvrant sa porte, le lendemain dans l'après-midi.

Il portait un pyjama rouge et un melon doré sur la tête.

« Je t'ai vu partir, hier, avec Chloé. Nous n'aimons pas les mêmes femmes. Tes paysages sont sur les avenues. Les miens longent les ruelles et les terrains vagues. »

Trois filles dormaient sur les coussins de l'atelier. Elles portaient des chemises et des bas d'homme. Une toile humide représentant l'une d'elles trônait sur un chevalet, au centre de la pièce. Les reliefs de la fête traînaient ici et là, sur les chaises, sur la grande table, devant la fenêtre.

« Ces trois-là sont des frangines. Je les dessine à tour de rôle mais aucune ne veut de moi. Elles ont débarqué au petit matin. J'avais oublié de les inviter hier soir. »

Pascin referma doucement la porte de l'atelier et entraîna Lev vers la chambre.

« … Si bien que je n'ai pas fermé l'œil. »

Il désigna un siège et disparut dans la salle de bains.

« J'aurais bien voulu en baiser une ou deux, peut-être même les trois, mais elles prétendent que l'amour est incompatible avec l'art. Tu en penses quelque chose ? »

Il pointa une tête barbouillée de savon à barbe. Il n'avait pas ôté son couvre-chef.

« J'aime particulièrement coucher avec mes modèles. Depuis quelque temps, je me demande si je ne suis pas devenu peintre seulement pour ça. »

Il retourna dans la salle de bains.

« Ce qui serait aussi une vocation… Je ne sais pas finalement laquelle compte le plus. »

Lev se tenait comme un visiteur, assis bien droit sur sa chaise. Il songeait à Dedo. Il songeait que Pascin ressemblait beaucoup à Dedo, sauf sur ce point : lui ne couchait presque jamais avec ses modèles. Il aimait les fêtes, il était tantôt très exubérant, tantôt terriblement renfermé, mais il ne mêlait pas le sexe et la peinture.

« Pourquoi es-tu là ? demanda Pascin sans reparaître. Je suis ravi et je vais t'emmener déjeuner, mais j'avais aussi oublié que nous avions rendez-vous.

– Il y a deux jours, tu m'as demandé de venir.

– Je me souviens ! Je veux t'offrir un dessin ! »

Pascin s'encadra dans le chambranle de la salle de bains. Il leva un doigt.

« Il y a longtemps, tu es venu dans la cave de la rue Joseph-Bara avec le commissaire Zamaron… »

Il sembla à Lev qu'un édifice s'ouvrait sous lui. Il voulut faire taire Pascin. Il ouvrit la bouche, mais aucune parole ne vint.

« Vous avez regardé un de mes dessins. C'est le flic qui me l'a dit. Ce dessin est à toi. Je te l'offre. »

Pendant longtemps, Lev avait espéré que Pascin avait vidé la cave. Ainsi sa quête se fût-elle heurté à une borne définitive. Le peintre le détrompa :

« J'ai laissé mes malles rue Joseph-Bara. Elles me donnent un prétexte pour me rendre là-bas. Les Krogh habitent où nous étions, moi puis toi. Si je veux voir Lucy, je dis que c'est pour la cave. »

Il se coiffa de son melon noir et précéda Lev dans le couloir. Au passage, il jeta un regard sur les trois jeunes filles. Elles dormaient encore. Il referma la porte sans bruit et descendit les escaliers à la hâte. Au rez-de-chaussée, il attendit Lev.

« Tu me rends un grand service. »

Il cligna des yeux comme un enfant.

« Je monterai voir Lucy. Je dirai que c'est pour la cave. Tu confirmeras ?

– Bien sûr.

– Pour la cave, il faut la clé. La clé, c'est elle qui l'a. Donc, pour la cave, je dois voir Lucy.

– Certainement », approuva Lev.

Il songeait au dessin. A Galea et à la jeune fille qui se trouvait à son côté. Il y avait si longtemps…

« J'aime Lucy, fit Pascin, soudain redevenu sombre. Je l'aime follement. Je veux vivre avec elle. Je ne peux pas peindre quand elle n'est pas là. Hier, son mari bécotait une fille sous son nez, ça ne l'a pas fait changer d'avis. Elle ne veut pas l'abandonner. Ni lui ni son fils. C'est une bourgeoise. »

Il répéta :

« Une bourgeoise. »

Trois fois. Cela ne modifia en rien ses sentiments. Au contraire. Il était d'humeur beige en partant de chez lui. Gris au passage de la Seine. Noir lorsqu'ils arrivèrent aux confins de Montparnasse.

« Asseyons-nous sur un banc, dit-il à l'approche de Notre-Dame-des-Champs. Je ne peux pas me présenter devant elle dans cet état. »

Il n'y avait pas de banc. Il se hissa sur le rebord d'une fenêtre, posa ses avant-bras sur ses cuisses, baissa la tête et resta là un long instant. Lev le regardait. Il ne comprit pas aussitôt que Pascin pleurait. Et lorsqu'il l'eut compris, il ne trouva rien à dire, et rien à faire, et il eut envie de rebrousser chemin. Il était devant un enfant. Il ne savait pas comment agir avec les enfants.

Il fit un pas de côté, terriblement gêné. Mais Pascin sauta souplement sur le trottoir et dit :

« Nous allons voir pour ton dessin. Après, on ira se soûler. »

Il avait incliné son melon sur le front, comme à son habitude. Il marchait vite, désormais.

« Je ne peux pas me laisser abattre ainsi. Ce n'est qu'une femme et la terre en est pleine. »

Il fit quelques pas en silence puis se morigéna lui-même :

« Le chagrin fait divaguer. Cette femme-là a un poids terrible dans ma vie et je me fous des autres. Je ne peux pas faire comme si elle ne comptait pas. »

Il demanda à Lev s'il avait déjà été amoureux.

« Oui. C'était une jeune fille de mon pays.

– Il y a combien de temps ?

– Avant d'arriver à Paris.

– On oublie ?

– Non. Mais on perd la douleur. La douleur devient une trace.

– Et cette trace ?

– Elle est notre mémoire. »

Pascin s'arrêta pour allumer une Caporal. Il la tint à l'extrémité des lèvres.

« Je ne croyais pas qu'un fornicateur pouvait être fou d'amour.

– Aimes-tu encore Hermine ? demanda Lev.

– Pas comme Lucy. »

Il se plongea dans un abîme de pensées dont il se débarrassa en haut du boulevard Raspail.

« Les premières fois me marquent toujours. Lucy, c'était il y a dix ans et je n'ai rien oublié. Hermine, non plus. Elle est venue chez moi pour vendre des miniatures sur ivoire et elle s'est retrouvée dans mon lit, avec trois verres de cognac dans le ventre. Figure-toi, Lev Korovine, que sa mère avait cousu ses dessous pour s'assurer que sa fille ne coucherait pas ! Une ceinture de chasteté ! A vingt et un ans ! »

Il ne riait pas. Il était véritablement furieux.

« Lucy, je l'ai rencontrée à l'académie Matisse. On m'avait dit que c'était la plus belle femme de Paris. J'y suis allé seulement pour cela. George Grosz m'accompagnait. Je l'ai abordée à la sortie. Trois semaines après, on couchait ensemble. J'étais très fier. »

Il fumait sans décrocher la cigarette de ses lèvres. A l'angle de la rue Joseph-Bara, il dit à Korovine :

« C'est toi qui iras chercher la clé. Tu diras que je suis en bas et nous verrons si elle descend.

– Elle descendra, fit Lev.

– Pas sûr. Hier soir, nous avons rompu.

– Est-ce la première fois ?

– La vingt-cinquième. »

Pascin secoua la tête, faisant taire le propos attendu.

« Même s'il devait y en avoir une vingt-sixième, la vingt-cinquième reste ce qu'elle est aujourd'hui : la dernière. C'est toujours celle qui fait le plus mal.

– Pense à la vingt-quatrième, suggéra Lev.

– Nous sommes restés trois semaines sans nous voir. Ça a été horrible. Je lui envoyais des mots la suppliant de revenir parce que je ne pouvais plus dessiner. Et comme elle ne répondait pas, je lui ai proposé qu'on reste copains. Et comme ça ne marchait pas non plus, je lui ai encore écrit pour lui dire que je devais aller dans la cave de la rue Joseph-Bara, qu'elle devait choisir un jour où elle serait absente et me le communiquer. Forcément, elle a répondu. Je suis venu à un moment où je savais qu'elle serait là. »

Il marqua un silence. Un petit bonheur lui était monté aux joues.

« Ça a été quelque chose de très remarquable. »

Il ajouta, riant presque :

« Son mari ne nous en a pas voulu. Et son fils non plus. Parce qu'ils ont dû comprendre qu'entre nous il y a quelque chose de divin. »

Il s'en était convaincu. Si bien convaincu que lorsqu'ils furent devant la porte de l'immeuble, il pria Lev de l'attendre : il allait monter lui-même, demander la clé, expliquer à Per qu'il devait laisser Lucy partir, à Lucy que Per était d'accord pour la laisser partir, à Guy que rien ne changerait entre ses parents : ils seraient tous là, de la même manière qu'ils y étaient déjà puisque trois fois par semaine ils se voyaient ensemble, Per, Lucy, Guy et lui-même, Jules Pascin.

« N'est-ce pas ?

– Oui », fit Lev.

Pascin disparut dans les étages. Mme Salomon n'était plus là. Lev attendit dans le couloir. Il ne voulut pas gravir ces escaliers qu'il avait tant de fois empruntés, derrière Kisling, derrière Zborowski, derrière Modigliani. Il n'avait maintenant qu'un désir : descendre à la cave.

Pascin rayonnait :

« Le froid provoque la chaleur ! »

Il précédait Lev dans le sous-sol.

« C'est elle qui m'a ouvert. J'ai dit : “Bonjour, je viens chercher les clés de la cave.” Elle me regardait sans me croire. J'ai dit que j'étais là pour toi et que tu attendais en bas. Que tu étais très pressé, et moi aussi, du coup. Sans un sourire. Rien. Glacé. »

Il émit un rire un peu caverneux que l'écho amplifia. Il avait gardé son melon. Sa silhouette s'allongeait sur les murs sombres à peine éclairés par la flamme de la lampe à alcool qu'il tenait précautionneusement devant lui.

« Per est arrivé derrière elle. Il m'a invité à dîner. Et sais-tu ce que j'ai répondu ?

– Tu as répondu non, dit Lev.

– Parfaitement ! J'ai dit : “Mon ami Lev et moi dînons ensemble ce soir. Une autre fois, peut-être.” J'ai été remarquable !... Per m'a donné les clés de la cave et m'a proposé de remonter avec toi prendre un verre après. J'ai dit : “Peut-être que mon ami Lev pourra, mais moi j'ai d'urgentes occupations qui ne peuvent pas attendre.” Presque sans accent ! Et quand Per est parti, Lucy est venue contre moi, très vite, avec le ventre. C'est une promesse de rencontre. Et pas à dîner rue Joseph-Bara ! A coucher ! »

Il avait ouvert la cave. Lev prit la lampe à alcool d'entre ses mains. Pascin se pencha sur l'une des malles où ses dessins étaient entreposés. Il s'agenouilla devant la cantine et dit :

« Je garde ici mes dessins de jeunesse. Je te donnerai celui que tu veux à condition que tu l'acceptes comme cadeau.

– Pourquoi m'offrirais-tu un dessin ?

– Parce que j'ai vu Lucy. Demain, elle sera dans mes bras. Après-demain, je me remettrai au travail. »

Il ouvrit la malle. Lev vint derrière lui. Il tenait la lampe en hauteur, au-dessus des dessins que Pascin survolait. Le peintre ne commentait pas ses œuvres anciennes. Il ne pensait plus à Lucy, mais il ne montrait aucun attachement particulier aux images de lui-même que lui renvoyaient ses illustrations. Il ne parlait pas. Et Lev non plus.

Pascin ouvrait les cartons et faisait défiler ses dessins. Lev observait par-dessus son épaule. Soudain, il tendit la main et lâcha :

« Celui-ci.

– Galea, fit le peintre aussitôt. Roumanie. »

Il tendit le dessin à Lev.

« Il n'est pas très remarquable. Je t'en offre un autre.

– Non. »

Lev approcha la lampe à alcool au plus près du papier.

« J'ai connu cette femme.

– Moi aussi, répliqua Pascin. Elle était sous-maîtresse dans un bordel de Roumanie.

– Quel bordel ?

– Le plus grand de Bucarest. »

Pascin referma la malle, se releva, étendit la main devant lui et ferma à demi les yeux.

« Un bordel comme on les rêve… Du pourpre partout, de la dentelle, des filles délicieuses… Moi, je foutais la patronne. »

Il ricana.

« J'avais moins de vingt ans, et elle plus de trente-cinq. Très bon apprentissage ! Mais elle était jalouse. Elle ne voulait pas que j'essaie ses pensionnaires. Il y avait quelqu'un pour ça, et elle ne désirait pas changer.

– Qui est à côté de Galea ? » demanda Korovine.

Il s'était penché sur le dessin que le commissaire Zamaron lui avait montré quelques années auparavant.

« Une puce… Une fleur de poussière. Très jeune à l'époque. On s'est tout juste croisés. Elle arrivait quand je partais pour Berlin.

– Roumaine ?

– Polonaise.

– Son nom ?

– Je ne sais pas.

– Son prénom ?

– Eve. »

Lev se courba légèrement.

« Ce n'est pas elle. »

La lampe à alcool projetait une lueur qui dansait sur la pierre des parois. Les deux hommes se tenaient chacun appuyé à un mur. L'ogive du plafond était lourde comme un cône d'ombre. Pascin décrivait à Korovine la vie d'un artiste peintre dans les bras du plus beau lupanar du monde. Korovine regardait le visage et la silhouette dessinés à la plume et au crayon gras. Il cherchait. Il reconnaissait un profil, il avait l'intuition de quelque chose, et tout cela, une fois encore, se perdait dans la poussière.

Un détail cependant le troublait : longtemps auparavant, il avait joué sa peinture avec Max Jacob. Et Max avait dit : Eve. Galea avait répété ce nom. Celui de la première femme. Eve. Korovine se fût volontiers précipité chez le poète pour lui demander pourquoi il avait choisi ce nom-là. Mais Max avait quitté Paris. Il vivait maintenant sur les bords de la Loire.

« Le bordel de Bucarest existe-t-il toujours ? demanda-t-il à Pascin.

– Je n'y ai plus mes entrées.

– Aurait-on une chance de retrouver Eve là-bas ?

– Une aiguille dans une botte de foin », répondit laconiquement Pascin.

Lev poussa un soupir. Les murs de la cave, soudain, l'oppressaient.

« Pourquoi la cherches-tu ? »

La réponse fusa :

« Pour peindre de nouveau.

– Je ne connais pas toute ton histoire », dit Pascin.

Il se décolla du mur et s'approcha.

« On me l'a racontée par bribes. Quel rôle joue cette fille ? »

Lev le lui dit. Puis il ajouta :

« Ce n'est probablement pas elle. Celle que connaissait Félix portait un autre nom.

– Quel nom ?

– Mareva. »

Pascin hocha la tête. Il tournait dans la cave, mains dans les poches. Il alluma une cigarette. L'odeur, âcre et puissante, se mêla à celle de la lampe. Il se campa face à Korovine.

« On parlait hébreu chez toi ?

– Seulement yiddish. »

Pascin tira sur sa cigarette. Il la garda aux lèvres tout en exhalant la fumée.

« J'ai une bonne nouvelle. Meilleure que ce dessin. »

Il le désigna d'un bref mouvement de la main.

« La fille que j'ai dessinée il y a longtemps est bien celle que tu recherches. »

Lev ne bougea pas d'un pouce. Pascin décolla sa Caporal du coin de la bouche. Il la jeta au sol et l'écrasa du pied.

« Ecoute-moi bien, Lev Korovine. »

Il colla sa poitrine contre celle de son ami et ajouta, doucement :

« Mareva, en hébreu, c'est MAR HVA. *Femme amère*. La première femme étant Eve, Mareva signifie aussi *Eve amère*. »

Il se dégagea.

« *Eve amère*, répéta-t-il. Pour une gigolette, c'est un joli symbole. Une gigolette juive qui parle certainement l'hébreu... On aura tout vu. »

Lev demeurait appuyé à la voûte, cloué, interloqué. Pascin alla vers la porte et se tourna vers lui :

« Viens. Il est temps de boire. »

Il revint sur ses pas pour prendre la lampe à alcool. Comme il allait s'en emparer, la mèche mourut dans un grésillement infime. Pascin poussa un soupir long comme le désespoir :

« Maintenant, dit-il, on est dans le noir. »

La fête battait son plein au rez-de-chaussée. Enfermé dans la petite chambre contiguë à l'atelier, Korovine observait cette femme qui, pour la première fois depuis dix ans, avait un visage. Il avait fait encadrer le dessin de Pascin dans un jonc noir très fin. Il le déplaçait sur ses murs en fonction de la lumière. Il ne cessait de le regarder. Elle et Galea.

La sous-maîtresse avait cet œil rusé qui l'avait charmé la première fois, mais il y lisait surtout la brutalité dont il avait souffert. Elle avait quinze ans de moins ; déjà, elle était la même. Au-delà des années, il reconnaissait le front étroit, la violence dissimulée des expressions. Sa main était posée sur l'épaule de celle à qui elle commandait, posée de telle manière qu'il apparaissait aussitôt qu'entre ces deux personnes n'existait qu'un rapport d'autorité et de soumission.

Mareva était plus jeune. A peine une jeune fille. Seize ans peut-être. Elle portait une sorte de pyjama fait d'une seule pièce qui lui couvrait le buste et le haut des cuisses. L'une des bretelles avait glissé sur l'épaule, dégageant la naissance d'une poitrine légère, à l'aréole masquée. Elle était assise sur un canapé seulement esquissé, de biais, les jambes repliées sous elle. Chaste et juvénile. Un nœud égayait une chevelure très longue que la main ramenait derrière l'oreille, geste fugitif que Pascin avait magistralement saisi. Il avait promené son crayon sur la feuille avec cette curiosité et cet amour des femmes si naturels chez lui qu'ils transparaissaient à maints détails. Le regard semblait errer, s'étant fixé par la seule intervention de l'artiste sur un point auquel il ne s'attachait pas. Il avait été arrêté dans un parcours fait d'interrogations, d'incompréhension, comme une crainte voilée. La posture marquait un abandon feint. C'était à se demander si la main de Galea posée sur l'épaule de Mareva n'était pas là pour la retenir, l'empêcher de s'enfuir. C'était du moins ce que Lev voulait croire.

Pour la première fois depuis qu'une image lui était donnée de Mareva, qu'il l'eût entrevue sur le siège d'un taxi, aperçue fugitivement dans une salle de vente ou longuement observée sur un portrait tracé par un autre, il éprouvait un sentiment pour elle. Elle lui apparaissait comme une personne et non plus seulement comme la possible inspiratrice d'un miracle. Il découvrait sur ses traits toute la force de ce nom extraordinaire, Eve amère, qui le bouleversait pour ce qu'il lui rappelait de sa propre histoire, de celle des siens, ces juifs d'Europe centrale dont l'exil ici, les pogromes là-bas, n'étaient qu'une construction d'*amertumes*. Eve amère. Elle n'était pas consentante, certainement pas consentante, mais elle avait accepté ce destin-là, et sans doute était-elle meurtrie, blessée à tout jamais. Comme lui-même. C'était cela que Lev voyait sur le dessin de Pascin. Une pression qui maintenait la jeune personne là où elle devait être, assise, les jambes retenues sous elle et non déployées, ouvertes, offertes à la vie qu'on lui proposait. Une douleur. Une somme de douleurs. Korovine savait comment les filles de Pologne se retrouvaient en Argentine.

Il se leva, décrocha le manteau noir de la patère et passa dans l'atelier. Depuis quelques jours, quatre peintres pêchés aux terrasses du Dôme et de la Rotonde travaillaient là dans la journée. Ils avaient ramené avec eux l'odeur de la peinture. Les pinceaux trempaient dans des gobelets souillés, les palettes exposaient leurs joues multicolores, les toiles proposaient des esquisses, des œuvres inachevées.

Korovine posa le dessin de Pascin sur un chevalet. Il prit du champ non pour le voir encore mais pour le voir autrement. Il ressentait une étrange satisfaction à imaginer le tohu-bohu du rez-de-chaussée, les allées et venues du premier, et à se savoir seul enfermé entre ses murs, sans un bruit lui parvenant des étages inférieurs. Une sombre énergie le poussait à accomplir un geste si sacré qu'il en était devenu interdit. Il allait franchir la frontière que lui-même avait tracée entre ses territoires habituels et d'autres qu'il n'avait plus abordés depuis de multiples années.

Il fit quelques pas dans l'atelier. Il s'empara d'un pinceau et le trempa dans un vermillon encore humide sur la palette. Puis dans un blanc légèrement bleuté. Puis dans l'eau. Il s'approcha du dessin de Pascin. Il posa la pointe du pinceau sur le visage de Mareva, et il traça la baie du menton, le maxillaire d'une joue, l'autre, la main rejetant la mèche, le bras gauche, les deux mollets, nus, sous les fesses.

Il rinça le pinceau. Il reprit la même couleur. Il peignit par-dessus le front buté de Galea, sa main posée sur l'épaule de Mareva, Mareva, Eve amère. Il fit encore l'épaule, le cou, la gorge si peu dénudée, le bras de la sous-maîtresse, les lèvres, le nez, les paupières, le poignet sur le rebord du canapé.

Il changea de pinceau pour le blanc du pyjama, le noir de la pupille, le vert très pâle des voilages tendus sur la fenêtre, pour la cendre de la chevelure, pour le bleu d'une robe et l'or d'un bracelet, pour les couleurs lavées de Pascin recouvertes des siennes, Mareva, Eve amère. Lorsqu'il eut fini, tous ses nerfs vibraient. Il était heureux.

Il prit du recul pour considérer son travail. Il rinça soigneusement les pinceaux, les palettes, remit les bidons et les gobelets à leur place. Lorsqu'il eut l'assurance que les peintres retrouveraient sans dommage leurs propres traces le lendemain, il prit le dessin de Pascin, qui était devenu comme le sien, et revint dans la chambre. Il referma doucement la porte. Il se débarrassa de son manteau noir. Il décrocha le téléphone intérieur, attendit un court instant, puis il entendit la voix chaude de Mouna. Elle était à son poste, derrière le bar. Elle lui dit que Martoune était arrivée. Il répondit qu'il descendait.

Il choisit une cravate noire à filets blancs, revêtit une veste grège dont il ferma soigneusement les boutons nacrés. Puis, impeccablement sanglé dans un costume aux plis rigoureux, il s'aventura d'un bon pas dans le couloir. Lorsqu'il posa la main sur la rampe de l'escalier, il entendit les rumeurs monter du rez-de-chaussée, les notes basses du piano, quelques applaudissements saluant l'audace des danseurs.

Mouna l'attendait devant le bar. D'un geste de sa main unique, elle lui désigna la table où il avait l'habitude de convier ses invités lorsqu'il en recevait. Martoune était assise dans l'un des fauteuils bas, jambes croisées.

« Je crois qu'elle est disposée à vous aider.
– Merci de l'avoir fait venir », répondit Lev.

Un jeune homme qu'il ne connaissait pas officiait derrière le bar. D'habitude, Mouna se faisait plus volontiers seconder par des jeunes filles. Lev dévisagea rapidement le nouveau venu. Au regard que lui portait la femme au bras coupé, il comprit qu'elle attendait un commentaire. Il n'en fit aucun.

Martoune portait un chapeau à larges bords. Une voilette en maille dissimulait son visage. Elle fumait une cigarette vissée à un long tube dirigé vers le bas. Elle tendit une main gantée à Lev. Il déposa le souffle de ses lèvres sur une couture prise dans un chevreau souple.

« Ne me demandez pas d'ôter la voilette, vous seriez déçu. »

Il ne l'avait pas revue depuis ce jour où elle avait acheté le Modigliani à Drouot.

« Je suis défigurée. J'ai pris un gnon devant le One two two. »

Korovine s'assit face à elle et face au mur de manière à ne pas être dérangé.

« Un jeune voyou, figurez-vous. Une mauvaise herbe poussée dans les fortifs. Il m'a poché l'œil... Offrez-moi un vermouth-curaçao. »

Lev tendit le bras. Une des jeunes filles préposées au service en salle s'approcha. Il passa commande. Derrière sa voilette, Martoune scrutait attentivement le spectacle alentour. Lorsque la serveuse se fut éloignée, elle commenta :

« Vous devriez les déshabiller davantage. La clientèle aime voir.
– Peut-être, dit Lev évasivement.
– ... Ou entrevoir. La pointe du sein, quand les soubrettes se baissent, ça fait grimper les additions.

– Ce n'est pas tout à fait l'esprit de la maison.

– On me l'a dit. Boîte au premier, bordel au deuxième et institut artistique au troisième, c'est cela ?

– A peu près.

– Je vais vous faire concurrence, figurez-vous. Je vise un immeuble du boulevard Edgar-Quinet. Quelque chose de grandiose. Dans le genre égyptien. Ça s'appellera le Sphinx. »

Elle souleva légèrement sa voilette, s'approcha de l'oreille de Lev et demanda :

« J'ai des fonds et des associés. Vous voulez nous rejoindre ?

– Je ne crois pas. »

La jeune personne déposa les consommations sur la table.

« Vous ne savez pas faire, dit Martoune, s'adressant à elle. Il faudrait apprendre à vous baisser. Et puis vous devriez changer de parfum.

– Vous n'y êtes pas du tout, intervint Korovine. Mademoiselle travaille dans une académie de peinture. Elle vient ici pour arrondir ses fins de mois.

– Envoyez-la-moi. Je lui apprendrai le métier.

– Elle n'acceptera pas.

– Vous voulez dire qu'elle ne monte pas ?

– Non.

– Même pas… à l'occasion ?

– Je ne l'ai jamais vue faire, et les autres non plus. »

Il montra les quelques jeunes filles qui se promenaient de table en table pour recueillir les commandes.

« Votre affaire est feutrée et hypocrite, persifla Martoune. On ne distingue pas les filles qui sont là pour ça de celles qui sont là pour autre chose.

– Les clients font la différence.

– Ce sont des habitués ?

– Oui, mais la plupart ne viennent pas pour cela.
– Pour danser, peut-être ?
– Vous voulez visiter ?
– C'est fait », répondit froidement Martoune.

Elle écrasa sa cigarette dans un cendrier de jade et ajouta :

« Vous aviez du retard. Il fallait bien que je m'occupe.
– Parlons d'autre chose », proposa Korovine.

Le piano s'était tu dans la salle voûtée. Les conversations se poursuivirent quelques secondes, comme sur un élan, puis elles s'interrompirent. Le piano reprit.

« Je sais pourquoi vous vouliez me voir, dit Martoune en vissant une nouvelle cigarette à l'extrémité du tube noir.
– Mouna vous l'a dit ?
– Oui. »

Elle tourna la molette d'un briquet en argent qui chuchota une flamme minuscule. Après que le couvercle se fut refermé dans un claquement sec, elle ajouta :

« Mais je ne sais rien. Je n'ai pas revu Galea depuis qu'elle a quitté la France. Elle m'avait dit que vous cherchiez une petite. Je ne l'ai pas connue. Et je n'ai jamais rencontré Félix non plus.
– Ce n'est pas cela que j'attends de vous, dit Lev.
– Plus simple ?
– Plus éloigné.
– En France ou en Navarre ?
– En Pologne.
– La petite vient de là-bas ?
– Il semble que oui. Mais elle n'est plus une enfant.
– Vous avez un nom ?
– Un prénom et son nom de fille. »

Martoune fouilla dans son sac et posa un petit objet sur la table. C'était un calepin à couverture dorée et ouvragée. Elle l'ouvrit.

« Epelez-moi ça. »

Lev s'exécuta. Martoune écrivait lentement, d'une écriture maladroite et grossière.

Elle referma promptement son carnet. La voilette se souleva légèrement, soufflée par le geste. Korovine entrevit un cercle noir autour de l'œil.

« Je ne vous ai pas demandé de m'observer », grommela la maquerelle.

Elle enfourna le carnet dans son sac. Lev se demanda si cette bouffée de mauvaise humeur était provoquée par l'œil ou par l'écriture.

« Je connais quelques Polonais à Paris, et d'autres en Argentine. Ils vont souvent en remonte à Varsovie. Si votre fille est là-bas, j'aurai des nouvelles. »

A la table voisine, s'installa un petit homme que Lev ne reconnut pas aussitôt.

« Pourquoi me rendez-vous ce service ? »

Martoune inclina gracieusement la tête. Dans l'ombre de la voilette, Lev imagina un sourire.

« Entre gens de bien, il faut s'entraider, non ?

– Avez-vous toujours le Modigliani ?

– Bien sûr. Je le mettrai à une place de choix dans mon nouvel établissement. »

Elle se leva.

« Vous m'invitez à danser ?

– Je ne danse jamais, répondit Korovine.

– Je peux y aller ?

– A condition que vous ne cherchiez pas à recruter.

– Mais je n'y comptais pas ! »

Il lui décocha une grimace dubitative.

Elle s'en fut dans un roulement des hanches qui

alluma le regard de tous les consommateurs. Sauf celui du petit homme. Il était assis bien droit, les mains posées sur le pommeau d'un parapluie. Il portait un couvre-chef un peu trop large pour lui. Lev croisa son regard. Il y lut un indicible mépris.

« Vous choisissiez mieux vos compagnies, proféra le bonhomme en levant le menton dans le sillage de la maquerelle.

– Puis-je vous offrir un verre ?

– Certainement pas. Je suis seulement venu m'assurer que le rapport de mes indicateurs disait vrai. »

Le commissaire Zamaron se leva. Sa bouche penchait vers le caniveau.

« La crotte vous va moins bien que la peinture. Je le regrette.

– Moi aussi, répliqua Korovine.

– Vous me donnez envie de vomir.

– Je comprends, mais pas ici. »

Il alla vers la porte et l'ouvrit.

« La rue est à vous, et le commissariat de la rue Delambre n'est pas loin. »

Le petit flic se jucha sur ses talonnettes et franchit le seuil avec la morgue dédaigneuse d'un général passant en revue un régiment de réfractaires. Sans même le regarder, il dit à Lev :

« Les œuvres que je vous ai achetées avant la guerre sont à votre disposition. »

Il disparut dans le passage, clopinant entre les pavés disjoints.

Korovine revint vers le bar. Il dit à Mouna qu'il ne voulait plus être dérangé. Il grimpa les escaliers jusqu'à chez lui. Il se boucla dans la chambre, arracha sa cravate et sa veste grège, faisant sauter les boutons nacrés qui se perdirent sous le lit. Il s'assit par terre. Il enferma son visage entre ses bras repliés, comme naguère, lorsqu'il dormait sous les porches.

Plus tard, il se leva. Il alluma la lumière et passa dans l'atelier. Il reprit le tableau de Pascin. Il trempa une éponge dans l'eau, l'essora soigneusement et effaça les coloriages qu'il avait fait sur le verre du cadre. Puis il recommença.

Il découvrit la Pologne par un matin froid du mois de novembre. Il débarqua à la gare de Varsovie muni d'une adresse et de la reproduction du visage de Mareva peint par Pascin, agrandi et photographié par l'ami américain de Kiki.

La misère l'agrippa dès qu'il eut posé le pied hors du train. Il la reconnut aussitôt : c'était celle de son enfance. Les personnages, les bruits, les odeurs des villages ceignant Kichinev. Une pauvreté qui ne ressemblait en rien à celle qu'il avait connue en arrivant à Paris. Là-bas, les trottoirs étaient vides. Ici, ils abritaient la honte. Ils étaient les vitrines des cours des miracles qui s'étendaient au-delà des façades, dans les replis des porches et des caves. Lev se souvenait de tout cela. Il s'y promenait autrement. Naguère, habitué. Aujourd'hui, distribuant les zlotys comme autant d'aumônes à son passé. Vêtu comme un Européen de l'autre monde, trimballant une valise de cuir aux coins renforcés, et sa haute silhouette dans un raglan à col de fourrure. Il avait un feutre pour se protéger de la pluie, et des bottes à tige pour marcher dans la boue. Il se frayait un chemin au milieu de silhouettes noires, des femmes aux fichus sales et troués, des mômes assis dans l'eau, des hommes rapiécés comme leurs habits et aussi incertains que leur main tendue. Ils vendaient des trésors tirés des greniers et des poubelles, chiffons, fruits et légumes blets, journaux des temps passés…

Lev se fit conduire à l'hôtel Bristol. Il déposa sa valise et ressortit aussitôt. Il acheta un plan de la ville. Il prit le trolleybus jusqu'à la rue Gnoya.

Ici, la misère avait un autre visage. Celui des filles maigres qui appelaient les hommes derrière les grillages des cours. Elles allaient et venaient d'un mur de ciment à l'autre, vêtues de jupes effrangées trop légères. Elles se réchauffaient en battant des mains. Elles ne ressemblaient pas aux prostituées des villes riches. Elles ne savaient pas faire. Elles n'avaient pas cette expérience-là.

Lev s'enfonça dans le couloir étroit d'un immeuble donnant sur la rue. Il reconnut l'odeur du cumin et du bortsch à l'oseille. Il frappa à une porte. Un nom était inscrit sur le battant : Mireille Melerovicz. C'était celui que lui avait donné Martoune, et la seule piste dont il disposât en Pologne. Mireille Melerovicz centralisait à Varsovie et à Cracovie les échanges avec Buenos Aires.

Une femme s'encadra dans le chambranle. Elle exhibait poitrine et mâchoires comme un coup de poing américain. Elle avait une cicatrice au front, l'œil scrutateur et minuscule. Lev se présenta. Martoune lui avait dit que Mireille Melerovicz avait appris le français auprès des envoyés nationaux venus quérir la marchandise pour l'Argentine. Elle ne s'était pas trompée.

Elle parlait mal et vite, très précisément, surtout après qu'elle eut évalué avec Lev la somme qu'il lui donnerait au terme de ses confidences.

Il fallut à ce dernier à peine dix minutes pour apprendre ce qu'il voulait savoir. Debout devant la porte, traversé par un courant d'air qui soufflait entre la rue et une ouverture, laquelle donnait sans doute sur une cour grillagée où quelques jeunes filles allaient et venaient, d'un bout à l'autre de leur cage.

Mireille Melerovicz avait été l'amie de Galea. Toutes deux s'étaient découvertes une forme de vocation. Mireille Melerovicz avait eu moins de chance. Ce qui expliquait qu'elle fût restée à Varsovie tandis que sa consœur, à l'autre bout de la chaîne, s'occupait des petits soleils de Pologne. A Buenos Aires, où il fait plus beau.

« Je trouvais la marchandise, et elle l'écoulait. »

Mireille Melerovicz avait une dent en or sur le devant.

« Je fouillais les quartiers des pauvres. Je repérais les filles. Quand elles étaient jeunes, assez jolies et très misérables, je les signalais.

– A qui ? » demanda Lev.

Il avait la voix blanche.

« A des intermédiaires. Des hommes qui se faisaient passer pour des marchands de fourrure. Ils venaient dans les familles et achetaient les filles. Ils les envoyaient en Argentine. Galea les réceptionnait. Moi, je touchais ma commission. Vous connaissez les tarifs ? »

Lev secoua son dégoût en même temps que la tête.

« A Buenos Aires, une Française, c'est cinq pesos. Une Polonaise, trois. Quand elle est très jeune et très jolie, le marchand de fourrure l'achète cent cinquante zlotys. Cent si elle est un peu plus vieille. Je touche dix pour cent. »

Korovine fouilla ses poches et sortit l'épreuve photographique tirée par Man Ray d'après le dessin de Pascin. Il la colla sous le nez de la gracieuse personne.

« Elle s'appelle Eve ou Mareva. Je la cherche. »

Mireille Melerovicz se pencha. Elle ne prit pas le cliché mais l'observa attentivement pendant d'éternelles secondes. Enfin, elle dit :

« La fille a changé. »

Dans la profondeur du raglan, les ongles de Lev creusaient la peau.

« La reconnaissez-vous ?

– Elle a été vendue il y a longtemps. Sa famille est ici.

– Et elle ?

– Elle est passée il y a un an, peut-être deux. C'est pourquoi je me souviens d'elle. C'était une amie de Galea.

– Une amie ? reprit Korovine.

– Elle a été achetée par un marchand de fourrure français. Il l'a rodée à Bucarest avant de l'envoyer en Argentine.

– Savez-vous si elle porte un tatouage ? »

Mireille Melerovicz porta l'index à son bras.

« Là.

– Une bouche ? questionna Lev.

– Les lèvres du marchand de fourrure.

– Galea avait le même.

– A la fesse. Elle me l'a montré...

– Pourquoi pas au bras ?

– Parce qu'il préférait le cul de l'une et la main de l'autre. »

Mireille Melerovicz décrivit le marchand de fourrure français. Lev Korovine avait la nausée. Pendant onze heures, il avait tenu contre lui le marchand de fourrure français qui avait acheté la petite Mareva, seize ans, entre cent et cent cinquante zlotys, à la famille Mielzynski, le père, la mère et les trois filles, dont les survivants demeuraient encore à Varsovie, rue Miodowa, un immeuble en saillie reconnaissable à sa toiture à demi effondrée.

Lev remercia, paya et s'en fut.

Le baraquement était en effet en saillie, et une partie de son toit, très en pente, avait glissé puis disparu. La famille Mielzynski habitait au dernier étage. La première pièce était à demi ouverte sur le ciel. Lev y entra parce qu'il n'y avait pas de porte. Il s'agissait sans doute d'une ancienne chambre. Quatre sommiers en ferraille sans literie rouillaient aux pluies d'hiver. Le parquet avait été soulevé par l'humidité. Quelques jouets d'enfants traînaient ici et là, épars, abandonnés. Un semblant de cabane avait été construit dans la partie abritée de la pièce. Elle était faite de planches clouées, mais là aussi, l'eau avait pénétré.

Lev poussa une porte. Il eut l'impression de dégringoler dans la bouche d'un puits. Et il dégringola en effet le long d'une échelle dont il ne sut retenir les montants. Il se retrouva sur un sol souple comme de la terre battue. Sans doute avait-il repris pied dans l'appartement de l'étage inférieur.

Aucune lumière ne filtrait d'une fenêtre ou d'une ouverture quelconque, hormis celle par laquelle descendait l'échelle. Lev n'était sûr de rien sauf de ceci : il n'était pas seul dans cet espace opaque. Une vision lui vint, et il comprit. Lorsque, dans les campagnes entourant Kichinev, les paysans allumaient les mèches des citrouilles évidées qu'ils utilisaient comme lanternes, quand ils se regroupaient pour marcher sur et contre les juifs, lances et faux en avant, hurlant leurs vociférations millénaires et meurtrières, embrumés par l'alcool, la haine, l'excitation des violences, les juifs se cachaient dans les trous, dans les caves, en bas, toujours en bas, car le feu des pogromes brûlait la base et le sommet, plus difficilement les sous-sols. Ils crevaient aux étages, balancés dans le vide, piétinés, lapidés, percés par les lances et par les faux. Dans les caves, les profondeurs des fosses, ils survivaient en plus grand nombre. Lorsque les pogromistes se lançaient à l'assaut des juifs, Lev se cachait avec ses frères, ses sœurs et ses parents. Et dans les soubassements de cet appartement détruit, il sentait une peur qu'il reconnaissait, il devinait les paupières béantes sur des regards l'observant, une question qu'il pouvait se poser à la place des silhouettes dissimulées, et qui avait trait à la vie et à la mort.

Il se planta au centre du cône de lumière déversé par l'ouverture du toit, et, rassemblant les fragments de yiddish qu'il n'avait pas oubliés, il dit :

« Vous n'avez pas eu le temps de cacher le trou et de retirer l'échelle. Mais je suis seul et je connais tout cela. »

Comme le silence lui répondait, il ajouta :

« Je viens pour Mareva. »

Il répéta : « Mareva », et se tut de nouveau.

C'était toujours le père ou le grand-père qui donnait le signal de la paix revenue. Ou un sanglot qu'on ne comprimait plus. Les larmes ne venaient jamais pendant les massacres, pendant les meurtres et la terreur. Alors, comme son père, comme sa mère, comme ses frères et ses sœurs, Lev écoutait. Il guettait. Il sauvait sa peau. Ce n'était qu'après, dans le silence revenu, et l'immobile, parfois la terrible solennité des flammes, que les larmes naissaient. Elles coulaient aussi sur un petit miracle, celui de ne pas avoir été découvert, d'être encore en vie.

A Varsovie, ce ne fut pas un homme qui signifia qu'il était désormais possible de respirer sans plus se cacher. Loin dans la pièce, la lueur d'une allumette brilla soudain, puis ce fut une bougie. Une ombre glissa très loin, qui fut proche aussitôt. A deux mètres de Lev. Devant une tenture noire qui s'était écartée, laissant entrevoir un espace confondu, indiscernable.

Une femme.

Elle portait un caftan et un fichu, noirs également. Elle tenait la bougie à la main et observait le visiteur avec crânerie et fierté. Son regard ne trahissait aucune peur. Elle demanda, en yiddish, ce que voulait l'inconnu. Lev répondit, usant de gestes et d'un vocabulaire qui lui revenait peu à peu. Il montra la photo de Man Ray. La femme l'observa attentivement, puis Lev, et elle dit à ceux qui se cachaient derrière la tenture qu'ils pouvaient sortir.

Apparurent quelques enfants et une jeune fille. Elle tenait la main du plus petit, le seul à n'être pas vêtu de noir : il portait un pantalon jaune ravaudé avec des pièces multicolores.

Lev regardait cette petite famille qui le regardait aussi, lui, frappé par la misère qui l'entourait, eux, interdit face à cet homme portant toutes les marques de la richesse, qui avait fait irruption chez eux en tombant d'une échelle. Il observait les visages, cherchant des ressemblances avec Mareva. Mais l'ombre était trop grande. Seule brillait la flamme de la bougie tenue par la femme. Elle allongeait les formes sur le drap noir. Elle faisait luire les pupilles. Elle permettait d'entrevoir, derrière le tissu, un couchage fait de plusieurs matelas alignés les uns auprès des autres.

La jeune fille s'approcha de celle qui devait être sa mère. Elle était menue. Des nattes glissaient jusqu'à ses épaules. Elle et les siens semblaient avoir surgi d'un décor de théâtre pour venir saluer à l'issue d'une tragédie antique. Tous se tenaient face à Lev, par rang d'âge, et ils attendaient.

La femme dit :

« Les hommes, ici, ont été massacrés, mais si nous crions, les voisins viendront.

– Vous n'aurez pas à crier », répliqua Lev.

Il dit qu'il était un juif venu de Bessarabie et qu'il habitait Paris. Il dit encore qu'il connaissait la violence des *goyim* et qu'un trou dans le plancher ne suffirait pas à les empêcher de descendre. A quoi la femme secoua la tête. Elle leva la bougie, et Lev constata que le plafond était très haut. Elle dit que lorsqu'on se trouvait à l'étage, et si l'échelle était retirée, la tenture faisait illusion : on croyait à un petit réduit clos entre ses quatre murs. On avait répandu de la terre sur l'ancien plancher en sorte que l'espace parût abandonné. La jeune fille ajouta qu'ils utilisaient cette cache depuis longtemps. Ils s'y étaient réfugiés après que le toit s'était effondré à l'étage supérieur.

D'un coup sec, elle tira le rideau. Elle prit la bougie des mains de sa mère, s'enfonça dans les profondeurs et alluma les mèches d'un candélabre. Lev fut invité à entrer. Il découvrit un quadrilatère aux murs absolument nus. Ils grimpaient jusqu'au plafond en une succession de pierres disjointes qu'aucun revêtement ne protégeait. Ils étaient sombres. L'humidité suintait en hauteur. Formant contraste avec cette verticalité dépouillée, le sol était encombré de boîtes et d'ustensiles variés. Dans un coin apparaissaient quelques queues de poireaux, des patates germées, deux ou trois casseroles empilées les unes sur les autres. Il y avait des jouets en bois sur les matelas. Un broc recueillait les gouttes réfractaires d'un robinet sortant du mur. Quelques vêtements étaient suspendus à des clous. Hormis un chandelier à sept branches, il n'y avait pas d'objets du culte dans cette pièce qui tenait lieu de chambre, de salon, de cuisine et de toilettes.

Les enfants et leur mère s'étaient regroupés près du robinet. Ils observaient Lev. Ils attendaient qu'il parle. Nul n'avait songé à refermer le rideau.

Korovine dit qu'il cherchait Mareva. On lui demanda pourquoi. Il s'embarrassa tout d'abord dans des explications confuses où il était question de peinture et de guerre. Mais il ne fut pas compris. Les gestes et la langue ne suffisaient pas à expliquer la raison qui l'avait conduit jusqu'à cette cache de la rue Miodowa, à Varsovie. Alors il dit :

« Je suis marchand de fourrure. »

Et il se demanda comment Félix avait pu tenir ce rôle-là. Face à une jeune fille qui, à l'époque, n'était certainement pas plus âgée que celle qui devait être sa sœur, qui se précipita vers sa mère, lui entoura la taille de ses bras et secoua la tête, moins pour Lev que pour cette femme qui avait laissé vendre son autre fille, sa fille aînée, Mareva, Eve amère. Comment Félix avait-il pu conserver son sang-froid devant une famille qui s'était brusquement pétrifiée sur elle-même, les enfants s'agenouillant aux pieds de l'aïeule, faisant cercle face à cet homme abject qui achetait les femmes pour en faire des putains ?

« Je ne suis pas venu pour vous, fit Lev, assurant sa voix. Je veux Mareva.

– C'est ma sœur, dit la jeune fille. Elle est partie depuis longtemps, et ma deuxième sœur aussi. »

Elle montra les enfants. Lev avait compté deux garçons et deux filles.

« Elle nous les a laissés. Je dois rester là pour aider ma mère à les faire vivre. »

Elle dardait sur le visiteur un regard profond et magnifique, tout à la fois violent et apeuré, comme si elle ne savait de quelle manière lui dire, en le suppliant ou en le menaçant, qu'elle n'était pas à vendre. Et lui ne la quittait pas des yeux, terrifié par le rôle qu'il s'était attribué, par cette scène dont il était l'acteur principal et qui lui faisait horreur au-delà de tout, au-delà même de la guerre et de ses blessures. N'eût été la misère dans laquelle il s'était placé lui-même en venant là, un sort odieux qu'il avait le sentiment de partager avec ces juifs traqués qui le traquaient à leur tour, au ventre, à l'âme, à la tête, il eût remonté l'échelle quatre à quatre pour que jaillissent ailleurs son dégoût et sa haine de soi. Mais il était trop tard. Il savait que si les *goyim* étaient survenus à cet instant, avec leurs faux et leurs lances, il se fût caché avec cette famille. Dans les limbes de sa mémoire et de sa douleur, c'était la sienne. Il était de ce côté-là du monde. Avec ceux qu'on vend et non avec ceux qui achètent. S'il avait eu à choisir entre crever en bas ou vivre là-haut, entre une faux et une bougie, il eût choisi le sous-sol et ses lumières vacillantes.

Il conserva ses yeux rivés sur ceux de la jeune fille. Il lui demanda comment elle s'appelait. Elle répondit :

« Sanda. »

Il s'adressa à sa mère. Il répéta :

« Je suis marchand de fourrure. Je suis venu pour racheter Mareva, et seulement elle.

– Elle n'est pas ici, répondit la femme.
– Où ?
– En France… Elle aime la France. Elle y est partie une première fois, avant l'Argentine. Elle y est revenue pendant la guerre.
– Je vous offre deux fois la première somme, dit Lev.
– Mareva n'est pas là, répéta la femme.
– Je vous demande seulement une adresse.
– Nous n'en avons pas.
– Prévenez-moi lorsqu'elle reviendra. »
Il y eut un silence. Ils s'observaient.
« Pourquoi voulez-vous voir Mareva ? »
C'était Sanda.
« Pourquoi l'avez-vous vendue ?
– Les pogromes, dit la mère. Pour qu'elle vive. Loin d'ici, elle avait une chance.
– Et vous ? reprit Sanda.
– Je suis peintre, dit Lev Korovine. Je souhaite seulement faire son portrait. La voir une heure. Je ne demande que cela. »
Les deux femmes échangèrent un regard. Sur un signe de la mère, la fille s'enfonça dans la pièce noire. Elle revint avec une boîte en carton. Elle la tint ouverte devant la femme. Celle-ci fouilla dans les papiers. Elle déplia puis replia plusieurs feuilles. Elle tendit à Lev celle qu'elle cherchait. Il la prit. Il découvrit un contrat. Un contrat manuscrit et grossier de vente à tempérament. Le 24 janvier 1904, les deux parties, l'une représentée par Félix T., et l'autre par Mielzynski père, étaient convenues que Mareva Mielzynski quitterait sa famille et la Pologne pour vivre désormais avec et sous la responsabilité de Félix T., marchand de fourrure. En échange, Mielzynski père

recevrait une mensualité de cinq zlotys chaque mois, pendant trois ans.

La feuille était signée.

Lev sortit un calepin et un stylographe de sa poche. Il demanda à combien étaient évalués aujourd'hui cent quatre-vingts zlotys de 1904. La mère dit :

« Six mille. »

Il signa une reconnaissance de dette de six mille zlotys, payables en trois ans, chaque mois. Sur une autre feuille, il nota son adresse à Paris. Il prit dans son portefeuille tout l'argent polonais dont il disposait. Il l'offrit à Sanda. Elle le prit sans hésiter. Puis, à voix très basse, comme si elle ne voulait pas être entendue de sa mère, de ses neveux et de ses nièces, elle demanda :

« Pourquoi faites-vous cela ? »

Il ne répondit pas. Il dit qu'il voulait une photo de Mareva. La mère en découvrit une dans la boîte en carton et la lui offrit. Il remercia d'un bref signe de tête. Il s'approcha du candélabre. Sur la photo, Mareva avait sensiblement le même âge que sa sœur. Les deux jeunes filles se ressemblaient.

Lev marcha vers l'échelle. Sanda le suivit. Alors qu'il posait le pied sur le premier barreau, elle lui effleura le bras et demanda de nouveau :

« Pourquoi ? »

Lev tourna son visage vers le sien.

« Je suis descendu à l'hôtel Bristol. Je pars ce soir. Je voudrais vous voir avant.

– A l'hôtel Bristol ? »

Elle avait esquissé un geste de recul.

« Vous devez venir. »

Il plongea son regard dans le sien. Elle le soutint. Une lueur légère passa sur l'ombre de ses pupilles.

Elle regarda autour d'elle, un peu désorientée. La mère et les enfants se tenaient près du rideau noir. Debout, loin, figés.

« Je vous attendrai », dit Lev.

Sa voix était exceptionnellement basse.

« Je vous supplie de venir. »

Elle hocha doucement la tête. Il posa l'autre pied sur le barreau supérieur. Elle ne répondait toujours pas. Il commença de monter lentement. Le raglan faisait comme une corolle autour de son buste. Il montait tout en regardant vers le bas. Il voyait la terre battue, la femme âgée et les enfants, qui disparurent bientôt derrière le rideau noir fermé de nouveau. Il voyait Sanda, la sœur de Mareva. Elle se tenait au pied de l'échelle, le visage penché. Il distinguait la raie médiane qui partageait les nattes.

Il posa un pied puis l'autre sur le sol de l'étage supérieur.

« Jetez l'échelle », ordonna-t-elle.

Il s'agenouilla, s'empara des montants et les lança dans le vide. Il y eut un bruit mat. Sanda s'éloigna du cône de lumière. Lev se pencha. Il ne vit plus qu'un réduit désert, dont le quatrième mur, même s'il était en tissu, se confondait avec les autres. Il se pencha encore. Il ne distinguait que l'ombre. Mais il entendit sa voix. C'était une voix claire. Un timbre presque joyeux.

« Je viendrai. »

Elle vint, en effet. Incertaine et effarouchée. Elle n'avait jamais pénétré dans un grand hôtel, et peut-être même pas dans un petit hôtel. Il dut aller la chercher. Elle ne voulait pas monter dans sa chambre.

Elle but une boisson d'enfant à la réception. Il lui expliqua pourquoi il était important qu'elle l'accompagnât à l'étage. Elle l'écoutait tout en buvant avec une paille. De temps en temps, elle gonflait ses joues et faisait refluer le liquide dans le verre. Elle portait sur lui un regard d'une sourde intensité. Tout en parlant, il surveillait ses expressions et se demandait si une personne aussi jeune pouvait comprendre de telles gravités.

Cependant, lorsqu'il eut terminé, elle se leva et murmura :

« Venez. »

Elle le précéda jusqu'à l'ascenseur. Tandis que le liftier appuyait sur le bouton d'étage, elle regardait ses pieds. Elle portait la même robe longue que celle que Lev lui avait vue rue Miodowa. Elle avait dénoué ses nattes.

Dans le couloir, alors qu'ils allaient côte à côte, elle lui dit :

« J'espère beaucoup. Mais je ne suis pas Mareva. »

Il sut qu'elle avait compris.

Dans la chambre, pour qu'elle ne fût pas effarouchée, il lui montra le matériel qu'il avait acheté une heure plus tôt. Il dit :

« Ce sera pour vous. »

Il n'était pas un marchand de fourrure. Jamais il n'aurait pu la remercier d'être venue en lui offrant de l'argent. Aussi avait-il acheté les plus belles boîtes de crayons, les meilleurs papiers, les gommes les plus tendres.

Elle regarda tout cela, lui lança un sourire timide et demanda où elle devait se mettre. Il la fit s'asseoir devant la fenêtre. Il n'exigea pas d'elle les poses qu'il demandait aux autres. Il ne voulait pas Eve. Il attendait Mareva. Elle n'était pas une fille des bordels. Elle l'émouvait extraordinairement. Elle avait le naturel de sa jeunesse. Elle était la personne la plus proche de Mareva qu'il eût rencontrée depuis la mort de Félix. Tout cela se confondait en lui. Il était assis de biais par rapport à elle, le bloc posé sur les genoux, un crayon à la main. Il la regarda une fois, d'un œil étrangement contenu, très scrutateur, comme si, à travers elle, c'était lui-même qu'il observait. Il ne bougea pas pendant quelques minutes. Une fureur montait en lui, du ventre, extraordinairement profonde, brûlante, comme la boue des terres retournées. Une barre renflée apparut sur son front. Ses joues furent comme du métal. Il se pencha sur la feuille et dessina avec rage une forme, une autre forme, quelque chose. Il respirait vite. Sa main ne tremblait pas.

Quand il eut fini, un immense apaisement avait détendu ses traits. Un espoir presque tranquille avait brouillé l'acharnement et les incertitudes. Il ferma le bloc et se leva.

« Merci », dit-il.

Elle le regarda. Il rangeait le matériel à dessiner dans un sac en papier. Il y ajouta le bloc. Il n'avait pas déchiré la première page.

« Vous allez partir ?

– Oui. »

Il lui donna le sac.

« Savez-vous ce que votre sœur fait en France ?

– Je ne suis pas sûre qu'elle soit en France.

– Où, alors ?

– Elle ne nous dit pas. Et quand elle vient, elle reste peu.

– Savez-vous ?… répéta Lev.

– Bien sûr.

– Que fait-elle ?

– La même chose. »

Elle s'approcha de la porte.

« Ma sœur ne peut plus se passer des marchands de fourrure. »

Elle abaissa la poignée. Il lui tendit la main. Elle se déroba.

« Nous ne nous reverrons plus mais je ne vous oublierai jamais. »

Elle répéta :

« Jamais. »

Il approuva. Il la regardait. Il ne pouvait faire autre chose qu'approuver.

« Si j'étais plus grande, je serais partie avec vous.

– Je vous aurais emmenée. »

Et c'était vrai.

« Au revoir », murmura-t-elle.

Ils se regardaient, désemparés tous deux.

« Je voudrais seulement cela », dit-elle.

Elle vint contre lui, contre sa poitrine. Il lui ouvrit

les bras, et il les replia sur elle, il put fermer les yeux, les fermer tout à fait, et se dire que c'était la première fois, la première fois depuis sa blessure à la guerre, qu'entre son torse et ses bras, il y avait une femme dont les cheveux glissaient sous sa main.

Il accrocha la photo de Mareva agrandie par Man Ray dans sa chambre, à côté du dessin de Pascin. Il mêla ces deux images au souvenir de Sanda. Elle était la seule personne qui fût comme était Mareva jeune fille. Elles se ressemblaient. Il donna à l'une ce qu'il savait de l'autre : voix, silhouette et expression. Ainsi cette femme qu'il cherchait depuis tant d'années prit-elle forme en lui, comme une sculpture apparaissant peu à peu dans la pierre.

Il connaissait son histoire. Elle rôdait sans cesse en lui. Elle lui venait sous forme d'images fugitives. Il les ordonnait. Cela commençait en Pologne, rue Miodowa. Une femme épie les familles. Elle est tapie devant l'immeuble où habitent les Mielzynski. Elle montre une adolescente à un étranger.

La deuxième image était plus sombre que la première. Un sous-sol dans une cave, ou une pièce noire. Une famille. Un vieillard qui apparaît à Lev sous les traits de son grand-père. Un homme plus jeune, qui est son père. Une femme : la mère. Des enfants. Une jeune fille vêtue d'un caftan noir, portant des tresses. Au loin, le bruit des pogromes : les clameurs, le crépitement du bois en feu, l'horreur approchant. L'étranger, face à l'assemblée des familles. Il a le visage de

Félix, mais un raglan, une douleur dans le dos. Il porte un chapeau. Il ne s'est même pas découvert. Au terme d'une brève discussion, il achète la jeune fille portant des nattes : cent quatre-vingts zlotys, payables en trois ans.

Il l'emmène. Peut-être feint-il de l'aimer. Peut-être la prend-il contre lui dans une chambre de l'hôtel Bristol.

Il la présente à une femme au front buté, étroit, qui joue les amies. Elle et le marchand de fourrure gâtent la jeune fille. Ils lui achètent des robes, des chaussures, des bas. Un rêve de dame.

La jeune fille, ensuite, est à Bucarest. La chère amie est devenue la sous-maîtresse d'un bordel de là-bas. La nouvelle pensionnaire attend le client, assise sur un canapé. Lorsqu'elle veut s'en aller, la sous-maîtresse la retient d'une poigne ferme. Il faut qu'elle apprenne. La jeune fille reste à sa place. Elle a replié ses jambes sous elle, prête à bondir. Elle refuse de porter des déshabillés la dénudant trop. Elle feint l'abandon, mais son regard, arrêté par la plume du peintre, prouve qu'elle est absente à ce rôle qu'on veut lui faire jouer.

Elle marche au bras du marchand de fourrure, le long des quais du port du Havre. Ils passent devant un nœud de cordages dans lequel un homme est couché. Les trois années du contrat se sont écoulées. La jeune fille continue, pourtant. Elle embarque pour Buenos Aires. Les gains y seront meilleurs, le climat plus doux que les frimas du Nord.

Le Malte aborde en Argentine. A la douane, l'ancienne sous-maîtresse du bordel de Bucarest attend les deux passagers. Peut-être est-elle un peu jalouse de l'affection que le marchand de fourrure témoigne à la jeune personne.

On la place à Palermo, dans le quartier chic de la ville.

Quelques mois avant la guerre, le marchand de fourrure revient à Paris avec la Polonaise. Il achète un taxi. Il emmène la jeune fille dans une vente aux enchères, salle Drouot. Elle n'est pas à son aise. Elle aimerait sortir. Mais elle reste là, privée d'échappatoire, enclose entre les murs de cette salle, murée dans l'esprit de Korovine qui, un an après son retour de Pologne, n'avait reçu aucune nouvelle de la famille Mielzynski.

Il acheta une conduite intérieure Pierce-Arrow. Il engagea un chauffeur. Chaque soir, lorsque les noctambules de Montparnasse avaient déserté le boulevard pour le Jockey, le Caméléon ou la Coupole, il traversait la Seine, assis à l'arrière de la voiture. Dans la malle, il avait entreposé des dizaines de blocs de papier à dessin, des crayons et des fusains. Il demandait au chauffeur de l'arrêter à la porte des bordels. Il entrait. Il se faisait conduire dans la salle où paradaient les demoiselles. Il choisissait. Elle était toujours brune. C'était rarement la plus aguichante, elle n'était jamais vulgaire, elle parlait peu. Il avait appris à mesurer ces détails au premier coup d'œil. Il l'appelait d'un geste aimable. Il exigeait la pièce la plus diversement meublée. Il disposait les guéridons et les tabourets selon ce qu'il voulait. Il demandait à ces dames de prendre les deux positions qui lui tenaient le plus à cœur : assise, dos vers lui, le bras replié, perpendiculaire au corps ; debout, avec une mantille. Il s'asseyait sur une chaise, un peu à l'écart, et, très rapidement, essayant de traquer cette flamme qui l'avait brûlé auprès de Sanda Mielzynski, il dessinait son modèle. Mais la rage ne l'habitait plus, et il passait à côté de lui-même. Il se levait et quittait les chambres. Il rejoignait sa voiture, qui le ramenait au Caméléon.

Il restait rarement dans la salle du bas : les années passant, la plupart de ses amis avaient quitté Paris. Kiki se montrait la plus fidèle à Montparnasse. Avant sa mort, Pascin venait parfois, au centre de cours de plus en plus bruyantes où lui-même gagnait en silence et en solitude. Lorsqu'il s'éclipsait, Lev grimpait jusqu'à son étage. Il traversait l'atelier, occupé tout au long du jour par de nombreux peintres qui se partageaient les toiles, les couleurs et les pinceaux mis à leur disposition. Il s'enfermait dans sa chambre. Il se campait devant le dessin de Pascin, la photo reproduite par Man Ray. Il les observait longuement. Devant chaque portrait, dans l'espace déraisonnable de son esprit, il se dessinait à lui-même la part d'histoire qui leur revenait. Puis il s'allongeait sur le lit de campagne de la rue Joseph-Bara, sanglait ses chevilles et s'endormait sur le dos, faisant la planche sur les dérives de son histoire.

Un soir de juillet 1931, il s'appuya au bar du plus grand bordel de la rive gauche, le Sphinx. Il descendait de la chambre égyptienne. Une femme au bras coupé lui avait remis un télégramme qu'il n'avait cessé de lire et de relire :

Mareva vient à Paris.

Le télégramme était signé Sanda Mielzynski.

Lev Korovine le plia en quatre et le glissa dans sa poche. La femme au bras coupé s'approcha, venant du sphinx en stuc sous lequel la patronne priait quatre barbeaux montés sur tweed et martingale de s'asseoir auprès d'elle. Elle s'écarta pour laisser passer un journaliste et un écrivain américains qui cherchaient la maîtresse des lieux afin de la remercier du bon temps qu'ils avaient passé dans les étages.

Mouna repéra Korovine. Elle vint vers lui et dit :

« Martoune vous fait une proposition : le tableau de Modigliani est à vous si vous recevez Mareva au Sphinx.

– J'ai déjà dit non », répliqua Lev.

Mouna lui effleura l'épaule.

« La voiture est là. »

Korovine vida son chambéry-fraisette.

Ci-gît un étranger

Blaise Cendrars

Le chauffeur attendait devant la Pierce-Arrow gris métal. Il se tenait au pied de la portière ouverte, raide dans une livrée noire. Un caméléon hiératique était cousu sur le ruban de sa casquette. Ses vernis luisaient dans la nuit d'été.

Korovine s'effaça devant Mouna. Il remercia le chauffeur et s'enfonça dans les profondeurs de la limousine. Il appuya son dos, tendu et douloureux ce soir-là, sur les coussins en cuir. Il étendit ses jambes loin devant lui. Il ferma les yeux et laissa aller sa nuque sur le feutre de la custode. Il entendit Mouna faire glisser la vitre de séparation. Elle dit au chauffeur :

« Nous allons d'abord au Caméléon. »

Sans ouvrir les yeux, Lev s'enquit de l'heure à laquelle le train arrivait. Mouna répondit :

« Minuit trente-deux. »

Il demanda encore si le train venait de Varsovie. Elle dit que oui. Il se rétablit sur le dossier du siège. La voiture remontait doucement le boulevard Edgar-Quinet.

« Faut-il préparer quelque chose pour votre arrivée ?

– Je veux que l'atelier du troisième étage soit vide. Et que vous cherchiez à la cave un paquet fermé dans des bâches militaires. »

Il décrivit avec précision l'emballage renfermant les deux uniformes, celui de Félix et le sien.

« Il faut monter ce paquet dans ma chambre.

– Et puis ?

– Et puis rien d'autre. Vous faites comme d'habitude. »

Ils approchaient du carré du cimetière. A cet endroit, le boulevard s'ouvrait sur l'ombre et le silence. Lev abaissa la vitre. Il pria le chauffeur de ralentir. Il respira l'odeur des grands marronniers, celle de la pierre grise, au-delà des murs clos. Pascin était là, non loin du capitaine Dreyfus. On l'avait retrouvé chez lui, un an plus tôt, les veines tranchées, le cou enserré dans un nœud coulant, mort d'amour pour Lucy Krogh.

Lev lui rendait souvent visite, le soir, quand le cimetière était vide. Il s'asseyait au bord de la tombe, comme ils s'asseyaient ensemble au bord des cafés. Il restait le temps d'une mominette, d'un petit marc bien sucré, quand Pascin avait le cafard parce qu'il serait seul dans la vie, et seul ce soir-là. Lorsqu'il partait, Lev déposait trois petits camarades auprès du peintre bulgare, trois petits cailloux pour la nuit : Guillaume Apollinaire, Amedeo Modigliani et lui-même.

« Je veux aussi qu'on nettoie la tombe de Pascin, dit-il, ainsi que celles de Dedo et de Guillaume… »

Il s'interrompit. Mouna s'était penchée vers lui. Une ride soucieuse barrait son front.

« Pourquoi dites-vous cela ?

– Je me le disais à moi-même. »

Il lui sourit dans l'ombre et lui prit la main.

« Mon pays m'a toujours manqué. Je ne regrette pas de l'avoir quitté, mais j'aurais voulu le revoir.

– Allez-y ! s'écria Mouna. Rien ne vous en empêche !

– Quand j'en suis parti, poursuivit Lev, je n'avais même pas de valise. Seulement quelques crayons et du papier pour dessiner. J'étais peintre. Vingt-cinq ans plus tard, je suis devenu patron de bordel. »

Ils arrivaient passage d'Enfer. La Pierce-Arrow vibra doucement sur les pavés puis s'arrêta dans un soupir de suspensions. Le caméléon doré sur fond rouge brillait en façade. Il projetait un cercle de lumière sur le trottoir, devant la porte du bordel. Celle-ci fut poussée par un couple de noctambules. L'homme portait une cape légère, comme une traîne. Il offrait son bras au tulle gracieux d'une danseuse qui marchait sur les pointes et riait éperdument. Ils disparurent à l'orée d'un charleston qui mourut lorsque le battant se fut replié sur le chambranle.

Le chauffeur se tenait devant la portière ouverte. Mouna ne bougeait pas.

« Vous devriez descendre, dit Lev.

– Je vous trouve bizarre.

– Mais je le suis ! »

Il se pencha vers elle et posa la main sur sa jambe.

« Depuis le mois d'octobre 1915, j'attends cette rencontre. Nous sommes en 1931.

– Il n'y a pas que cela.

– Il n'y a que cela », la rassura-t-il.

Elle le fixa un instant puis se recula un peu sur la banquette et observa son allure.

« La veste convient aux circonstances », dit-elle.

Elle était en lin, noire, ouverte sur un gilet gris pâle boutonné sur une chemise blanche à col rond.

« Le pantalon et les chaussures sont impeccables. »

Le pantalon était couleur miel, les chaussures, à boucles, d'un noir rappelant la veste.

« La pochette fait tache. »

Elle la subtilisa et la remplaça par un mouchoir en batiste qu'elle plia savamment dans sa main unique.

« Lavande… Parfait avec vos cheveux gris. »

Il posa sur elle un regard très doux.

« Il faut partir, Mouna… »

Elle consulta sa montre.

« Vous avez le temps. »

Elle se coula hors de la voiture.

« Je vous attendrai. Jusque très tard s'il le faut. »

Elle ne le quittait pas du regard. Après que la portière eut été refermée, elle se baissa pour le voir encore.

Il s'approcha de la vitre coulissante et dit au chauffeur :

« Nous n'allons pas directement gare du Nord. Nous descendrons d'abord le boulevard Raspail jusqu'à Saint-Germain. »

Il ajouta :

« Lentement, s'il vous plaît. »

Ils passèrent devant l'hôtel Lutétia. Ils y étaient entrés avec Dedo avant la guerre, portant des cravates qu'ils avaient peintes sur des nappes en papier ; ils avaient dérobé les petits fours d'une réception, mariage ou naissance, Lev ne se rappelait pas.

Ils tournèrent à droite, un peu avant la rue des Saints-Pères. Il y avait un corbillard, le 13 novembre 1918, en face du 202, peu avant le Flore. Et sur ce corbillard, une boîte, un drapeau tricolore, les galons de Guillaume à qui une section d'infanterie rendait les honneurs. Paris fêtait la victoire. C'était une autre défaite. La première de l'après-guerre.

« Place de l'Etoile, ordonna Lev. En passant par la Concorde. »

Quand la voiture longea la Seine, il murmura :

Passent les jours et passent les semaines
Ni temps passé
Ni les amours reviennent
Sous le pont Mirabeau coule la Seine

Ils furent sur le ruban scintillant des Champs-Elysées, qui montait doucement vers la place de l'Etoile. Korovine demanda qu'on descendît vers le boulevard de Clichy. Il regardait Paris, appuyé à la vitre. Il était d'un calme parfaitement accordé au rythme lent et lourd de la Pierce-Arrow. Il allait sans secousse sur les chemins de sa mémoire. Les images de son enfance, abstraites et peu précises, croisaient les lignes plus denses de sa vie d'adulte. C'était comme s'il regardait un livre. Il était allongé sur le lit de sa mère, à Kichinev, le visage penché sur un album montrant Paris. Les photographies étaient sombres, les contours des monuments trop flous pour que, trente ans plus tard, Lev s'en souvînt encore ; mais il revoyait ce qui l'impressionnait alors : la largeur des voies et les lumières partout. Un étrange effet de réfraction unissait l'origine et la fin, le désir de cette ville étrangère et le besoin de s'en passer désormais, comme la naissance et la mort. C'est à quoi il pensait boulevard de Clichy, après que la voiture se fut arrêtée au bas de l'immeuble où Pascin avait habité.

Il descendit et marcha le long du trottoir. Ainsi avait-il fait l'année précédente, lui et des centaines d'autres. On venait d'apprendre que le peintre était mort. L'escalier était pris d'assaut par les amis du défunt, les modèles, les connaissances, les marchands, tous abasourdis, rongés par l'incertitude puis écrasés par la douleur lorsque, du dernier étage, était parvenue la nouvelle à laquelle nul n'avait voulu croire. On n'avait pas voulu y croire parce que jusqu'au bout on avait espéré que le tohu-bohu des fêtes et des alcools l'emporterait sur la blessure enfouie, la danse sur l'immobile, et la vie sur la mort. Mais Pascin s'en était allé, saluant Lucy Krogh de son sang sur les murs, ce sang qui avait rejailli sur l'immense cortège funèbre, maculant aussi les jours et les lendemains : pour beaucoup, la disparition du peintre bulgare signait aussi la fin de Montparnasse. Pour Lev, elle était un troisième adieu. Le jour de la mort de Pascin, il avait songé, et ce fut la première fois, qu'il saluerait à son tour, étant le quatrième.

Il revint vers la Pierce-Arrow, tapie sous les arbres du boulevard. Il ouvrit lui-même la portière, se coula sur les sièges, et dit au chauffeur :

« Maintenant, nous allons gare du Nord. »

Il arriva à minuit trente-deux. La gare était vide. Un courant d'air tiède glissait sous la voûte, au-delà des visages. Des particules de poussière dansaient dans le halo des lanternes. Korovine s'enquit des retards, puis il déambula devant les quais, sans impatience. Un poids pesait sur ses épaules. Il se disait que c'était comme un destin, et que le destin n'apparaît que lorsqu'il se conclut. Quatre fois déjà, il était venu là. En 1905, comme il arrivait de son pays. En 1915, comme il revenait de la guerre. En 1920, pour enterrer Modigliani. Ce jour de juin 1931, pour changer la ponctuation de sa vie, transformer un point d'interrogation en un point final, quelle que fût la ligne sur laquelle ce point devait s'inscrire.

La première fois, il était un jeune homme vêtu de noir mais gonflé de mille couleurs intérieures. La deuxième, le même en apparence, mais sans plus la moindre tonalité en soi. La troisième, il avait voulu mourir. Désormais, il était un quidam élégant attendu par un chauffeur conduisant une limousine, un homme sur qui les femmes se retournaient, qui faisait les cent pas d'une manière décidée, comme si le passage des années l'avait élevé au rang d'une grande personne très sage et très raisonnable. Il savait, lui, que s'il n'avait plus jamais été le jeune homme débarquant le cœur plein d'espoir par un matin rayonnant de toutes les peintures possibles, il était resté l'homme des autres fois, en mieux vêtu seulement. Avec une seule différence qu'égrenait la pendule coiffant l'entrée principale : jamais encore il n'était venu attendre quiconque sur un quai de cette gare-là. Et nul non plus ne l'y avait jamais attendu. Cette fois pas plus que les autres : qui venait-il attendre ici sinon lui-même ?

A une heure du matin, le quai fut pris d'assaut par des porteurs dont certains brandissaient des affichettes. Ils furent rejoints par quelques familles que Lev reconnut aussitôt car elles venaient d'Europe centrale ou orientale, parlaient les langues qu'il avait entendues pendant son enfance : roumain, russe, polonais. Tous, hommes, femmes et enfants, portaient des vêtements soignés aux plis impeccables. Les couleurs étaient passées, l'usure dissimulée sous des pièces fraîchement cousues, mais pas un bouton ne manquait, et les visages étaient fiers, ardents, joyeux. Les regards suivaient la courbure des rails qui se rejoignaient en un entrelacs labyrinthique, au-delà de la voûte. Il était tard. Nul ne s'en plaignait.

Du train, on vit tout d'abord les lumières. Deux phares dans le lointain que chacun dirigea par-devers soi selon les courbes les plus parfaites pour le conduire là, exactement là, face au butoir de granit qui fermait la voie de chemin de fer. Et quand il fut certain que le réseau des aiguillages le menait en effet là où on l'espérait, les enfants battirent des mains. Korovine s'avança un peu sur le quai. Il aperçut d'autres lumières, qui étaient celles des voitures. Puis les voitures s'ordonnèrent en une ligne impeccable derrière la motrice, et les phares grandirent avant d'être brouillés par des geysers de vapeur blanche. Un hululement retentit, puis un autre. La locomotive parut enfin sous le hall de la gare, crachant ses fumées, roulant ses borborygmes mécaniques, monstrueusement noire et animale. Elle allait au pas, grinçant des essieux, rugissant de ses deux cheminées. Elle se vidait comme un poumon sali. Elle avait parcouru la moitié de l'Europe pour expirer, victorieuse encore, en cette gare lointaine et étrangère.

Les portières s'ouvrirent. A l'entrée du quai, nul ne bougea. Chacun scrutait au loin. Korovine, comme les autres. Il observait le mouvement devant les voitures.

Les premiers à descendre furent les plus jeunes. Ils n'avaient aucun bagage. Ils étaient seuls. Ils firent ce que Lev avait fait la première fois : ils quittèrent aussitôt la gare pour découvrir la ville nouvelle.

Venaient ensuite ceux qui étaient attendus. Seuls également, parfois deux. Sitôt le pied posé sur le quai, ils observaient alentour, un peu inquiets. Le sourire naissait avec les retrouvailles.

Les porteurs s'occupaient des voyageurs les plus chargés. Ils soulevaient les valises sur l'épaule. Ils les entassaient sur des chariots rouillés. Ils se montraient aimables. Ils plaisantaient. Mais il n'y avait pas de femme seule. Les wagons se vidaient, puis le quai, la locomotive ne serait bientôt plus qu'un chuchotis presque tranquille, et la gare aurait charrié ses visiteurs dans les rues alentour, Lev resterait là, ou s'en retournerait, vers où ? vers quoi ? pour quelle autre raison ?

Il demeura campé à l'entrée du quai, jambes tendues, bras croisés. Des employés du chemin de fer vêtus de vestes bleus inspectaient les wagons. Ils montaient par une porte et descendaient par l'autre, refermaient les vitres et les portières. Ils aidaient les derniers voyageurs à se diriger. Lev les observait, immobile. Il ne pouvait croire cela. Il ne pouvait croire que tout dût se reproduire une seconde fois, parce qu'il aurait manqué le train, ou elle, ou pour une autre raison.

Il ne bougeait pas. Il ne se résolvait pas à un tel échec.

Soudain, sur ce macadam vide désormais, à l'angle d'un pylône éloigné, devant une voiture ornée de caractères cyrilliques peints en jaune, il crut apercevoir l'extrémité d'une bottine lacée, puis la robe noire et très longue, le chapeau sans voilette d'une femme en deuil qui peu à peu sortait de l'ombre. Il ne l'avait pas distinguée des autres voyageurs car elle se confondait avec la pierre et les mornes teintes de la gare. Lorsqu'il la vit, il ne douta pas un instant que ce fût elle, peut-être parce qu'elle le fixait aussi, surtout car elle ressemblait à Sanda Mielzynski, sa petite sœur. Elle avait la même chevelure brune, la peau légèrement mate, de grands yeux clairs et une certitude dans l'expression qui l'ébranla quelque peu. Il ne la quittait pas du regard. Car là, entre la pommette et le sourcil, il la reconnaissait. Moins dans des images que le temps avait affadies, elle à la Peau de l'Ours, elle dans le taxi de Félix, que celle que Pascin avait dessinée à Bucarest. Il retrouvait les joues hautes, la paupière un peu lourde, la fixité du regard. Le reste n'était pas semblable à ses imaginations. Elle était plus grande, elle avait les épaules plus larges, elle était d'une élégance accomplie, elle n'avait pas la peau claire, ni les cheveux cendrés, elle ne s'habillait pas comme il avait cru. Elle était très différente du fantôme qui l'avait habité pendant tant d'années. Mais c'était elle, indiscutablement.

Mareva, Eve amère.

Il fit un pas dans sa direction, puis un autre et un autre encore. Il se disait que le plus difficile serait d'ouvrir la bouche. De poser la question. D'entendre la réponse prononcée par cette femme qui ne serait plus une image ou un rêve.

Elle l'attendait sans bouger. Dans l'angle du pylône, il aperçut une petite valise de cuir fauve. Il tenta un sourire, voulut tendre la main mais s'abstint finalement. Il s'arrêta à portée de souffle. Il inspira très profondément. Il déglutit avec difficulté, vainquit une faiblesse dans la bouche et demanda enfin :

« Etes-vous Mareva ? »

Elle inclina le visage.

« Mareva Mielzynski ?

– Oui. »

Il répéta doucement *Mareva*, pour nul autre que lui-même. Une légèreté l'avait gagné, une euphorie dont il ne laissait rien paraître. Il s'obligea à se pencher naturellement, à prendre naturellement la poignée de la valise. Elle voulut l'en empêcher. Il dit :

« Je vous en prie. »

Naturellement.

Il lui montra l'extrémité du quai et ils marchèrent à travers la gare, sous la voûte claire. Elle allait à son pas. Il n'osait se tourner vers elle pour l'observer encore. Il se disait qu'il avait le temps. Qu'il ne fallait rien hâter. Que la boule qui fermait sa gorge glisserait peu à peu, avec les paroles, avec le regard, avec le temps.

Ils croisèrent quelques mécaniciens. Une volée de pigeons s'abattit à trois mètres puis reprit son envol comme ils approchaient. Mareva eut un geste de repli. Il lui effleura le bras. Il dit :

« Vous ne devez pas avoir peur. »

Elle ébaucha un sourire timide et murmura.

« Merci. »

Sur le parvis, elle regarda alentour, comme si elle voulait reconnaître. Lev songea qu'elle était déjà venue gare du Nord. Il s'apprêtait à lui poser la question lorsque, basse et élancée, la Pierce-Arrow apparut devant eux, le long du trottoir. Elle freina. Presque aussitôt, le chauffeur ouvrit la portière, contourna le radiateur et prit la valise des mains de Lev. Celui-ci s'effaça pour laisser passer Mareva. Il monta à son tour. Le chauffeur retrouva sa place derrière le volant. Il se pencha vers la vitre de séparation et demanda :

« Nous revenons au Caméléon ?

– Pas tout de suite, répondit Korovine. Avant, nous passerons à Drouot. »

Et ils furent seuls sur la banquette de la voiture. Chacun rencogné contre la custode, mais assis légèrement en oblique, de sorte que leurs jambes se touchaient presque. Mareva observait devant elle, au-delà du volant et de la vitre. Lev gardait le regard fixé sur elle. Il était en proie à une exultation intérieure qu'il ne se rappelait pas avoir déjà connue. Quelque chose de très profond se dénouait en lui, qui se jouait dans la nuque, dans la poitrine, au ventre, et aussi, indirectement, dans la main. Il se pencha légèrement et dit :

« Je vous remercie d'être venue.

– Je n'avais pas le choix. »

Elle parlait bas, avec un accent peu prononcé, comme une arabesque légère dans l'ombre de la voiture.

« Vous m'avez achetée. J'engageais la parole de ma famille. »

Korovine ne répondit pas. Il ne savait s'il fallait lire

un blâme ou non dans la réponse de Mareva, et, à vrai dire, ne s'en souciait pas. Le temps manquait pour se reprocher des actes ou des paroles. Il n'était pas là pour cela, et elle non plus.

Elle glissa la main dans la poche de son manteau et lui tendit une enveloppe.

« Ma sœur m'a demandé de vous rapporter ceci... Vous l'avez oublié, paraît-il, à l'hôtel Bristol. »

Lev prit l'enveloppe. Il ne l'ouvrit pas. Il savait ce qu'elle contenait.

Mareva avait ôté son chapeau. Ses cheveux glissaient en cascade sur les pointes d'un col blanc. Il eût souhaité qu'elle ouvrît ce col, ou le faire lui-même, qu'elle eût choisi un autre train pour arriver au grand jour en sorte qu'il pût la voir mieux, pas seulement l'ombre, le vêtement, l'allure, mais aussi le grain de la peau, l'incarnat du sourire, les plis du visage, la tache en calligramme. Au lieu de quoi il devait se satisfaire d'une silhouette, d'un souffle à son côté, d'une présence qu'il ne savait confronter aux images du passé tant rien n'était semblable. Il se disait aussi que les années avaient creusé les différences. Lui-même ne ressemblait pas au jeune homme qui était monté avec Max Jacob dans ce taxi où elle lui était apparue la première fois. Et si, tout comme lui, elle se posait la question de cette première fois, sans doute était-elle incapable de placer un visage par-dessus l'autre, celui de l'artiste hier, du marchand de fourrure aujourd'hui. Un léger pincement le saisit à la poitrine lorsqu'il fit avec elle ce qu'il venait d'imaginer qu'elle pourrait faire avec lui : naguère, elle était une jeune putain ; aujourd'hui, qu'était-elle devenue ?

Il connaissait la réponse. Sanda la lui avait donnée.

Il la regarda encore. Il lui paraissait impossible que

cette femme silencieuse à son côté, marquée d'une gravité qu'il avait notée au premier coup d'œil, eût connu un destin comparable à celui des jeunes personnes qu'il avait croisées dans les ports de Hambourg, de Marseille ou de Bordeaux. Une bouffée d'inquiétude lui échauda le visage. Il voulait maintenant que le chauffeur se hâte. Et lorsque enfin la Pierce-Arrow s'arrêta devant l'entrée principale de la salle des ventes de Drouot, il dit, presque dans la précipitation :

« La dernière fois que je vous ai vue, c'était ici. »

Et il attendit. Elle observa l'endroit avec attention avant de lâcher, très calme, cette constatation qui le plongea dans un grand désarroi : elle ne se souvenait pas du lieu.

« Une vente aux enchères, avant la guerre… Vous étiez avec un ami. »

Les mots s'étaient échappés de lui comme des bulles.

« On a vendu un Picasso. Vous étiez vêtue d'une robe blanche légère. Vous portiez aussi une mantille. Vos cheveux n'avaient pas la couleur qu'ils ont aujourd'hui… »

Il mesurait ce que ses propos avaient d'éperdu. Mais il ne parvenait pas à les discipliner. Il ne parvenait pas à se discipliner lui-même.

Elle se tourna vers lui et s'étonna :

« Vous vous souvenez de tout cela !

– Vous portiez une robe légère, répéta-t-il. L'homme avec qui vous étiez s'appelait Félix. »

Elle hocha doucement la tête et le rassura ainsi : elle dit qu'elle ne se souvenait pas de tout, mais de Félix, bien sûr, bien sûr qu'elle se souvenait de Félix.

Il poussa un profond soupir. Il fut tenté de lui prendre la main.

« Je sais aussi que si vous me cherchez depuis si longtemps, c'est à cause de Félix. Je n'ai connu que par Sanda, donc très tard, la raison de votre acharnement. Si je l'avais apprise avant, je serais venue plus tôt. »

Elle lui sourit dans l'ombre de la voiture.

« Je n'avais aucune raison de vous faire souffrir. »

Il fixait un point de son visage, entre le front et l'arête du nez. Il était abasourdi. Elle avait prononcé ces mots avec un si grand calme !

« Vous m'avez tant et tant cherchée qu'il était impossible que je ne l'apprenne pas.

– Quand l'avez-vous su ? bredouilla-t-il.

– Après la guerre. Quelques semaines avant mon départ pour la Pologne. »

Il conçut ce qu'elle allait dire avant même qu'elle l'exprimât. Quand elle eut parlé, il se prit la tête entre les mains et resta ainsi, silencieux, jusqu'à ce qu'elle lui eût touché le coude pour dire, en manière de consolation :

« Cela importe peu. Je suis tout de même venue.

– Seulement parce que votre sœur vous a informée… »

Il ne trouvait pas ses mots. Elle les choisit pour lui :

« Parce qu'elle m'a expliqué la raison pour laquelle vous deviez me rencontrer. »

Il répéta ce qu'elle avait dit : elle avait quitté la France pour la Pologne car elle savait qu'un homme la cherchait, elle ignorait ce que lui voulait cet homme, elle avait peur de lui.

« Pourquoi aviez-vous peur ?

– Parce qu'on m'avait prévenue que cet homme était lié à Félix. »

Il y eut un silence. Korovine frappa sur la vitre de séparation et fit signe au chauffeur d'aller.

« … Je craignais que cet homme ne fût lui aussi un marchand de fourrure. »

Lev s'enfonça dans les coussins de cuir. Il ferma les yeux. Des sanglots silencieux l'empêchaient de parler, et même de penser au-delà de ce qu'il venait d'apprendre : si elle avait su qui il était et pourquoi il la cherchait, elle n'eût pas cherché à le fuir jusqu'en Pologne. Elle l'eût rencontré beaucoup plus tôt. Avant même la mort de Dedo. Avant le gâchis monstrueux qu'il avait fait de sa vie.

Il la regarda entre ses doigts écartés. Il dit :

« Le plus grand regret que j'éprouve, et que j'éprouverai jusqu'à la fin, c'est d'avoir connu Félix. »

Elle approuva d'un lent hochement de tête.

« Je souffre comme vous, et aussi par sa faute.

– C'est cela qui nous réunit », dit-il.

Il ajouta :

« Il vous a beaucoup aimée. Avant de mourir, il vous a appelée pendant onze heures. »

Comme la Pierce-Arrow empruntait le boulevard Raspail, il demanda à Mareva si Sanda lui avait expliqué ce qu'il attendait d'elle maintenant.

« Oui. »

Il avoua ce qu'il avait compris depuis longtemps :

« Il est trop tard, et cela ne changera rien.

– Au moins, faites-le.

– C'est pourquoi vous êtes là. »

Elle lui donna la main, et il la garda.

Le silence tomba, immédiat et total, lorsque Mareva fit son entrée au Caméléon. Lev lui avait ouvert la porte. Il se tenait en retrait, la main pesant sur le bouton. Il pénétra à son tour dans l'étroit goulot qui ouvrait sur la salle du bar. Mareva ne bougeait pas de l'allée centrale. Elle s'était arrêtée, interdite, devant les visages levés vers elle. Derrière le comptoir où officiait aussi le jeune homme devenu son amant affiché, Mouna considérait, muette, la nouvelle venue ; son épaule meurtrie était privée du tissu qui l'habillait généralement, celui-ci ayant glissé vers le bas sans que la femme au bras coupé eût songé à le remettre en place. Le piano de la salle de danse jouait seul dans un silence plombé : les danseurs s'étaient regroupés à l'entrée de la pièce voûtée, franchissant le cap des marches pour mieux voir cette femme que tout Montparnasse cherchait depuis quinze ans. Mareva se tenait en face de tous, enfermée dans une robe noire très longue qui tombait comme un voile jusqu'à ses bottines lacées haut, la taille prise dans une redingote qui s'évasait légèrement sur les hanches.

Lev la rejoignit. Il glissa son bras sous le sien et murmura :

« Venez. »

Ils passèrent entre les tables, devant les danseurs assemblés sur les marches de la piste. Ne jouant plus pour personne, le piano s'était tu.

« Empruntez l'escalier », dit Lev.

Il la suivit. Elle gravissait lentement les degrés, sa main retenant les plis de la robe. La dentelle blanche d'un jupon de coton apparut au détour d'une marche. Lev le vit à peine. Il s'était refermé maintenant en lui-même. Il savait où il allait. Il se retrouvait muré dans un silence intérieur fait de calme et de tempête mêlés. Des images violentes se catapultaient dans sa tête, explosant comme les lueurs d'un feu d'artifice mais retombant, légères et apaisées, sur une douce surface où elles prenaient d'autres formes et d'autres couleurs. La surface était celle de la toile. Korovine avait hâte, désormais, d'en finir ainsi, sur cette peau qu'il s'apprêtait à retrouver.

Il ouvrit la porte de l'atelier et fit entrer Mareva. Elle regarda autour d'elle, désorientée. Lev dit sèchement :

« Il n'y a pas de lit. »

Curieusement, il n'éprouvait pas le besoin de la voir ou de l'entendre. Il savait que c'était elle, et cela suffisait.

Il la fit s'asseoir sur un tabouret, s'empara d'une toile déjà préparée, chercha les couleurs qui se présentaient à lui, dans l'ordre de ses souvenirs – des gris, des bleus, des rouges –, aligna les brosses qu'il comptait utiliser, puis revint vers Mareva et s'agenouilla devant elle. Son regard était celui d'un homme brûlé. En proie à des ravages qui lui brouillaient la face. Sa bouche était comme paralysée par une crispation de la lèvre supérieure. Il regardait Mareva, mais elle savait qu'il ne la voyait pas. Il se débattait contre une force qui l'attaquait de l'intérieur.

Il lui prit la main et dit :

« Relevez seulement votre manche. »

Elle reconnut à peine sa voix. Elle était devenue âpre et profonde. Elle fit comme il demandait. Il dit qu'il l'avait achetée pour sa paix intérieure, parce qu'il voulait finir sa vie sur d'autres peintures que les leurres de la guerre, ces faux arbres qu'il dessinait et que Félix l'aidait à mettre en place, pour la touche finale. Il dit qu'il ferait un nu couché, qu'il savait désormais qu'il y parviendrait, que ce nu couché serait sa première peinture depuis la guerre et la dernière de son histoire. Il dit qu'il voulait voir son bras.

Elle releva la manche de sa redingote sur la bouche que Félix s'était fait tatouer en même temps qu'elle, à Buenos Aires, avant leur retour en France. Tandis que Lev promenait un doigt très doux sur cette tache, elle murmura :

« Il y voyait une preuve d'amour. Elle m'est devenue une flétrissure. »

Et elle ajouta, comme il la dévisageait avec une tension qui ne l'effrayait plus :

« C'est après seulement que je ne lui ai plus rien pardonné. Si la guerre ne l'avait pas fait avant moi, j'aurais pu le tuer pour tout cela. »

Elle dit que son père l'avait vendue pour qu'elle échappe aux pogromes de Varsovie. Elle s'était obligée à ne pas le haïr.

« Je me disais que si j'avais de la colère contre lui, c'était une chose que je lui devais. Il me l'avait permis puisque, grâce à lui, j'étais encore en vie. »

Lev approuvait.

« Il a souffert atrocement. Ma mère lui a donné deux filles, la dernière dix ans après mon départ. Ça ne lui a pas fait oublier… C'est en rentrant en Pologne, après la guerre, que j'ai appris que mon père était mort de chagrin. Mort à cause de moi. Et c'est pour cela que j'aurais tué Félix si la guerre ne l'avait pas fait. »

Il la regardait avec cet étrange regard bleu marine où elle lisait une force, peut-être une passion que nul n'avait jamais manifestée pour elle, pas même Félix qui, certainement, l'avait enlevée du trottoir sur lequel il l'avait mise pour soulager quelque chose qui lui était apparu comme une conscience.

Elle glissa la main contre la joue de l'homme agenouillé devant elle. Elle voulait calmer cette fièvre qui l'incendiait. Il avait la peau humide et brûlante.

Il se leva. La prenant par la main, il l'obligea à quitter le tabouret sur lequel elle était assise. Il écarta délicatement la manche de la redingote et observa la tache.

« Voulez-vous que je me déshabille ? »

Il secoua la tête.

« Mais si vous voulez peindre un nu couché…

– Je peindrai un nu couché. Mais pas celui-là. Il ne s'agit pas de vous. »

Il paraissait hypnotisé par le tatouage. Il en approcha les lèvres, puis il fit ce que seule Sanda lui avait vu faire depuis tant et tant d'années : il enferma ses bras autour d'une taille, il se blottit contre le corps d'une autre, et y resta, sans douleur. Comme un infini, il murmura : « Mareva Mareva Mareva. » Lorsqu'il la libéra de son étreinte, elle avait l'épaule meurtrie. Elle ne dit rien.

Il lui tourna le dos et vint vers la toile qu'il avait préparée. Il s'empara des brosses. Sans qu'elle vît rien de ce qu'il peignait, sans que son regard croisât le sien une seule fois, il commença ce nu couché qui rôdait en lui, et le hantait, et l'avait tué peu à peu depuis quinze ans. Elle voyait seulement son visage. Il changeait comme un nœud qu'on libère. Les tensions semblaient glisser hors de lui. Il souriait. Ses gestes restaient violents, comme la guerre, mais son visage gagnait la beauté des paix profondes. Il était ailleurs. Il n'était plus là.

Mareva s'assit de nouveau sur le tabouret. Elle regardait peindre cet homme. Elle ne songeait même pas à voir l'œuvre qui naissait à côté d'elle. Elle était fascinée par la beauté du geste, la beauté du peintre, une absence au monde, à elle, certainement à lui-même. Si elle avait su faire, elle l'eût dessiné en train de peindre. Jamais elle n'avait vu acte si beau et si profond. Elle chercha le mot juste et se dit à elle-même : si nécessaire.

Lev Korovine peignit jusqu'au moment où le jour parut à la fenêtre. Alors il abandonna ses pinceaux. Il avait les mains rouges. Il les essuya sans quitter le tableau du regard. Il resta ainsi, immobile durant de longues minutes. Puis il appela Mareva. Il lui dit :

« Venez. »

Elle quitta le tabouret. Elle contourna le chevalet. Il la prit par la main et l'éloigna de quelques pas. Elle découvrit une œuvre qui lui parut sublime : dans le chaos des fractures de la guerre, des sols retournés et brisés, au creux d'une lave de gris tantôt cendre tantôt nuage, gris de la terre, gris du ciel, deux soldats étaient allongés l'un sur l'autre. Un soldat mort et un soldat blessé. Le soldat blessé avait le dos ensanglanté. Le soldat mort avait la vareuse ouverte, le corps déchiré, la peau blanche.

« C'est cette œuvre que je veux peindre depuis mon éternité », dit sobrement Lev.

Il lâcha la main de Mareva, s'empara d'un pinceau

fin et le trempa dans un noir mat. En bas à droite du tableau, il traça son nom en caractères cyrilliques :

Puis il posa le pinceau. Il se retourna vers la jeune femme.

« Nu couché », dit-il.

Lev Korovine entra dans la chambre et referma la porte derrière lui. Il décrocha le long manteau noir de son pays. Il s'y enfonça. Il glissa les mains dans les poches, éprouvant le bonheur ancien de se retrouver là.

Il prit une feuille, un crayon et, sans même s'asseoir, griffonna les mots d'un testament. Il léguait le Caméléon à Mouna, le dessin de Pascin à Mareva, l'ensemble de sa fortune à Sanda Mielzynski. Il demandait que sa dernière œuvre fût brûlée en même temps que lui-même, les cendres rassemblées et jetées sur la terre de Kichinev.

Il ouvrit l'enveloppe que Sanda avait confiée à sa sœur. Elle contenait le crayonné qu'il avait fait à l'hôtel Bristol, auprès de la jeune fille. Il le posa sur la table et l'observa longuement.

Lev Korovine se détourna. Il s'empara du paquet que la femme au bras coupé avait remonté de la cave. Il l'ouvrit. Il ne fut point incommodé par l'odeur. Il sortit la fonte de Félix. Puis le revolver Smith & Wesson qui s'y trouvait. Il le chargea d'une des trois balles dérobées dans le bric-à-brac de Galea. Il fit tourner le barillet. Il posa le canon dans sa bouche, entre les dents. Il appuya une fois sur la détente. Puis deux.

Après, ce fut comme la guerre.

DU MÊME AUTEUR

Les Calendes grecques
prix du Premier Roman
Calmann-Lévy, 1980
Nouvelle édition, Seuil, « Points », n° P 675

Apolline
Stock, 1982
Nouvelle édition, Seuil, « Points », n° P 337

Les Têtes de l'art
Grasset, 1983

La Dame du soir
Mercure de France, 1984
Nouvelle édition, Seuil, « Points », n° P 31

Les Adieux
Flammarion, 1987
Seuil, « Points », n° P 472

Le Cimetière des fous
Flammarion, 1989
Seuil, « Points », n° P 674

La Séparation
prix Renaudot
Seuil, 1991
et nouvelle édition, « Points », n° P 473

Le Petit Livre
des instruments de musique
Nouvelle édition, Seuil, 1993
et « Point-Virgule », n° 127

Une jeune fille
Seuil, 1994
et « Points », n° P 210

Tabac
Seuil, 1995
Mille et une nuits, 1997

Bohèmes
Calmann-Lévy, 1998

En collaboration avec Jean Vautrin

LES AVENTURES DE BORO, REPORTER-PHOTOGRAPHE

La Dame de Berlin
Fayard, 1987
Presses Pocket, 1989

Le Temps des cerises
Fayard, 1990
Presses Pocket, 1992

Les Noces de Guernica
Fayard, 1994
Presses Pocket, 1996

Mademoiselle Chat
Fayard, 1996
Presses Pocket, 1998

RÉALISATION : PAO ÉDITIONS DU SEUIL
IMPRESSION : S. N. FIRMIN-DIDOT AU MESNIL-SUR-L'ESTRÉE
DÉPÔT LÉGAL : SEPTEMBRE 1999. N° 37427 (47020)